La Supériorité du kangourou

Du même auteur

Aux Éditions Héloïse d'Ormesson

Mon frère, ce zéro, 2021. Pocket, 2022.

Torrentius, 2019. J'ai lu, 2021.

Aux Éditions Thierry Magnier

Un caillou sur le toit, 2015.

Chat qui lit jamais ne s'ennuie, 2014.

Le bus 666, 2013.

Aux Éditions Fayard

Le Festin d'Alice, 2009.

Aux Éditions La Branche

Vitrage à la corde, 2007.

Aux Éditions Gallimard

Cabin-Chaos, 2005.

Barnum TV, 2004.

Nébuleuse.org, 2002.

Royal Cambouis, 2002. Folio, 2005

Noël au balcon, 2001. Folio, 2004.

Colin Thibert

La Supériorité du kangourou

Éditions Héloïse d'Ormesson

Roman

ISBN 978-2-35087-801-0

Éditions Héloïse d'Ormesson
92 avenue de France, 75013 Paris
www.editions-heloisedormesson.com

FSC www.fsc.org
MIXTE
Papier issu de sources responsables
FSC® C003309

L'éditeur de cet ouvrage s'engage dans une démarche
de certification FSC® qui contribue à la préservation
des forêts pour les générations futures.

Pour en savoir plus :
www.editis.com/engagement-rse/

La petite Citroën s'engage impétueusement sur l'esplanade. La circulation est clairsemée, il tombe un crachin léger, presque maritime. Madame Ramanakhoto conduit collée à son volant, une expression farouche sur le visage, sans un regard à droite ni à gauche. En voyant surgir la camionnette, elle pousse un cri de surprise indigné et néglige de freiner. « Oh! » fait Thomas, assis à côté d'elle à la place du mort. Madame Ramanakhoto lui adresse une mimique désolée tandis que les deux véhicules, dérapant sur la chaussée grasse, entrent inexorablement en collision, accompagnés du traditionnel fracas de tôle froissée et de verre brisé.

– Ça va? demande Thomas quand le silence revient.

– Quel abruti! s'indigne madame Ramanakhoto. C'est fou comme les gens conduisent mal!

– C'est à ma femme que je posais la question! grince Thomas.

– Ça va, dit Nathalie d'un ton morne. Ça va.

Recroquevillée sur la banquette arrière, elle n'a pas eu le temps d'avoir peur. On tambourine sur le toit de la voiture. Thomas lève les yeux pour découvrir un gros homme qui le fixe, l'air mauvais. Il est mal rasé, ses yeux sont injectés de sang et il porte un bleu de travail. « J'espère qu'il a compris que c'est *elle* qui conduisait ! » songe Thomas en adressant un piteux sourire au bonhomme.

– Eh ben ? Qu'est-ce qu'on attend pour venir constater les dégâts ?

– N'y vas pas ! murmure Nathalie du fond de la voiture. Ça ne nous regarde pas !

– Vous devriez sortir parler à ce monsieur, madame Ramanakhoto ! conseille lâchement Thomas.

– Mais certainement, répond-elle sans bouger. Certainement. D'autant qu'il est gravement dans ses torts !

– Arrivant sur votre droite, je ne pense pas.

Perdant patience, le gros homme ouvre carrément la portière de Thomas pour aboyer :

– On se remue un peu les miches, là-dedans ! Je travaille, moi !

– Une minute ! Je suis blessé à la jambe ! improvise Thomas.

– Thomas ! glapit Nathalie. Qu'est-ce que tu as ?

– Oh mon Dieu, je suis désolée monsieur Lavaud ! dit madame Ramanakhoto en blêmissant.

Le gros homme recule de deux pas, l'air embêté :

– Vous voulez qu'on appelle une ambulance ? Les pompiers ?

– Mais non ! C'est rien ! Ça ira !

Grimaçant exagérément, Thomas pivote sur son siège et pose précautionneusement son pied droit indemne sur l'asphalte mouillé, tout en feignant de se masser le tibia. Le bonhomme l'observe, partagé entre méfiance et commisération. Derrière lui sur le flanc de la camionnette, on peut lire : « J.-C. Brichottin & fils, artisans-plombiers. Est-ce le père ou le fils ? », se demande Thomas. Simple curiosité.

– Thomas ? Tu es sûr que tu n'as rien ? s'inquiète encore Nathalie.

– Vous avez vu l'état de ma voiture ! s'exclame madame Ramanakhoto qui s'est enfin décidée à lâcher son volant. Vous deviez rouler comme un fou !

– C'est vous qui m'avez coupé la priorité ! rétorque le plombier.

Thomas sort de la Citroën en clopinant, aussitôt rejoint par Nathalie qui lui lance :

– Tu ferais mieux de rester tranquille, avec ta jambe !

– Ma jambe n'a rien, lui glisse-t-il discrètement.

– Quand même. On ne sait jamais.

L'aile avant droite de la voiture de madame Ramanakhoto offre désormais un aspect chiffonné. Le phare a été pulvérisé et le pare-chocs pendouille. La camionnette a mieux résisté au choc : une ou deux éraflures, et un clignotant cassé.

– Pas joli-joli, hein ? fait le gros homme avec une satisfaction morbide.

– Vous êtes plombier ? s'enquiert madame Ramanakhoto.

– C'est écrit dessus, ma p'tite dame !

– Ça m'intéresse, reprend-elle. Quand on travaille dans l'immobilier, on a toujours l'usage d'un bon plombier.

– À vot'service !

– Elle va te le retourner comme une crêpe, le Brichottin ! pronostique Thomas tandis que le plombier, père ou fils, invite madame Ramanakhoto à monter dans sa camionnette afin de remplir le constat.

Madame Ramanakhoto peut se montrer d'une mauvaise foi sans limites. Ainsi n'a-t-elle pas hésité à vanter à Nathalie et Thomas une maison qui serait immanquablement inondée à la première crue de la Marne, et une autre qui penchait tristement au-dessus d'un échangeur routier. Elle leur a fait visiter un pavillon dont l'unique étage, probablement gagné sur les combles, était si bas de plafond qu'il fallait avancer courbé. Aux récriminations de Thomas, elle a répondu sans se démonter :

– Idéal pour les enfants, monsieur Lavaud !

– Les enfants, ça grandit…

L'ironie, comme les rebuffades, la laisse de glace. Dès le lendemain, elle remonte au créneau, souriante et obstinée.

En dehors des visites, madame Ramanakhoto s'est un peu confiée : son vrai nom, celui de son mari originaire de Madagascar, est Ramanakhotomalalana qu'elle a amputé de quelques syllabes pour le confort de sa clientèle.

Monsieur Ramanakhotomalalana est un beau salaud. Il est retourné au pays sans crier gare pour se mettre en ménage avec une autre femme, plus jeune comme il se doit. Humiliée et sans ressources, ne sachant rien faire de précis, madame Ramanakhoto est alors devenue agent immobilier. Elle se débrouille plutôt bien si l'on en juge par la quantité d'or qu'elle porte sur elle : collier, bracelets à breloques, montre, bagues, gourmette. Et plusieurs dents.

Avec elle, les Lavaud découvrent la banlieue dans toute sa morne complexité : une mosaïque de jardinets, de terrains de sport, de concessions automobiles, de cimetières, d'hypermarchés et de jardineries. Des centres culturels qui ressemblent à des centrales nucléaires et des stations d'épuration qu'on pourrait prendre pour des musées d'art contemporain. Des barres de HLM qui ferment l'horizon, menaçant des quartiers pavillonnaires de leurs masses grises. Quelques zones marneuses et venteuses, enfin, inconstructibles, plantées d'ajoncs et de lignes à haute tension où les braves gens viennent se débarrasser en loucedé de leurs frigos hors d'usage, et les pédophiles de leurs victimes.

Thomas et Nathalie, qui se sont mis à l'abri de la pluie dans la Citroën, voient revenir une madame Ramanakhoto souriante accompagnée de l'artisan qui brandit une clé à molette. En quelques secondes, il a démonté l'aile et le pare-chocs endommagés de la voiture. Il les fourre dans le coffre.

– Merci infiniment, monsieur Brichottin, dit madame Ramanakhoto.

– Toujours content de pouvoir rendre service, ma petite dame ! répond le gros homme avant de remonter à bord de sa camionnette.

– En route ! dit gaiement l'agent immobilier, comme s'ils s'étaient simplement arrêtés prendre de l'essence. Au fait ? Comment va votre jambe, monsieur Lavaud ?

– Mieux, répond Thomas. Merci.

✷

La rue est en pente, la maison blanche, avec des volets bleus. Un rosier déborde de la grille à la façon d'un bougainvillée. Thomas dit que ça lui rappelle San Francisco.

– Ah oui, vraiment ? fait distraitement madame Ramanakhoto, occupée à fouiller dans son vilain sac à main en croco verni.

Le marché de l'immobilier est en plein boum, elle a des dizaines de trousseaux de clés, imbriqués les uns dans les autres comme les pièces d'un puzzle chinois. Nathalie s'étonne :

– Tu as été à San Francisco, toi ? Quand ça ?

Elle a le goût de la précision, des données corrigées, de la vérité, nue, scientifique, incontestable. Elle travaille à l'Insee. Thomas répond entre ses dents :

– Je n'y suis jamais allé, mais je sais tout de même à quoi ça ressemble.

Madame Ramanakhoto a enfin trouvé la clé qu'elle cherche. Elle ouvre la grille.

– Cette fois-ci messieurs-dames, je crois que vous allez avoir le coup de cœur ! déclare-t-elle avec emphase.

Elle leur a servi la même formule une bonne vingtaine de fois en leur présentant des clapiers, des taudis, des bicoques, des ruines, des caravanes.

– Tu exagères, Thomas ! Elle ne nous a jamais montré de caravane !

– Presque. Le type qui avait bricolé sa véranda lui-même, souviens-toi ! Tout était de guingois. En plus, ça empestait avec ses huit chiens !

– Il en avait six. Pas huit.

Premiers pas sur une moquette bleu nuit constellée de taches. À arracher en priorité, note mentalement Thomas. Une première pièce sur leur gauche, douze mètres carrés à vue de nez, donnant sur la rue.

– Parfait pour un petit bureau !

– C'est vrai. Tu serais bien ici pour travailler, dit Nathalie.

Elle est toujours positive, parfois même enthousiaste. Thomas, lui, ne voit que les défauts ; il anticipe les inconvénients et les problèmes, il subodore les nuisances. Cette maison ne conviendra pas plus que les autres. Trop de travaux, trop de bruit, trop loin des transports, trop chère. Il y a toujours un trop quelque part, ça devient désespérant.

Le montant de leur loyer aussi devient désespérant, et l'arrogance du cabinet de gestion insupportable. D'où la décision d'acheter. En mourant accidentellement une dizaine d'années auparavant, les Lavaud ont laissé à leur fils unique une poignée d'obligations et quelques emprunts d'État que Thomas s'est abstenu de monnayer, par égard pour les années d'économies sordides et de sacrifices qu'ils représentaient. Aujourd'hui, il y a assez d'argent pour un premier apport. Merci maman, merci papa. On empruntera le reste.

– Le living ! claironne madame Ramanakhoto.

L'immobilier : l'art d'enfoncer les portes ouvertes, pense Thomas. Homme de communication, les slogans lui viennent spontanément à l'esprit. Encore qu'il préfère parler d'aphorismes.

Jolies proportions, le living, à condition de démolir cette cheminée rustique dont madame Ramanakhoto est précisément en train de faire l'éloge. Un décrochement mène à ce que l'on peut considérer comme la salle à manger puisqu'elle ouvre sur la cuisine donnant elle-même sur un petit jardin. Nathalie se met à faire le compte des placards, à discuter plan de travail, lave-vaisselle et rangements avec madame Ramanakhoto. Thomas repère une porte basse :

– Je vais voir par-là, lance-t-il sans qu'elles lui prêtent attention.

La pièce prend le jour par une étroite imposte à fleur de trottoir, ce qui n'en fait pas tout à fait une cave, plutôt une sorte de débarras. Ça sent mauvais. La main de Thomas tâtonne le long du mur à la recherche d'un interrupteur quand il entend grogner. Il se fige. Un chien ? « Bordel ! » dit une voix. Un chien ne dirait pas ça. Dans la pénombre, tout près du sol, Thomas distingue une sorte d'énorme chenille qui remue. Le souvenir d'un vieux film d'épouvante lui revient : une paisible bourgade américaine où des mutants se développaient secrètement dans des cocons poisseux...

– Bordel !

En fait de cocon, la forme tente de s'extraire d'un sac de couchage posé sur un lit de camp.

– Excusez-moi ! Désolé ! bredouille Thomas, battant précipitamment en retraite.

– Il y a un type là-dedans ! annonce-t-il d'un ton véhément à madame Ramanakhoto.

– Ah oui ?

Elle paraît plus contrariée que surprise.

– Comment ça, un type ? s'inquiète Nathalie.

Apparaît alors sur le seuil de la salle manger un petit homme trapu avec de longs cheveux gris emmêlés, une barbe de plusieurs jours, les yeux bouffis, et le teint grisâtre du type qui s'est cuité grave. Il est en caleçon, serrant d'une main contre sa poitrine velue les deux pans de son sac de couchage qui pend derrière lui comme la traîne bordée d'hermine d'un monarque.

– Monsieur Vincenot ! s'exclame madame Ramanakhoto. Qu'est-ce que vous fabriquez ici ?

– Qu'est-ce que je fabrique, qu'est-ce que je fabrique ! C'est encore chez moi, bordel ! répond l'intéressé en se dirigeant vers la cuisine d'un pas incertain.

Il est pieds nus. Longs, couleur ivoire, les ongles de ses orteils font penser aux touches d'un très vieux piano.

– Madame Vincenot m'avait assuré que la maison serait vide.

– Madame Vincenot, je l'emmerde !

Avec des gestes hésitants, le type entreprend de se préparer du café.

– Putain ! Je me suis pris une mufflée, hier soir ! Je suis déchiré ! Déchiré !

– Ça ne vous ennuie pas si on visite le reste ? s'enquiert madame Ramanakhoto.

Il se contente d'un geste évasif.

La maison comprend encore trois chambres, une salle de bains, une cave et un second débarras. Une fois les peintures refaites, l'ensemble pourrait avoir un certain cachet. Le jardin, si modeste soit-il, enchante Nathalie.

Au moment où ils s'apprêtent partir, monsieur Vincenot réapparaît, une tasse de café à la main, l'œil plissé par la fumée de la Gitane qui lui pend au coin des lèvres.

– Vous êtes mariés ? demande-t-il abruptement aux Lavaud.

– Oui. Et nous avons une petite fille de cinq ans, précise fièrement Nathalie.

Le type les regarde en soufflant longuement la fumée de sa cigarette à la surface de son café.

– Les bonnes femmes ! Putain ! Elles s'y entendent pour foutre un type en l'air ! grommelle-t-il à l'intention de Thomas.

Devant son expression ahurie, il ajoute :

– Le jour où vous serez où j'en suis, vous comprendrez !

Là-dessus il claque violemment la porte derrière eux. Madame Ramanakhoto ricane, embarassée.

– Les Vincenot sont en plein divorce ! Vous avez vu l'énergumène ? Cette femme a vécu un calvaire ! Et je m'y connais !

Dans la voiture qui les ramène à l'agence immobilière, au péril de leur vie, Thomas ne peut s'empêcher de frissonner en se remémorant l'énigmatique prophétie du pochetron. L'insondable détresse qu'il a cru lire dans les yeux de monsieur Vincenot le hante pendant plusieurs jours. Puis il oublie.

S'il n'avait tenu qu'à lui, ils n'auraient pas acheté la maison. Par superstition. Mais on ne renonce pas à une bonne affaire sous prétexte que le vendeur a des lendemains de cuite difficiles. Les Vincenot sont pressés de vendre. Ils acceptent une offre nettement inférieure au prix annoncé.

*

Nathalie s'adapte immédiatement à la nouvelle situation. Elle, qui autrefois ne jurait que par Paris, trouve du jour au lendemain l'air irrespirable, les rues sales, les passants hargneux et les commerçants âpres au gain.

– Nous voulons que Constance grandisse dans un environnement protégé, explique-t-elle à leurs invités tandis que Thomas débouche un côtes-de-blaye.

Le « nous » tient plus du pluriel de majesté que de la réalité. Thomas ne se souvient pas avoir voulu quoique ce soit. Il s'est laissé porter. Comme souvent. Comme toujours, corrigerait Nathalie.

Faute de moyens suffisants pour acheter à Paris, les Lavaud se sont rabattus sur la banlieue. La plus proche possible. Ce que Francis, supérieur direct de Thomas et néanmoins ami, appelle plaisamment : le premier cercle. La zone cinq de la carte Orange constituant le dernier, le comble de l'horreur, l'enfer absolu. Francis sait de quoi il parle : il s'est exilé sept ans plus tôt.

– Disposer d'un jardin, c'est une chance pour un enfant d'aujourd'hui ! affirme Nathalie.

Ce discours nouveau la gêne un peu aux entournures, comme des bottines neuves. Mais tout cela se fera à l'usage.

Thomas est sidéré par la métamorphose de sa femme. Du jour au lendemain, elle s'est coulée dans son rôle de banlieusarde branchée. De la même façon, autrefois, a-t-elle abandonné abruptement la dépouille de la célibataire indépendante, fêtarde, et dévoreuse de mâles – Thomas frémit encore rétrospectivement de certains bruits qui ont couru sur le compte de sa femme – pour endosser l'habit de la mère de famille responsable, attentive à l'épanouissement de la fille exceptionnelle qu'elle a mise au monde. Thomas est à l'origine de ce revirement spectaculaire. C'est pour lui, en fin de compte, que Nathalie a renoncé à une vie de plaisirs. Cette idée, parfois, l'angoisse. Un jour, ne passera-t-il pas pour l'emmerdeur, le bonnet de nuit qui a sonné le glas d'une période insouciante en lui faisant un bébé ? Non. Cet enfant, elle l'a follement désiré, et de tous les hommes qui tournaient alors autour d'elle, il a été le seul à répondre à son désir. L'élu ! Ou la bonne poire ? À cette pensée, il vide son verre d'un trait.

– Et pour Constance ? Comment tu vas t'organiser ? demande Alba, la femme de Francis.

– Il faudra trouver quelqu'un pour la ramener de l'école, lui donner son goûter et son bain le temps que l'un de nous deux revienne du boulot...

Thomas, qui aime bien traîner un peu en sortant de l'agence, boire un verre avec des collègues ou simplement flâner dans les rues, se voit soudain courir pour attraper un métro, puis un RER bondé direction Nanteuil-le-Bois. Ou coincé sur le périphérique un soir de pluie et d'accident, l'angoisse au ventre, sachant sa fille sous la garde d'une adolescente défoncée au crack, ou d'une matrone nonchalante portée sur le ti-punch. Bon Dieu ! Ils ont signé. Ils viennent d'en prendre pour quinze ans !

– Tu t'es déjà renseignée ? Comment sont les écoles ?

Nicole. Sa voix de crécelle, son cul trop bas, ses opinions toutes faites.

Devenue institutrice par dépit. Comment Nathalie, si fine, si élégante, si jolie, peut-elle être sa sœur cadette ? La seule fée qui s'est penchée sur le berceau de l'aînée a dû être Carabosse. Le fait est que Nicole ressemble à son père, employé aux Hypothèques de Forbach, aujourd'hui à la retraite. Un homme aussi terne, aussi lugubre, aussi sec que les dossiers dont il avait la charge. De là à imaginer que Nathalie soit le fruit d'une liaison secrète, il n'y a qu'un pas que Thomas s'est empressé de franchir par l'imagination, certain d'avoir surpris, à maintes reprises, d'étranges lueurs dans l'œil de sa belle-mère...

– Attention ! Primordial, l'école ! Primordial !

Jean-Louis, le mari de Nicole. Ces deux-là se sont bien trouvés. Prof également, Jean-Louis. Physique et chimie. Un collier de barbe à la manière socialiste, des chemises trappeur, des mots d'ordre syndicaux et une pipe. Une pipe, doux Jésus ! Thomas croise le regard de Francis. Lui aussi se délecte à observer Jean-Louis, magnifique spécimen d'une espèce en voie de disparition.

– Nous, nous avons dû mettre Angèle dans le privé, dit Alba.

– Voilà ! Voilà l'erreur à ne pas commettre ! s'enflamme aussitôt Jean-Louis. Si tout le monde fait comme vous, c'est la mort annoncée de l'école publique !

Jean-Louis adore jouer les pythies. Il se délecte de sombres prédictions sur l'avenir de l'humanité en général, de l'Éducation nationale en particulier.

– Tu es gentil, mais on aimerait bien que notre fille sache lire et écrire avant la puberté, intervient Francis. Tu trouves que c'est trop demander ?

– C'est facile quand on a les moyens ! grommelle Jean-Louis.

– C'est aussi facile d'en parler quand on n'a pas d'enfants ! réplique Alba.

– Je vais jeter un coup d'œil au rôti, claironne Nathalie en se levant. Nicole, j'ai besoin de ton avis.

Alba ignore que Nicole suit depuis des années des traitements anti-stérilité contraignants. Après avoir longuement tenté de booster ses ovaires, les médecins viennent de s'en prendre aux spermatozoïdes de Jean-Louis, soupçonnés d'indolence. « C'est normal pour des gamètes de prof, a ricané Thomas. Quatorze semaines de vacances par an… » Nathalie n'a pas trouvé ça drôle. La stérilité est un sujet dont on ne doit pas rire. Surtout quand sa propre sœur en est la victime.

Leurs amis feront-ils encore l'effort de venir les voir une fois qu'ils seront installés à Nanteuil-le-Bois ? s'inquiète Thomas au cours du dîner.

– Nos vrais amis, oui ! croit pouvoir affirmer Nathalie.

Francis ricane :

– L'exil en banlieue n'est rien d'autre qu'une mort lente ! C'est un naufrage social !

– Ne faites pas attention, il est bourré ! dit Alba.

– Vous vous ferez aussi des amis sur place, assure Nicole. Tenez ! Nous, à Achères…

– C'est ce que je dis, la coupe Francis. Un naufrage social !

– Il faudra tout de même qu'un jour on en finisse avec ce complexe de supériorité des Parisiens ! ose Nathalie. C'est insupportable.

J'ai épousé un caméléon, songe Thomas sans savoir s'il y a lieu de s'en plaindre ou de s'en réjouir.

Après le départ de leurs invités, Thomas fait l'amour au caméléon sur la moquette du salon. Ils sont tous les deux saouls, c'est étonnamment réussi.

– Est-ce que tu serais contre un deuxième enfant ? murmure Nathalie alors que Thomas reprend doucement son souffle, allongé à côté d'elle.

– Euh…

– Pas tout de suite, évidemment. Plus tard, quand on sera installés.

Dehors, on entend gronder les voitures dont les phares dessinent au plafond de capricieux motifs.

– Hmm, fait Thomas.

– Je t'aime ! dit Nathalie en l'embrassant dans le cou.

*

« Je ne me lasse pas de ton beau-frère ! déclare Francis à Thomas, le lendemain, à l'agence. C'est vraiment le con intégral !

– Nathalie lui trouve toujours des excuses…

– Mon petit, un fumeur de pipe qui porte une barbe aussi tarte n'a aucune excuse !

Ils rigolent. Francis ajoute :

– Hier soir en revenant de chez toi, je me suis fait poisser par les flics.

– Oh merde !

– Des jeunes qui s'y croyaient, des pas commodes. J'ai eu beau leur dire que je tutoyais un ministre, ils m'ont fait souffler dans le ballon…

– Et alors ?

– Retrait de permis ! Alba va être obligée de m'emmener tous les matins à la gare et de venir me chercher tous les soirs. Elle est furax !

– Mets-toi à sa place ! Pourquoi tu ne prends pas le bus ?

– Parce que c'est Alba qui a voulu qu'on aille habiter en banlieue. Moi j'étais contre. Qu'elle assume !

À sa manière abrupte et cassante, Francis énonce une vérité de base : dans le couple, il y a toujours un prix à payer. Tant qu'on s'aime, on ne compte pas. Mais quand vient le temps des bilans, chacun considère généralement que l'autre lui est lourdement redevable.

*

Les Lavaud font casser la cheminée du living et repeindre la plupart des pièces. En arrachant lui-même la moquette, un samedi, Thomas découvre qu'elle dissimule un parquet encroûté par plusieurs épaisseurs de colle qu'il gratte sur vingt centimètre carrés.

– Chêne de Bercé, premier choix ! déclare le spécialiste qu'il est parvenu à intéresser à ses travaux.

– C'est rattrapable ?

– Faudra ce qu'il faut. Mais c'est rattrapable.

Thomas adorerait pouvoir dire en réunion : « Faudra ce qu'il faut ! » Au lieu de quoi, s'adressant le plus souvent à des énarques, il est tenu de tailler son discours à leurs mesures. Exemple : « Impulser des dynamiques nouvelles dans des projets porteurs tant au plan de la fréquentation des espaces d'exposition qu'à celui de l'accessibilité des outils de connaissance au plus grand nombre. »

Thomas aime les artisans. Ils travaillent à leur rythme, ce qui est parfois crispant, mais c'est un plaisir de voir étaler sans bavure un enduit à la taloche ou ajuster une lame de parquet au millimètre. Des gens dotés d'un véritable savoir-faire. Le contraire de ceux qu'il côtoie généralement. Le contraire de ce qu'il est.

– Qu'est-ce que je sais faire moi ? Que dalle ! Je vends du vent, des formules creuses, de la poudre aux yeux…

– Si ça te ronge à ce point, fais un stage de plomberie ! répond Nathalie que les questionnements existentiels de Thomas ont tendance à lasser.

Il y a une mauvaise surprise avec l'électricité : les fils datent des Mérovingiens. Gainés d'un tissu devenu pulvérulent, ils courent librement sous des baguettes de bois sec, agrémentés d'épissures désinvoltes. Autant d'incendies potentiels.

– Jamais eu de problème avec le jus ! grommelle monsieur Vincenot quand Thomas, poussé par Nathalie, réussit à le joindre à la clinique où on tente de le désintoxiquer.

Ce sont les aléas de l'immobilier, explique le notaire avec agacement. Ce qui est signé est signé. Pas question d'obtenir une ristourne sur le prix de vente. Sauf qu'on ne peut pas laisser les choses en l'état. Les professionnels consultés demandent une fortune. En parlant de ses problèmes à gauche et à droite, Thomas finit par obtenir un tuyau : deux types qui bossent uniquement au black et par relations. On se refile leur numéro de téléphone en loucedé, comme celui d'un dealer ou d'un spécialiste de l'impuissance masculine. Après deux rendez-vous manqués qui l'ont obligé à de fastidieux allers-retours à Nanteuil-le-Bois, Thomas, au bord de l'exaspération, voit débarquer un soir d'une 404 pourrie deux barbus patibulaires, presque identiques. Dans la maison d'en face, leur arrivée fait sensation : Thomas aperçoit distinctement le visage effaré de la vieille voisine avant que ne retombe un rideau grisâtre.

– Tawfik, se présente le premier patibulaire.

– Hassan, dit le second.

– Jumeaux ? s'enquiert Thomas.

– Non, seulement Palestiniens, rétorque Tawfik.

Il étudie les mathématiques, Hassan la physique quantique. Leurs chantiers leur permettent de financer leurs études. Thomas, qui vient de lire le *Cinquième cavalier* de Lapierre et Collins, ne peut s'empêcher de les imaginer occupés à bricoler une bombe thermonucléaire dans le modeste appartement qu'ils partagent à Belleville.

La vieille d'en face doit déjà avoir téléphoné aux flics. Ils vont débarquer avec la DST et il sera accusé de complicité. Dans la case « profession du père » qu'elle sera tenue de remplir dès la rentrée prochaine, Constance pourrait écrire « détenu ». Car le jour approche où elle posera la question fatidique :

– Papa ? Tu fais quoi, comme métier ?

– Je travaille dans une agence de communication, ma chérie.

– Oui, mais ton métier, c'est quoi ?

– Je viens de te le dire : la communication. En gros, ça consiste à expliquer aux gens ou aux entreprises ce que font d'autres gens ou d'autres entreprises, comment, et pourquoi ils le font.

Constance le couvera de ses grands yeux graves et ira chercher auprès de sa mère une réponse mieux adaptée.

– Tu n'as qu'à mettre « fonctionnaire », dira Nathalie.

– Je ne suis pas fonctionnaire ! s'insurgera alors Thomas.

C'est compliqué : son agence est une émanation du ministère de la Culture dont elle traite intégralement le budget com'. Mais elle est autorisée, voire même encouragée, à trouver des clients par elle-même, en dehors du service public. Ses employés ont, par conséquent, un statut hybride, à mi-chemin entre le privé et la fonction publique. Thomas se défend surtout avec véhémence d'appartenir à la même catégorie socioprofessionnelle que son beau-frère et sa belle-sœur. Il tisse patiemment, par ailleurs, un réseau de relations pour pouvoir, un jour, tirer sa révérence et travailler en indépendant dans le domaine de l'art conceptuel qui est sa passion. Dans son esprit, l'agence n'est qu'une étape. Il ne regrettera que Francis.

Après s'être baladé nonchalamment à travers la maison, Tawfik annonce un prix inférieur de moitié à celui des électriciens assujettis à la TVA.

– OK, dit Thomas.

– Tu donnes 30 % tout de suite, qu'on puisse acheter le matériel.

– OK, dit encore Thomas en sortant son chéquier.

Les deux barbus font non de la tête à l'unisson.

– On ne prend pas les chèques.

– Que le liquide.

Thomas voudrait refuser. Mais devant le regard sombre des deux hommes, il flanche et accepte de s'embarquer avec eux dans une virée qui a toutes les chances de se terminer au poste : avec ses taches de rouille et ses ailes dépareillées, la 404 est une provocation ambulante. L'échappement vomit autant de fumée que le *Titanic* et les papiers des deux bonshommes sont probablement faux. Sur les boulevards extérieurs, il faut s'arrêter à quatre distributeurs successifs pour réunir la somme requise. Thomas est en nage.

– Faut que tu nous laisses les clés de la maison, ordonne Tawfik au moment où Thomas s'apprête à prendre congé, soulagé d'être encore vivant et en liberté.

– Je pourrais peut-être…

– On a besoin des clés, tranche Hassan.

Leur foutue bombe, c'est chez moi qu'ils vont la fabriquer, se dit Thomas en regardant s'éloigner la 404. Je ferais peut-être aussi bien de les dénoncer tout de suite. Puis il comprend qu'il a été joué : pas mal, le coup des électriciens ! Ils l'ont niqué en beauté. Il ne reverra jamais son fric. Il rentre chez lui à pied, le cœur presque léger. Nathalie l'accueille d'un « Tu étais où ? » qui frise l'hystérie.

– Avec les électriciens.

À minuit passé, sa réponse n'est pas crédible.

Nathalie fond en larmes et court s'enfermer dans la chambre à coucher. Thomas se pelotonne tristement sur le canapé du salon, songeant que si jamais Nathalie examine ses relevés de carte bancaire, ses pires soupçons se verront confirmés : pourquoi a-t-il tiré quatre fois autant de liquide dans la même soirée, sur les boulevards extérieurs de surcroît, sinon pour des prostituées ? Le plus injuste de l'affaire est qu'il n'a jamais trompé Nathalie, ni songé à le faire depuis leur mariage. « Même pas avec des putes », ironiserait Francis.

*

Madame Pélisson, la voisine d'en face, arrête Thomas dans la rue pour lui chanter les louanges des deux Palestiniens : à plusieurs reprises, ils l'ont aidée à monter son caddie dans sa cuisine malencontreusement située en haut d'une volée de marches. « Vraiment bien aimables pour des arabes, dit-elle en concluant son panégyrique. Et bosseurs avec ça ! On ne croirait pas ».

De fait, ils ont exécuté un boulot impeccable. L'expédition nocturne, d'un distributeur de billets à l'autre, en compagnie d'un Thomas terrifié, est même devenue un morceau de bravoure que Nathalie sert à chaque dîner.

Dans la liste Avantages/Inconvénients que dresse tout acheteur d'un bien immobilier, madame Pélisson figure désormais dans la seconde colonne. Thomas regrette le temps où elle se contentait de les épier. Elle a profité de la présence de Constance, un dimanche après-midi, pour émerger de son antre et engager la conversation.

– C'est votre fille ?

Pas du tout ! On vient de la trouver dans le grenier ! aurait voulu répondre Thomas.

– Comme elle est mignonne !

Difficile de refuser la tasse de café qu'elle leur propose.

– Alors comme ça, vous êtes mes nouveaux voisins…

La conversation promet d'être enrichissante. Bien que sa maison soit grande, madame Pélisson vit dans sa cuisine haut perchée, entre un buffet deux corps aux balustres chantournées et un téléviseur géant. On est pris à la gorge par un cocktail d'odeurs : chou, chien, et vieille urine. Constance est fascinée par les deux roquets, des bâtards ignobles et galeux, par les souvenirs et les photos accumulées sur le buffet. « Je suis bien seule, vous savez… » glisse madame Pélisson une bonne vingtaine de fois. La phrase glace Thomas. Il se voit déjà obligé de lui faire ses courses, de l'accompagner chez le docteur et, au final, de fleurir une tombe payée de sa poche parce qu'elle aura murmuré, avant de mourir dans ses bras, qu'elle ne veut pas finir dans la fosse commune sous prétexte qu'elle n'a pas d'argent.

– Ça fait plaisir de voir de nouveau des jeunes dans le quartier ! répète la vieille dame.

Tous les pavillons alentours sont habités par des retraités modestes dont beaucoup ont un pied dans la tombe. En grimpant sur le faîte de son mur de clôture pour étêter un arbuste, Thomas a découvert une géographie compliquée, un labyrinthe de passages étroits desservant des bicoques improbables. De toutes ces maisons sortent à intervalles réguliers des vieilles bancales chargées de cabas, comme sortent les figurines d'un jaquemart.

*

Au début de l'été, Nathalie et Thomas s'installent enfin à Nanteuil-le-Bois. Une violente querelle éclate entre leurs déménageurs et des employés des pompes funèbres venus lever un corps dans une maison voisine. Le camion de déménagement empiète en effet sur l'entrée du passage mitoyen à la maison, obligeant les croque-morts à des contorsions peu compatibles avec la dignité de leur fonction.

– C'est ce pauvre monsieur Leschère, soupire madame Pélisson. Il venait de fêter ses quatre-vingt-deux ans…

– Qui ça ?

– Monsieur Leschère, je viens de vous le dire.

– Ah oui, c'est terrible ! opine Thomas en surveillant du coin de l'œil le jeune déménageur qui porte son ordinateur d'une manière trop désinvolte.

Première nuit, seuls, dans la maison. Constance est chez Nicole et Jean-Louis, à Achères, où ils iront la chercher le lendemain. Malgré son immense fatigue, Thomas a envie de faire l'amour. Nathalie moins. Elle n'a pas encore ses repères dans cette chambre, d'ailleurs est-ce qu'ils n'auraient pas mieux fait de mettre le lit dans l'autre sens, parallèle à la fenêtre ?

– Tu veux qu'on essaie ? demande Thomas.

Elle répond pourquoi pas, ça ne risque pas de déranger les voisins. C'est un des avantages de la maison, on peut faire tout le bruit qu'on veut sans voir surgir le type de l'étage en-dessous, la moustache en bataille et le verbe haut, pour vous menacer du syndic ou de la police. Thomas entreprend de faire pivoter le grand lit avec Nathalie dessus pour s'apercevoir que ça ne passe pas, il manque trois centimètres, il faudrait déplacer aussi l'armoire qui pèse un âne mort. Devant l'absurdité de la situation, ils sont pris d'un fou rire et, cinq minutes plus tard, ils baisent comme des forcenés dans le lit de guingois. Nathalie s'endort dans ses bras, d'un seul coup, mais Thomas est incapable de trouver le sommeil, ses pensées vagabondent, ses souvenirs remontent à fleur de conscience.

S'il compare Nathalie à ses conquêtes précédentes, il ne peut que se féliciter de son choix : c'est résolument la classe au-dessus. Je suis plus près du bonheur que je ne l'ai jamais été, se dit Thomas avec ravissement. Si seulement j'arrivais à trouver un job qui me plaise vraiment. Il en est là de ses réflexions quand retentit un cri. Puis un deuxième, suivi d'une longue plainte lugubre. Il est près de quatre heures du matin, ça ne peut pas être une télé. Vaguement effrayé, Thomas se demande quelle sorte d'animal peut hululer de la sorte. Il penche pour un hibou, il doit en rester, en banlieue. Il se lève doucement pour aller jeter un œil par la fenêtre qui donne sur l'arrière de la maison…

Dans le jardin voisin, trois personnes en cheveux et en chemise de nuit courent maladroitement sous la clarté de la lune ! Spectacle irréel. Thomas pense d'abord, assez sottement, que ces gens jouent à chat, mais ce n'est plus vraiment de leur âge. Ouvrant doucement la fenêtre, il entend crier : « Arrête Madeleine ! Arrête ! Reviens te coucher tout de suite ! » C'est la dénommée Madeleine qui pousse ces cris à fendre l'âme, ou à glacer le sang – expressions populaires qui prennent ici tout leur relief. Réfugiée derrière la cabane à outils, la démente échevelée bondit vers un cerisier. Fatale erreur : le couple la prend en tenaille et lui fait réintégrer la maison à grands renforts de taloches et de coups de pied au cul. La situation est à la fois sordide et truculente, entre Wilhelm Busch et Louis-Ferdinand Céline.

– Qu'est-ce qui se passe ? demande Nathalie d'une voix pâteuse. Pourquoi es-tu à la fenêtre ?

– J'écoutais le silence, ment Thomas. C'est autre chose que Paris, non ?

– Oh oui ! roucoule Nathalie.

Dès qu'il en a l'occasion, Thomas évoque l'incident de la nuit avec madame Pélisson.

– C'est les Bonnevaux, dit-elle avec une moue gourmande.

– J'ai bien vu que c'étaient les Bonnevaux.

– Leur fille est complètement timbrée ! De temps en temps, ils la sortent de l'asile, mais ça ne dure jamais longtemps. Elle fait des bêtises et il faut l'enfermer.

– Quel genre de bêtises ?

– Une fois, elle a couru toute nue dans la rue, vous imaginez ! Il a fallu appeler les pompiers… À Noël dernier, elle a tué le chat de monsieur Leschère avec une serpe ! Ensuite, elle s'est barbouillée avec son sang.

À Paris, les habitants de leur immeuble ne se saluaient pas en se croisant dans l'escalier, mais personne n'hébergeait de psychopathe. Thomas préfère taire à Nathalie ce qu'il vient d'apprendre.

✷

À mesure que l'automne dépouille les arbres de leurs feuilles et les rosiers de leurs fleurs, Thomas éprouve un sentiment de malaise vis-à-vis de sa banlieue. Tout lui paraît désormais gris, fissuré, grêlé, miteux. Il va, le dos voûté sous la pluie, attraper son RER. Les vitres sont embuées, les voyageurs maussades. Un matin sur deux, une grosse femme entre dans le wagon : « Bonjour messieurs-dames, je m'appelle Ghislaine, j'ai quarante-deux ans et je suis réduite à tendre la main pour ne pas dormir dans la rue avec ma fille de neuf ans et rester propre... Si quelqu'un d'entre vous avait un ticket restaurant ou un travail à me proposer, je vous en remercie... » Ghislaine a un phrasé très particulier : on dirait qu'elle lit son petit texte sur un prompteur placé trop loin. Thomas est tenté de lui dire que la syntaxe de sa présentation laisse à désirer. Il se contente de lui glisser une pièce, de temps en temps, en évitant son regard.

Un autre SDF fréquente régulièrement la ligne. Celui-là est barbu, affligé d'une voix de rogomme trempée au gros rouge et aux hivers parisiens : « Je m'excuse de vous avoir fait peur ! Je ne suis ni un voleur, ni un cambrioleur, ni un malfaiteur... Juste un pauv' chômeur... » Nettement plus vendeur. Thomas se demande s'il n'existe pas quelque part une agence de com' destinée aux SDF. Il imagine un rédacteur publicitaire senior, alcoolique, et tombé dans la mouise, qui tiendrait boutique sur un quai, à Châtelet-Les Halles.

✷

Un soir, en rentrant de l'agence, Thomas découvre sa rue barrée par des camions de pompiers. Dans la lumière des gyrophares, il aperçoit les visages de la petite foule qui s'est rassemblée : des trognes à la James Ensor. Ça se passe devant chez lui ! Un pain de glace lui dégringole dans l'estomac, il se précipite, certain qu'il est arrivé à Constance quelque chose qu'il n'ose même pas imaginer. Depuis le début, il se méfie de la jeune fille qui va la chercher à la sortie de l'école : elle ne le regarde jamais dans les yeux et mâche du chewing-gum sans arrêt. Thomas interpelle le premier pompier qu'il aperçoit : « Je suis son papa ! Qu'est-ce qui est arrivé ? » L'autre le regarde d'un air effaré :

– Vous êtes son papa ?

– C'est madame Pélisson, intervient alors un voisin. On l'a trouvée couchée par terre dans son jardin !

– C'est le cœur qui a lâché, ajoute un autre. Ils essaient de la réanimer.

Trois jours plus tard, Thomas s'étant lâchement défilé, Nathalie suit seule le convoi de la vieille dame en compagnie d'une poignée de voisins. Du coin de l'œil, Nathalie observe l'unique héritier Pélisson – un neveu, d'après ce qu'on murmure. Une vraie tête de croque-mort : maigre, bilieux, une couronne de cheveux noirs et gras qui balaient le col de sa veste. Il habite Dijon et ne parle à personne.

– S'il vient s'installer en face, dit Nathalie à Thomas au cours du dîner, je ne serai plus jamais tranquille pour Constance !

Son alarme est de courte durée : bientôt, une pancarte « À vendre » est suspendue à la grille.

*

Guillaume Dexincourt n'a pas remarqué que la rue était en pente. Il s'en rend compte quand sa grosse BMW, dont il a oublié de serrer le frein à main, vient buter doucement contre le pare-chocs de la Renault des Lavaud. Carole descend de la voiture pour constater d'éventuels dégâts. Il n'y en a pas. En tous cas rien d'apparent. Elle fait signe à Guillaume que tout va bien. Il sort de la voiture et se plante avec elle devant la maison de feu madame Pélisson.

Monsieur Gervaux, l'agent immobilier avec lequel ils ont rendez-vous, est en retard.

– Ça me paraît bien, dit Guillaume.

Carole sourit.

– Attends de voir l'intérieur !

On aperçoit un bout du jardin : un gros cerisier, un vieux tilleul, et une profusion de petites roses à demi sauvages qui courent le long de la grille. La maison d'en face, la blanche aux volets bleus, se flatte elle aussi d'un opulent rosier dont les fleurs ont la nuance du corail.

Faute de place pour se garer, l'agent immobilier fait escalader le trottoir à son énorme 4×4. Plus un piéton ne passera tant que sa voiture sera là.

– Je m'étais toujours demandé quel genre de crétins achetaient ces engins en région parisienne, persifle Guillaume. Maintenant je sais.

– Chut ! dit Carole.

Monsieur Gervaux ressemble à sa voiture : il est massif et voyant. Quand il ouvre la bouche, on aperçoit même du chrome. De sa voix de stentor, il engage les Dexincourt à ne pas se laisser rebuter par la première impression. Malgré ces précautions oratoires, Carole et Guillaume ont un choc en pénétrant dans ce qui a été l'antre de madame Pélisson. L'odeur les prend à la gorge. Le neveu a tout laissé en l'état. Y compris la vaisselle sale dans l'évier depuis le jour de l'enterrement, fin novembre. En ce début d'été pluvieux, elle est couverte d'une couche de moisissure aussi dense qu'une fourrure d'opossum.

– Si on l'achète, murmure Guillaume, je commencerai par un nettoyage au lance-flammes !

Les autres pièces de la maison abritent des meubles et des objets qui n'ont manifestement pas servi depuis la Première Guerre mondiale. La découverte d'un cadavre desséché au fond d'un placard n'aurait rien de surprenant.

– Le jardin ! annonce enfin l'agent immobilier, sûr de son effet.

C'est la valeur ajoutée de la maison, ce qui en fait le charme et le prix : six cent vingt mètres carrés d'herbe folle où poussent librement, en sus du cerisier et du tilleul déjà mentionnés, des pruniers, des amandiers et un bouquet d'élégants bouleaux. Au fond de ce bout de nature impressionniste se dresse un appentis vitré, où Guillaume a aussitôt envie d'installer son bureau.

– On la prend ! chuchote-t-il, enthousiaste, à l'oreille de Carole.

Elle pose un doigt sur ses lèvres.

– Je ne devrais pas vous le dire, mais le vendeur est assez pressé, déclare monsieur Gervaux avant de remonter dans son 4×4. Si vous faites une offre décente, vous avez toutes vos chances…

L'offre de Carole frise l'indécence, mais le neveu de madame Pélisson a besoin de liquidités pour acquérir le magasin de chaussures de ses rêves, à Dijon.

Le premier travail de l'équipe de Portugais engagée par les Dexincourt est de vider la maison : la plupart des meubles, fracassés à la masse, alimentent un brasier allumé au centre du jardin, les autres partent chez Emmaüs. Commencent ensuite des travaux d'agrandissement, de redistribution des volumes, au terme desquels la vilaine bicoque de madame Pélisson devient une agréable maison. De l'appentis, on a fait un confortable bureau pour Guillaume.

Le décor qu'il voit de sa fenêtre lui rappelle les illustrations fouillées de Beatrix Potter qui ont enchanté sa petite enfance. Ses filles préfèrent les dessins animés de la télé et il s'en désole.

Guillaume est un rêveur. Un rêveur de haut niveau qui évolue dans l'univers très particulier de l'astrophysique. Ses travaux ne sont intelligibles qu'à un nombre restreint d'individus à travers le monde. Carole se souvient encore avec effroi d'un jeune chercheur chinois que son mari lui avait présenté comme « le Mozart de la nucléosynthèse ». De Mozart, le jeune homme avait effectivement le comportement grossier : il pétait et rotait avec une joie manifeste, fumait sans discontinuer, écrasait ses mégots n'importe où, et ne tirait jamais la chasse des toilettes derrière lui. À la fin de son séjour chez les Dexincourt, il avait même tenté de violer Carole en l'absence de Guillaume. S'il n'avait été aussi abominablement ivre, il serait peut-être parvenu à ses fins.

Pour les besoins de son travail, Guillaume est également en relations suivies avec un Indien à la peau olivâtre et grêlée du nom de Singpar : le physique même du traître dans un mauvais feuilleton. Il y a aussi Moshe, un Israélien très allumé, grand amateur de shit, et Craig, un Américain éléphantesque qui a tout du détraqué sexuel...

Depuis l'épisode Mozart, et la naissance de ses enfants, Carole n'en reçoit plus aucun chez elle. Guillaume, lui, ne manifeste aucune tare apparente, sinon la classique distraction du savant.

Contrairement à ses confrères exotiques, il est beau, avec d'abondants cheveux noirs bouclés, des yeux bleus et rieurs derrière ses lunettes, un corps mince et souple d'adolescent. Il y a chez Guillaume quelque chose d'angélique, des zones vierges et des trésors d'innocence qui font souvent de lui un convive peu intéressant dans un dîner. Sans compter qu'il ne comprend pas toujours les blagues. « Excusez-moi, dans certains domaines, je suis complètement idiot ! »

s'excuse-t-il avec son charmant sourire. Carole est la seule à savoir que l'éternelle jeunesse de son mari a pour pendant une immaturité lassante et un égoïsme forcené. Elle souffre de ne pas avoir accès au monde de Guillaume, de ne rien comprendre ni aux théories qu'il développe, ni aux notions qu'elles mettent en jeu. Elle a dû se résoudre à n'être jamais que la femme de l'astrophysicien, l'épouse aimante et attentive qui soutient son conjoint dans les moments de doute, la maman de deux ravissantes petites filles, Paula et Amandine. La potiche, en somme.

*

– Je n'arrive pas à comprendre de quoi vivent les Dexincourt ! dit Thomas à sa femme quelques mois après l'installation de leurs voisins. Je veux dire : ils ont dépensé un fric fou pour cette maison et elle ne bosse pas… Ou rarement. Lui est au CNRS. Ne me dis pas qu'il est payé des cent et des milles !

Nathalie répond que ça ne les regarde pas et reproche à son mari ses préoccupations mesquines. Elle est fascinée par le travail de Guillaume où poésie et rigueur semblent si étroitement mêlées.

Thomas a mis le doigt sans le savoir sur le problème qui taraude Carole : le fric. Guillaume ne dispose en effet que de son salaire de chercheur. Au contraire de beaucoup de ses collègues, il n'écrit pas d'articles, ne prête son concours à aucune publication scientifique, ne donne pas de conférences. Il cultive un côté ours, se tenant délibérément à l'écart des cercles où son génie pourrait lui valoir des avantages que d'autres, nettement moins brillants que lui, n'hésitent pas à solliciter. Il trouve plus simple de vivre de l'argent que Carole a hérité d'une grand-tante, marchande d'oiseaux quai de la Mégisserie où elle possédait un immeuble. Une fortune relativement modeste, au demeurant, dont Carole écorne chaque année le capital, au grand désespoir du notaire cacochyme qui en est le gestionnaire.

Très jeune, Guillaume a été invité à rejoindre l'équipe de *Dodge & Cobble*, en Californie. C'était un honneur exceptionnel, une chance à ne pas laisser passer. Carole n'a jamais su si le différend intervenu deux ans plus tard était d'ordre humain ou scientifique. Guillaume a déclaré brusquement que *Dodge & Cobble* n'étaient que deux vieux cons. Les Dexincourt ont quitté la Californie du jour au lendemain.

Depuis, Guillaume ressasse le passé. Il travaille mollement avec une équipe franco-anglaise dont il pense et dit le plus grand mal. Il s'arrange pour esquiver toute discussion sérieuse à propos de l'avenir et entre dans des colères insensées quand on le met face à ses responsabilités.

Carole a abandonné des études d'architecture à la naissance de Paula. Et elle le regrette. Il est désormais trop tard pour passer son diplôme, elle n'en a plus ni le temps ni l'énergie. Depuis quelques années, elle prête occasionnellement main-forte à Serge, un copain des Beaux-Arts devenu décorateur de cinéma. Elle apprend le métier sur le tas et y déploie un talent certain. Elle se dit qu'elle pourrait s'y consacrer à plein temps quand les filles seront plus grandes et sa fortune évanouie. Bien que Serge ne fasse pas mystère de son homosexualité, Guillaume en est jaloux. Dans sa tête, le milieu du cinéma est de ceux où l'on baise à tort et à travers. Il n'a pas entièrement tort. Carole se fait abondamment draguer sur les tournages où sa beauté sculpturale plaît. Elle reste cependant farouchement fidèle à son mari, bien qu'avec les années, leurs rapports aient pris un tour presque fraternel. Sans doute parce qu'il a la tête dans les étoiles, Guillaume est moins porté sur le sexe que la plupart des hommes. Carole s'en accommode.

*

Les Dexincourt vivent maintenant à Nanteuil-le-Bois depuis plusieurs mois, et Carole commence à se demander si elle n'est pas victime d'une forme d'arnaque conjugale, si Guillaume ne se contente pas de rêvasser dans son bureau au fond du jardin pendant qu'elle cavale partout pour dénicher les tissus et les objets que Serge lui a demandés pour composer une ambiance orientale. Empire ottoman, fin du XVIIe siècle. Rien que ça. Un décor qui nécessite beaucoup de recherches et autant de visites éprouvantes à des collectionneurs qu'il faut convaincre de prêter leurs trésors. Le mot « cinéma » n'ouvre plus les portes depuis longtemps, c'est plutôt le contraire ! Tout le monde lui sert des anecdotes sur des appartements où le passage d'une équipe de tournage a fait plus de dégâts qu'un cyclone, des histoires de voitures de collection qu'on a laissées entre les mains d'assistants irresponsables qui les ont esquintées à jamais… Pendant qu'elle se démène, qu'elle jongle avec les horaires pour être sûre d'emmener Paula à temps chez l'orthodontiste ou Amandine à sa leçon de piano, tout en assurant les repas, les lessives et le repassage, Guillaume joue aux échecs contre lui-même dans le calme de ce bureau qu'il appelle affectueusement son terrier. Si Carole se permet la moindre réflexion, il répond que le jeu lui est une nécessité, une soupape de sécurité. Attention ! Cerveau exceptionnel en activité ! Risque de surchauffe !

Comment savoir s'il tire simplement sa flemme ou s'il est effectivement au bord d'imploser à la veille d'une découverte capitale sur l'origine de l'univers ? Invérifiable, pour le profane.

Au fils des ans, Carole s'est habituée à traiter son mari comme un explosif instable. Nerveusement, c'est épuisant.

✷

En achetant à Nanteuil-le-Bois, Thomas a placé le bois en question dans la colonne « avantages » : les frondaisons à l'automne, la réserve d'oxygène, un terrain de jeux inépuisable pour Constance. Au bout d'un an et demi, le mot lui colle de l'urticaire. Les dimanches où ils ne sont pas à Achères, chez Nicole et Jean-Louis, il faut aller au bois, parmi des milliers d'autres citadins qui y promènent leurs gosses, leur chien, leur aïeul, ou, simplement, leur spleen.

Et ça n'est pas près de s'arrêter : Nathalie est enceinte. En plus du vélo de Constance, du ballon, du seau, du doudou et de l'indispensable goûter, il faudra bientôt trimballer un landau, des couches et des biberons. Condamnés à vivre chaque dimanche après-midi comme des nomades !

Chaque dimanche, Thomas appelle donc de ses vœux les tempêtes ou les pluies diluviennes qui pourraient lui permettre d'échapper à la corvée de bois. Il ronchonne :

– C'était bien la peine d'avoir acheté une maison avec un jardin !

– Un enfant a besoin de se dépenser ! rétorque Nathalie. Ce n'est pas dans ce mouchoir de poche qu'elle peut courir !

– Et puis ce serait dommage qu'elle abîme tes précieux massifs…

– Ça n'a rien à voir.

Nathalie consacre beaucoup de temps et d'énergie à son minuscule jardin. Elle accumule les revues, les catalogues, et court les jardineries, persécutant les vendeurs de ses questions. Le résultat lui a valu les compliments d'Alba et de Nicole. En les écoutant parler, Thomas découvre que même en matière d'horticulture, il existe des modes, et qu'il est bon de les suivre.

Cette seconde grossesse perturbe Thomas. Il commençait à apprécier le triangle qu'ils formaient avec Constance et voilà qu'on lui impose un carré.

Quelque chose a foiré avec le stérilet de Nathalie, ou c'est peut-être un spermatozoïde plus motivé que les autres qui a risqué le tout pour le tout. Pendant ce temps, ironie du sort, les gamètes clairsemés de son beau-frère se traînent, escargots poussifs, à moins qu'ils ne soient simplement en grève, dans l'Éducation nationale, c'est pratiquement endémique.

Nathalie a décidé, unilatéralement, de prendre un congé parental d'un an minimum pour « voir pousser son petit bout », comme elle dit, sans percevoir l'aspect scabreux de l'expression.

La grossesse lui redonne, paradoxalement, une sorte d'innocence : elle ne rit plus aux sous-entendus grivois dont Thomas est friand et ne le laisse plus la toucher alors qu'elle invite toutes les femmes qu'elle croise à poser la main sur son ventre rond. Elle est passée brutalement dans une dimension à laquelle Thomas n'a pas accès. Autant il a pu avoir l'illusion de participer à la gestation de Constance, autant il se sent maintenant dans la peau – ou plutôt dans le corset velu – d'un faux-bourdon. Inutile, exclu, redondant.

À la terrasse du bistro où ils ont leurs habitudes, il se confie à Francis, qui sourit de sa déconvenue :

– Tu viens enfin de te rendre compte que les femmes faisaient les enfants pour elles, et uniquement pour elles !

– Quand même…

– En tant que mâle, dis-toi bien que tu es là pour deux choses, vieux : la petite graine et la pension alimentaire. Le reste, c'est de la littérature !

– Toutes les femmes ne sont pas comme ça !

– Si. Toutes !

– Il me semble pourtant qu'Alba et toi…

– Quoi ? Tu penses qu'on forme un couple idéal, c'est ça ?

– Un peu, oui.

– Eh bien tu te goures ! Le couple idéal, c'est une vue de l'esprit. Ça n'existe pas, en tout cas pas sur le long terme. Aucun amour ne résiste à l'usure du temps. De la passion à l'habitude, le chemin peut être long, mais l'enlisement est inévitable ! Ceux qui assurent le contraire sont de foutus menteurs ! Ou alors, c'est qu'ils n'ont pas vécu assez vieux…

Francis n'en dira pas plus ce soir-là. Il commande une seconde tournée. Thomas aimerait confronter ce point de vue désabusé avec celui d'autres maris et d'autres pères, mais les hommes parlent peu entre eux. À l'exception des chauffeurs de taxi qui ne sont pas tous pères. Ni maris.

Le ventre de Nathalie est désormais le pivot autour duquel s'articule non seulement leur existence, mais l'univers lui-même. Famines, guerres, droits de l'homme bafoués et injustices en tous genres n'atteignent plus la future maman. À croire qu'elle aussi flotte dans le liquide amniotique. Sans avoir jamais été une militante engagée, Nathalie, autrefois, s'indignait. Il lui arrivait même d'aller manifester. Elle oppose désormais au fracas du monde un sourire de madone, et lit *Parents* de préférence à *Libé*.

Nathalie laisse derrière elle un sillage d'œstrogènes qui attire les autres femmes. Elles s'extasient d'abord poliment sur Constance avant d'embrayer sur le sujet qui leur tient à cœur : la grossesse et son cortège d'horreurs. Toutes ces obstétriciennes refoulées se gargarisent de détails abominables, s'étendent avec une complaisance morbide sur les souffrances de l'une et les problèmes de l'autre.

– Ça ne te fout pas les boules ? s'inquiète Thomas.

Encore que l'expression soit inadéquate.

– Non pourquoi ? C'est naturel, répond Nathalie, dont les yeux brillent de plaisir.

L'une des nouvelles connaissances de Nathalie, une de celles qu'elle a ramenées dans sa nasse hormonale, exaspère particulièrement Thomas. Magali cultive un look post-baba : une masse léonine de cheveux très bouclés, des robes vagues et des bijoux indiens. Elle a été comédienne, ce qui lui confère une aura sulfureuse et un prestige certain auprès des autres mamans. Magali raconte complaisamment le drame cornélien qui a été le sien quand elle a dû choisir entre la scène et les enfants. Elle parle de sacrifice avec des trémolos dans la voix. Thomas se méfie de ce scénario trop beau pour être vrai. Il se renseigne et découvre que Magali est apparue dans quelques pièces de café-théâtre où ses seins, qu'elle dénudait volontiers, ont fait plus d'effet aux critiques que son jeu. Elle a également tourné dans un film intellectuel imbitable et dans deux autres, assez cochons, sur lesquels il ne désespère pas de mettre la main avec l'aide de Francis, que l'histoire amuse évidemment au plus haut point.

Quand Thomas fait part de ses découvertes à Nathalie, elle le prend très mal : qui est-il pour juger du talent d'une comédienne qu'il n'a jamais vue sur scène ! Comment peut-il comprendre le drame d'une femme écartelée entre l'amour des planches et son désir d'enfant ? Elle conclut son homélie en déclarant qu'il est jaloux.

– Jaloux ?

– Parfaitement !

– Je ne vois pas comment je pourrais être jaloux de Magali ? Je ne prétends pas être comédien, moi ! Encore moins comédienne !

– Tu es jaloux parce que Magali est une artiste, que toi tu ne l'es pas, et que ça te mine ! Tu es jaloux parce qu'elle peut mettre des enfants au monde et pas toi !

Il y a du vrai dans ce que dit Nathalie à propos de ses frustrations d'artiste. Pour le reste, c'est n'importe quoi. Thomas choisit prudemment de ne pas poursuivre la discussion.

Magali est mariée à Rodolphe, metteur en scène tourmenté qu'on réclame à travers toute l'Europe, de Malte à Vilnius où sa vision très personnelle d'un *On ne badine pas avec l'amour* en costumes militaires dépenaillés dans un décor d'apocalypse post-nucléaire vient de faire un tabac.

« Inscrire les corps dans l'espace ouvert-clos de la scène, convier le texte, ici, pour dire au monde, avec la voix et le geste, le sourd travail du réel à travers l'amour, mais aussi, la mort en tant qu'elle nous renvoie à notre propre vacuité. Dire cela, l'amour, comme l'enfant dit : j'ai faim ! Une mise en scène. Peut-être rien. La guerre aussi, qui s'immisce à travers le désir, à travers le texte tissé de non-dits d'Alfred de Musset. Cela, pour quoi je vis, le théâtre, sans starification, le théâtre nu, l'acteur, seul disant, dans cette forme d'échange unique avec le public, la parole qui nous fait ce que nous tendons à être : hommes ou femmes. »

Ainsi Rodolphe parle-t-il de son travail dans les pages culturelles du *Monde*. Dans la vie courante, il s'exprime normalement. Ou pas du tout : il laisse parler sa femme et hurler ses enfants, trois abominables garçons affublés de diminutifs grotesques : Tomtom, Lolo et Benjy. Tomtom, l'aîné, est une sorte de taurillon survolté qui a mis un œil au beurre noir à Constance dans un simulacre d'étreinte. Magali, qui se pique d'astrologie – personne n'en sera surpris –, croit évidemment qu'il est promis à un destin exceptionnel.

– Chez les CRS ? a suggéré Thomas.

Ça n'a fait rire que lui. Lolo et Benjy sont constamment enchifrenés ou malades sans qu'on sache vraiment de quoi. Magali ne jure évidemment que par l'homéopathie ou l'aromathérapie jusqu'au moment où des doses massives d'antibiotiques se révèlent nécessaires pour enrayer des maux bénins qui menacent de dégénérer. À la voir couver Benjy, son dernier, son *bébé* – ce qui, dans la bouche de Magali sonne comme *beïbeï* –, il est permis de se demander s'il n'y a pas, derrière les crises d'étouffement de l'enfant, ses maux de ventre et ses manifestations cutanées inédites, l'ombre du syndrome de Münchhausen. Une hypothèse que Thomas garde désormais par devers lui, comme tout ce qui concerne Magali.

✷

À la veille d'être à nouveau papa, Thomas s'en veut de ne pas ressentir le même bonheur que la première fois avec Constance. Il est nerveux. Dès qu'il croise une famille de plus de trois personnes, il observe les pères, épiant des signes de lassitude, d'angoisse ou d'exaspération. Il ne voit que des hommes sereins, solidement ancrés dans la vie, un pull noué autour des épaules, satisfaits de leur sort. Comme dans les pubs à la télé.

Certains sont manifestement croyants, ce qui explique sans doute l'espèce de joie forcenée qu'ils mettent en toute chose. Pour les autres, le mystère reste entier. Font-ils semblant ou est-ce lui qui n'est pas du même bois ?

Il invite Francis à boire un verre pour en débattre. Il fait si froid, en ce mois de mai, que la terrasse est chauffée.

– C'est un signe, ça, c'est un signe ! déclare sentencieusement le garçon en posant devant eux leurs gin tonic et une coupelle d'olives.

– Un signe de quoi ? demande Francis non sans rudesse.

– On approche gentiment de l'an 2000 monsieur, répond le garçon en hochant sa grosse tête soucieuse. C'est la fin des temps. C'est écrit.

– Non, mais quel con ! dit Thomas tandis que le prophète en tablier blanc va servir une autre table.

Curieusement, Francis ne fait aucun commentaire. Il a le regard vague. Thomas enchaîne :

– Tu vois, j'ai longtemps pensé que la fibre paternelle était une sorte de clitoris niché dans le trou de Monro ou dans la scissure de Rolando…

Francis sourit, et, d'un battement de paupières, encourage Thomas à poursuivre.

– Moi, je crains d'avoir un sérieux déficit à ce niveau… Je t'ai parlé de Rodolphe, le mari de Magali ?

– Quel rapport avec ton déficit d'amour paternel ?

– Eh bien, il a trois gamins, lui. Pas des faciles en plus. Ça n'a pas l'air de le perturber. Je ne comprends pas comment il fait !

– Demande-lui.

– J'ai essayé.

– Et alors ?

– C'est jamais le bon moment. Ou il est bourré, ou il est défoncé, ou il roupille.

– C'est peut-être ça, le truc, dit Francis en riant. C'est peut-être ça…

Ils commandent de nouveaux gin tonic au garçon de l'Apocalypse. Francis reprend :

– Tu te poses de faux problèmes. Tu veux que je te dise pourquoi ? Parce qu'on vit dans une société où tout le monde joue la comédie ! Regarde ces émissions à la télé, c'est révélateur… Ces mecs et ces nanas qui suintent l'amour par tous les pores. Amour parental, amour fraternel, amour filial, amour des trisomiques, amour des bêtes… Conneries ! C'est pas donné l'amour. Ça se gagne. Durement en plus.

Thomas médite en silence cette réflexion émise sur un ton véhément.

Du bout de l'index, Francis essuie machinalement la buée de son verre et dit :

– Tu sais pourquoi je ne suis pas venu à l'agence hier ?

– Maryse m'a dit que tu avais des problèmes dentaires…

La seule mention du nom de Maryse suffit en général à faire pouffer les deux hommes : d'une réjouissante stupidité, la jeune femme, qui cumule les fonctions de standardiste et d'hôtesse, multiplie les bourdes et les bévues. Francis se refuse néanmoins à la licencier, trouvant sa rousseur charnue très décorative dans le hall d'accueil.

– Elle a réussi à ne pas gaffer, pour une fois, observe-t-il.

– Quoi ? Tu n'étais pas chez le dentiste ?

– Non. Je faisais un check-up à la Salpêtrière.

– Un check-up ? Mais… Tout va bien ?

– Non. Tout ne va pas bien, répond Francis après un temps. Ils ont décelé une tumeur au cerveau. Maligne, la tumeur, comme il se doit.

– Oh merde !

C'est tout ce que Thomas trouve à dire.

– J'ai l'impression d'avoir reçu un énorme coup de gourdin, tu vois ? Un énorme coup de gourdin.

– J'imagine…

– J'avais la vie devant moi et d'un seul coup d'un seul, elle vient de passer derrière !

– Attends ! Dis pas ça ! Une tumeur, ça s'opère !

– Pas la mienne, vieux ! Elle est trop ramifiée, paraît-il.

– Et… une chimio ? demande Thomas d'une voix étranglée.

– Ils y pensent. Il est aussi question d'un implant radioactif. On doit en discuter dans une dizaine de jours… Dans une dizaine de jours…

– Alba est au courant ?

– Oui.

– Comment elle prend ça ?

– Tu la connais. Elle est restée droit dans ses bottes. Elle a simplement dit : « On va se battre ! On va l'avoir cette saloperie de tumeur ! »

– C'est une femme étonnante.

– Une femme étonnante, c'est vrai. Étonnante.

C'est un peu agaçant, cette nouvelle manie de Francis de donner un écho à ses propres phrases. Mais peut-on lui en vouloir ? Avec une tumeur maligne et ramifiée, en plus.

✷

Le jogging est à l'homme moderne ce que la prière était à ses ancêtres : un rituel destiné à laver la tête et à placer la journée sous des auspices favorables. C'est en Californie que les Dexincourt ont pris goût à la chose. Ils sont sans doute les premiers habitants de Nanteuil-le-Bois à être sortis de chez eux au petit trot, vêtus de survêtements élégants, les cheveux retenus par des bandeaux de tissu absorbant, tels des kamikazes suburbains…

Été comme hiver, le bois offre désormais ses allées à leur foulée. Ils courent sans échanger un mot, regardant droit devant eux, transpirant consciencieusement. Carole, qui se trouve trop grosse, espère secrètement faire fondre sa mauvaise graisse alors qu'elle ne fait que fatiguer son cœur et ses genoux. Elle voit aussi dans l'exercice une forme de communion charnelle avec un mari qui ne la touche pratiquement plus. Guillaume, lui, goûte simplement le plaisir de sentir fonctionner son corps. Il apprécie le silence du bois, l'air humide et frais du matin, la lumière frisante du soleil à travers les feuillages.

Oubliant complètement que sa femme court avec lui, Guillaume se dit un jour qu'il serait plaisant d'être accompagné d'un chien. Quand il fait part de son idée aux filles, elles poussent des cris de joie. Carole est placée devant le fait accompli.

Jérôme est probablement un mélange d'épagneul et de terrier : il a l'œil droit cerné de noir, la queue courte, le poil dru, et une énergie inépuisable. C'est Paula qui a choisi son nom chez les gens qui ont passé l'annonce, un couple de retraités aussi décatis que leur pavillon.

Leur chienne s'est fait prendre à leur insu, expliquent-ils. Ça leur donne bien du tracas tous ces petits chiots qu'on ne peut tout de même pas noyer, n'est-ce pas messieurs-dames ? Amandine pleure. Elle aurait voulu emporter tous les petits chiens, évidemment. Surtout le marron avec les taches blanches, pas celui que Paula a choisi. Et puis elle aurait préféré un vrai nom de chien comme Rousty ou Kiki. Jérôme sera toujours là pour lui rappeler que, dans la famille, c'est la volonté de sa sœur aînée qui compte. Et elle seule.

Devant la joie de Paula et celle de son mari, Carole s'efforce de masquer sa contrariété. Elle déteste les chiens. Leur gueule constamment baveuse, leurs yeux soumis et leur façon de se lécher les parties à tout bout de champ. Avec Jérôme, elle ne va pas être déçue. Elle pressent les ennuis et elle a raison. Dès son arrivée, le chien fait preuve d'un caractère indépendant et frondeur, disparaissant sans prévenir, agressant ses congénères et creusant dans le jardin des trous où un phacochère adulte tiendrait à l'aise. Quand elle est seule à la maison, Carole n'hésite pas à flanquer au clebs des coups de pied ou des coups de balai. Elle n'espère plus se faire obéir. C'est juste pour se défouler.

Jérôme lui gâche même son jogging quotidien : il faut sans arrêt le surveiller, ce qui ne l'empêche ni de se rouler dans la merde ni d'essayer de sodomiser tout ce qui se tient sur plus de deux pattes.

A contrario, Jérôme contribue à la popularité de la famille Dexincourt dans le quartier. Des vieilles dames abordent Carole pour lui demander si elle est bien la propriétaire de ce drôle de chien avec un rond noir autour de l'œil. Quelles qu'aient été les exactions de Jérôme, saccages de jardin ou attentats à la pudeur sur des caniches sans défense, elles lui trouvent toutes les excuses. À la sortie de l'école, Carole est rapidement identifiée comme « la dame avec le chien rigolo et les deux petites filles brunes ». Dans cet ordre.

Après l'épisode de Croydon, Carole se fait la réflexion que Guillaume a décidément trouvé en Jérôme un chien à son image : assez craquant pour que tout le monde lui pardonne ses frasques. Tout le monde, sauf elle.

Une revue scientifique anglaise a organisé à Croydon un séminaire où la fine fleur de l'astrophysique et des mathématiques est appelée à penser le futur, à l'approche de l'an 2000. Comme quoi les garçons de café ne sont pas les seuls à s'en préoccuper. Guillaume passe plus de quinze jours en Angleterre.

À son retour, Carole vide sa valise et met son linge sale à laver comme elle a coutume de le faire. De la poche d'une chemise tombent alors deux capotes dans leurs emballages métallisés. Elle tente de se rassurer : au nom de la lutte contre le sida, on distribue partout des préservatifs. Guillaume a dû les empocher, machinalement.

Mais le ver est dans le fruit : Carole se livre à une fouille systématique des vêtements et du portefeuille de son mari. Glissées entre les pages de son passeport, elle trouve deux cartes de salons de massage : l'un à Croydon, l'autre dans l'East End. Il lui faut trois jours pour rassembler le courage nécessaire à l'explication qui s'impose. Guillaume avoue si vite qu'elle en est presque déçue.

– Comment tu as pu faire une chose pareille ?

– Comme tous les hommes. Sans y penser.

– C'est à cause de moi ? Je veux dire : tu ne me trouves pas assez belle ? Pas à la hauteur ? Ces filles doivent pratiquer des trucs dont je n'ai même pas idée !

Le fait est ! songe Guillaume en se remémorant certaines caresses. Peut-il répondre à sa femme, en toute simplicité, qu'il aime les putes ? Peut-il lui révéler que celle du salon de massage de Croydon était bourrée de cellulite, que ses seins pendouillaient et qu'elle n'était même pas aimable ! Carole ne comprendrait pas. Avant, comme après leur mariage, Guillaume n'a jamais cessé de fréquenter des professionnelles, choisissant souvent des moches parce qu'il leur trouve plus de cœur à l'ouvrage. Il a également tâté du travelo brésilien à une époque où ils arrivaient par charters, mais rien ne lasse comme l'exotisme, sans compter qu'on a sans cesse des problèmes avec ces gens-là. Revenant une nuit d'une expédition assez chaude avec le visage sauvagement griffé, Guillaume était parvenu à convaincre Carole qu'il avait commis l'erreur de s'intéresser de trop près à un chat égaré. Elle l'avait cru, l'innocente !

Depuis la parenthèse brésilienne, Guillaume est revenu aux valeurs sûres, aux figures maternelles et mamelues qui, au-delà des modes, veillent à l'orée du bois ou à l'angle des rues Joubert et Mogador.

– Je propose que nous ne parlions plus jamais de cette histoire, finit par déclarer Carole.

Elle se trouve néanmoins incapable de l'embrasser pendant plusieurs semaines, et exige qu'il fasse un test de dépistage du sida. De ce côté-là, elle n'a rien à craindre : Guillaume, qui s'alite pour un rhume, est du genre à mettre deux préservatifs plutôt qu'un.

Après cette alerte, Guillaume retourne aux putes comme si rien ne s'était passé. Il commence simultanément à développer un penchant très vif pour la pornographie qu'il consomme dans le secret de son terrier. Carole se raconte que les goûts dévoyés de son mari sont la contrepartie de son génie. Mais peut-on encore parler de génie ? Guillaume, qui a été considéré comme un des chercheurs les plus brillants de sa génération, paraît engourdi depuis qu'ils ont quitté la Californie. Il participe sans entrain au programme auquel il a été affecté et connaît de sérieux désaccords avec ses collègues. Quand un physicien russe publie une théorie sur l'origine de la gravitation, Guillaume adopte d'entrée une position sardonique. Un autre aurait battu en retraite, fait allégeance ou profil bas. Lui s'obstine, au contraire, multipliant les déclarations tonitruantes. Ses pairs se défient de lui, on le met plus ou moins en quarantaine. Guillaume tourne alors sa colère et son aigreur contre Carole et les filles qui n'en peuvent plus. Il devient, progressivement, un Janus domestique : toujours aimable et séduisant en société, odieux dans l'intimité.

Carole est prise de court par cette évolution qu'elle n'a pas su anticiper. Le jeune homme brillant et rêveur qu'elle a épousé s'est insensiblement métamorphosé en un être pervers et manipulateur. Elle s'accroche pourtant à l'idée qu'elle peut encore « sauver son mariage », une expression si désuète que sa propre mère ne la désavouerait pas. Il y a en Carole du bon Samaritain et une forme d'inertie, ou d'optimisme imbécile, qui l'incite à croire que les choses peuvent s'arranger. Alors que la vie nous prouve quotidiennement le contraire.

À plusieurs reprises, elle tente d'inciter Guillaume à voir un psy. Il le prend très mal. Comment lui en vouloir ? Consciente d'avoir besoin de parler à quelqu'un, Carole elle-même, par orgueil ou par timidité, ne parvient pas à s'y résoudre. Serge aurait fait un confident idéal, mais elle ne veut pas obérer leur relation de travail avec ses problèmes personnels. Elle n'a pas d'amies dignes de ce nom. Quant à ses parents, elle préfère les tenir à l'écart de ses déboires conjugaux de peur d'entendre leurs insupportables : « On te l'avait bien dit ! » Ils se sont toujours montrés réticents à l'endroit de Guillaume qu'ils soupçonnent, non sans raison, d'avoir épousé leur fille pour son petit héritage.

✷

Plusieurs jours sont nécessaires à Thomas pour admettre le fait que Francis est très gravement malade, qu'il pourrait très bien ne pas s'en sortir. Il se sent totalement démuni devant l'irruption de la maladie et la présence soudaine de la Mort. Comment annoncer la nouvelle à Nathalie, désormais enceinte de six mois ?

Elle écoute en silence le récit embrouillé de Thomas. Ses yeux s'embuent un instant. Puis, posément, elle se lève, décroche le téléphone et appelle Alba. Elle propose à son amie une aide concrète, lui tient des propos chaleureux et pleins de bon sens. Ce n'est pas la première fois que Thomas admire la faculté de sa femme à réagir devant une situation exceptionnelle. D'où lui vient cette force, cette assurance, cette simplicité ? N'est-ce pas, en fin de compte, parce que Nathalie est totalement dépourvue d'imagination ?

✷

Entre leur jogging quotidien, les activités sportives et culturelles de Paula et d'Amandine, et les facéties du chien Jérôme, les Dexincourt incarnent aux yeux du quartier l'image d'une famille heureuse, sympathique, légèrement atypique.

Thomas a gentiment fantasmé sur les formes opulentes de Carole dès son arrivée dans la maison d'en face. « Une Junon », aurait-on dit à l'époque où les gens avaient encore des lettres classiques. Elle l'a fait rêver jusqu'au jour où il l'a trouvée dans son living, en grande conversation avec Nathalie qui avait décidé de faire connaissance avec sa nouvelle voisine. La discussion portait sur les progrès techniques de la couche-culotte et l'alimentation des bébés.

Junon a brutalement dégringolé de son piédestal.

Les deux femmes sont convenues qu'un dîner s'imposait, mais il faut du temps pour trouver une date : Thomas a un agenda chargé et, pour ne pas être en reste, Carole prétend que Guillaume est dans le même cas. Un peu honteuse de ce mensonge, elle insiste pour que le repas ait lieu chez eux.

*

La scène a lieu dans le hall d'accueil de l'agence. Francis est venu prendre quelques affaires dans son bureau : il est sur le point d'entrer à l'hôpital pour un séjour qui s'annonce aussi long et hasardeux qu'une expédition arctique au XIXe siècle. Sa maladie n'est plus un secret et chacun est venu lui apporter soutien et encouragements. Francis paraît très détendu, il plaisante et donne d'ultimes recommandations pour les campagnes en cours. Soudain il demande à Maryse, qui a un mal fou à retenir ses larmes, s'il reste du champagne au réfrigérateur.

– Je crois, bredouille-t-elle.

– Eh bien allez le chercher, mon petit ! Allez le chercher ! Ça nous fera du bien !

– Mais monsieur, dans votre état, c'est peut-être dangereux, s'inquiète la gourde.

Simone, la comptable, la fusille du regard. Francis se marre :

– Dans mon état, Maryse, plus rien n'est dangereux !

Quelques secondes plus tard un champagne, cadeau d'un client de l'agence, pétille dans les gobelets.

– Mes amis, lance Francis, je tiens à vous dire que j'ai été très heureux de travailler avec vous tous… Très heureux… On s'est parfois engueulé, on s'est même détesté, mais on a fait un boulot dont il n'y a pas à rougir… Non, vraiment pas à rougir…

Il s'interrompt sans qu'on sache si c'est à cause de l'émotion ou de la tumeur qui, déjà, affecte de nouvelles zones de son cerveau. Thomas et ses collègues échangent des regards embarrassés. Maryse éclate en sanglots. Francis la rabroue :

– Gardez vos larmes pour l'enterrement, Maryse !

– Oui, pardon, Francis.

L'intéressée renifle un grand coup et affiche une expression si penaude qu'un rire fuse, vite suivi par d'autres. La tension se relâche. Francis en profite pour entraîner Thomas à l'écart. Lui qu'une forme de pudeur très protestante a toujours poussé à fuir les contacts physiques passe un bras affectueux autour des épaules de son ami et subordonné :

– Fais pas cette gueule, vieux ! De deux choses l'une : soit je suis de retour dans six semaines, soit tu prends la tête de cette agence !

*

Thomas hésite longtemps sur la bouteille qu'il convient d'apporter aux Dexincourt qui les ont invités à dîner. Il a fait récemment la connaissance d'un certain Armancey, un esthète doublé d'un homme d'affaires qui berce d'ambitieux projets dans le domaine de l'art contemporain. D'un déjeuner à l'autre, Armancey lui fait découvrir les vins et l'incite à se constituer une petite cave. Le vocabulaire spécialisé enchante Thomas qui se gargarise de ces notes de fruits noirs écrasés et d'épices douces, de ces tanins fondus ou réglissés, de ces bouches fraîches ou chaleureuses... La poésie du terroir. Le savoir-faire. Des valeurs qu'on commence à apprécier vraiment à l'approche de la quarantaine.

Thomas se promet toujours, à l'occasion, une virée dans le bordelais ou un week-end dégustation en Bourgogne. Grâce à sa nouvelle carte de crédit, il peut prétendre à des tarifs préférentiels. En attendant, il aime s'entretenir avec le caviste de la rue Pierre-Brossolette, ancien sommelier d'un prestigieux restaurant, qui sait distinguer l'amateur du profane : « J'ai quelque chose qui va vous plaire, monsieur Lavaud ! Vous qui êtes connaisseur ! » Thomas tombe à pieds joints dans le panneau, fond sous le compliment et s'extasie comme il convient, sans être absolument certain, cependant, de percevoir les notes boisées et la finale musquée que le commerçant évoque avec lyrisme. Il commande six bouteilles du nectar et rentre chez lui en oubliant d'acheter la baguette et le litre de lait que Nathalie lui avait demandé de prendre au passage.

Dans l'ignorance où il est du menu qui sera servi, Thomas choisit un Volnay 76 à la robe rubis et au prix exagéré, susceptible d'accompagner avec bonheur une gamme de plats très étendue. En arrivant chez ses voisins, il confie la bouteille à Guillaume qui la pose négligemment sur un coin du plan de travail avec un « merci » distrait. Thomas frémit d'inquiétude. Il s'apprête à suggérer à son hôte d'ouvrir le vin tout de suite afin de le laisser s'aérer, lorsqu'il aperçoit deux bouteilles sur la table de la salle à manger. Cette vision le glace : sous le nom d'un château fantaisiste, l'étiquette annonce sobrement « Vin de Bordeaux ». Les Dexincourt se ravitaillent en picrate chez le mzabite du coin de la rue.

Carole s'excuse, elle n'a pas fini en cuisine, Guillaume va leur faire visiter la maison en attendant. Nathalie et Thomas s'extasient avec bonne humeur : la pauvre madame Pélisson ne reconnaîtrait plus sa bicoque ! Paula et Amandine font admirer leurs chambres et Guillaume son fameux terrier. Il leur propose ensuite un apéritif. Thomas accepte un whisky, mais se ravise en découvrant la bouteille, probablement conseillée elle aussi par le Mzabite, abstinent par conviction. Il se contente d'un Perrier. De la cuisine proviennent des bruits et des odeurs inquiétantes. Carole fait une ou deux apparitions, le teint rubicond, les cheveux en bataille et l'œil égaré. Nathalie lui offre son aide qu'elle refuse : tout va bien ! On mangera dans un petit quart d'heure. Serein et détendu, Guillaume raconte des anecdotes de voyage : les tracasseries des douaniers chinois tombant sur ses notes, l'irruption d'une vache sacrée dans un congrès au sud de l'Inde, l'arrestation musclée par la police new-yorkaise d'un éminent physicien roumain confondu avec un chef mafieux.

Nathalie et Thomas sont sous le charme : ce type qui plane dans des sphères inaccessibles de l'intelligence humaine est capable de se mettre à la portée de simples mortels sans la moindre condescendance. Plus tard au cours de la soirée, Guillaume demande à Thomas de lui expliquer en quoi consiste son travail, ce qui déclenche le couplet habituel sur ses aspirations à quitter l'agence pour se lancer dans des aventures plus excitantes, avec des gens dotés d'audace et de véritables ambitions.

– Des gens comme Armancey ? ironise Nathalie.

– Entre autres, oui… répond-t-il sèchement.

Suit un échange un peu aigre que les Dexincourt écoutent d'un air patelin, laissant entendre qu'ils ont, eux aussi, leurs petits différends de couple. Guillaume comprend les aspirations au changement de Thomas, Carole partage les angoisses pécuniaires de Nathalie.

Après la mort du vieux notaire qui gérait les lambeaux de sa fortune, Carole a rapatrié ses avoirs dans une banque proche de son domicile. Le directeur de l'agence l'a reçue chaleureusement. Avec sa cravate rose, sa chemise prune, ses cheveux peignés en arrière et son sourire à cent mille volts, elle l'a trouvé aussi clinquant qu'un vendeur de voitures.

– Madame Dexincourt, a-t-il déclaré, fini la gestion à la papa et les placements poussiéreux. La Bourse vous tend les bras ! Je m'engage à doubler votre capital dans les cinq ans !

Après ce préambule alléchant, il a accablé Carole de diagrammes et d'explications auxquels elle n'a rien compris. Elle a néanmoins signé tout ce qu'il lui demandait et s'en est remise à ses compétences.

La veille du dîner avec les Lavaud, elle a eu une entrevue avec le banquier qui portait cette fois une cravate d'un bleu céruléen sur une chemise jaune safran. De ses explications embarrassées, il est ressorti que la Bourse avait cruellement déçu les espoirs qu'il avait mis en elle. Il en parlait comme d'une entité féminine, d'une maîtresse dont les caprices le déroutaient. C'était presque touchant. Il serait prudent, a-t-il conclu, de prendre des positions de repli, de se rabattre sur des placements modestes mais sûrs : pierre et obligations.

– Une gestion à la papa, en somme, a ironisé Carole.

Le chatoyant directeur a rougi. Il n'empêche que Carole a encore écorné gravement son capital dans l'aventure et qu'elle commence à bercer de sérieuses angoisses pour l'avenir, leurs dépenses allant croissant.

Carole sert en entrée une quiche lorraine dont la pâte, calcinée sur les bords, n'a pas cuit au fond du moule. L'ensemble offre une consistance spongieuse où flottent tristement lardons et grumeaux de farine. Ce premier désastre en précède un autre, une viande indéfinissable et noirâtre nappée d'un jus clair.

– C'est un peu fade, non ? C'est la première fois que je tente cette recette, explique la maîtresse de maison.

Et j'espère la dernière, complète Thomas *in petto*.

Impossible de déterminer si l'on a mangé du bœuf, du porc ou du mouton. Peut-être un mélange des trois ? Nathalie soupçonne fortement sa voisine d'avoir cuit la viande et sa barquette de polystyrène dans le même bouillon. Comme un malheur n'arrive jamais seul, Carole a confectionné un dessert, une charlotte d'une écœurante mollesse, gorgée de kirsch fantaisie. Guillaume boit sa piquette avec entrain, Thomas à gorgées parcimonieuses dans l'espoir de préserver son estomac et de goûter enfin le Bourgogne qu'il a apporté et qui le consolerait un peu de ce dîner calamiteux. Quand la deuxième bouteille touche à sa fin, Guillaume en vide les dernières gouttes dans le verre de son voisin, débouche le volnay sans cérémonie et se sert largement. Il oublie de remplir le verre de son hôte. Trop poli pour réclamer ou pour se servir lui-même, Thomas ne saura jamais à quoi ressemblait ce vin, choisi avec tant de soin, et guette en vain sur son visage des signes de surprise ou de ravissement, mais rien ne se produit. À force de manger la cuisine de sa femme, Guillaume a dû se flinguer les papilles, c'est la seule explication.

À l'issue de cette soirée, les Lavaud sont d'accord pour trouver leurs voisins sympathiques, mais conviennent qu'à l'avenir, il vaudra mieux éviter de manger chez eux.

✷

La baby-sitter s'est endormie devant la télé. Thomas la secoue aussi délicatement que possible tandis que Nathalie monte voir Constance à l'étage.

– Oh! J'y pense! Une dame a appelé pour vous, dit la jeune fille entre deux bâillements.

– Une dame… répète Thomas amusé par l'expression.

Solidement charpentée, la baby-sitter a des joues très rouges et un appareil dentaire qui donne l'impression d'avoir été découpé dans le blindage d'un char d'assaut.

– Elle a demandé que vous la rappeliez, quelle que soit l'heure!

– Nicole, probablement, ronchonne Thomas habitué aux lubies téléphoniques de sa belle-sœur.

– C'est pas du tout le nom qu'elle a dit.

– Alors c'est quoi?

Un blanc. L'adolescente fronce les sourcils et avance la mâchoire inférieure avant de lâcher:

– Alba.

Thomas, qu'un début de fou rire commençait à gagner, sent ses cheveux se hérisser sur sa nuque.

– Alba? Vous êtes sûre?

– Oui, oui. Alba.

La baby-sitter l'observe en silence

– Ça ne va pas, monsieur?

– De quoi je me mêle! répond brusquement Thomas en poussant la fille dehors.

– Euh… Je suis restée presque cinq heures, fait-elle observer timidement.

Thomas lui fourre deux billets dans la main et claque la porte derrière elle. Il prend une profonde inspiration et compose le numéro de Francis. On décroche à la première sonnerie.

– Il s'est tué, dit sobrement Alba, qui a dû prendre une forte dose de tranquillisants.

– Tué ? Comment ça, tué ? demande bêtement Thomas que Nathalie vient de rejoindre.

– Il a fait le plein de la voiture, reprend Alba du même ton neutre et désincarné, il s'est calfeutré dans le garage et il a laissé tourner le moteur.

Sa voix, soudain, se brise :

– Sur l'autoradio, il avait mis la cassette de *Didon et Enée*.

Les larmes de Thomas jaillissent. Il est incapable de maîtriser son émotion, incapable de prononcer un mot. Nathalie lui prend doucement le combiné des mains et parle tendrement à Alba qui trouve encore la force de dire :

– Il a laissé une lettre. Il explique qu'il a choisi cette solution parce que la médecine ne peut que retarder le moment où il perdra le contrôle de son corps et de sa tête. Il dit qu'il a voulu nous laisser le souvenir d'un homme, pas celui d'un légume.

*

La rencontre des Lavaud et des Dexincourt est caractéristique du maillage social qui s'installe progressivement à Nanteuil-le-Bois où les anciens habitants du quartier, ouvriers, artisans ou commerçants modestes, sont emportés par la mort pour être remplacés par une nouvelle bourgeoisie, cadres et « cadres supérieurs ou assimilés », ainsi que les désigne Nathalie dans l'exercice de son travail. Les

« assimilés » sont souvent ceux que les médias commencent à qualifier de « bobos » : artistes, mercenaires des nouvelles technologies, techniciens du cinéma, parfois cadres supérieurs de la fonction publique, jouissant tous de revenus assez confortables.

Deux autres réseaux se superposent plus ou moins exactement à celui des bobos : celui des enfants et celui des animaux. Ainsi le chien Jérôme a-t-il développé à travers le quartier des sympathies et des antipathies marquées, au mépris de toute préoccupation socioprofessionnelle. Il ne manque jamais d'arroser de son urine des murs et des poteaux choisis, brefs messages d'amour que ses semblables auront plaisir à décrypter tout au long de la journée, si la pluie ne vient pas tout gâcher. Devant certains portails au contraire, Jérôme aboie furieusement et on le lui rend bien.

Les chats, communauté fortement représentée dans le quartier, organisent quant à eux des rencontres échangistes au cœur de la nuit et mènent parallèlement une guerre sans merci aux fouines qui ont établi leurs repaires sous les combles de quelques maisons. Des cris abominables réveillent ponctuellement les bobos endormis. Amours violentes ou exécutions sanglantes, on ne sait jamais trop avec ces bêtes-là. Les vétérinaires, eux, font leur beurre.

Quant aux enfants, leurs relations obéissent à des règles et à des codes complexes. Ainsi Constance Lavaud a-t-elle été catastrophée de voir ses parents frayer avec les Dexincourt. Passe pour Paula, qui est en sixième, mais à l'école primaire, Amandine est la risée de tous. Son léger embonpoint, et – allez savoir pourquoi – ses cheveux noirs bouclés, l'ont immédiatement désignée comme souffre-douleur. Les enfants ont, dans ce domaine, un infaillible instinct. Amandine est tragiquement incapable de se défendre : elle ne sait pas se battre, n'a pas l'esprit de répartie et pleure en hoquetant, ce qui a le don d'exacerber la méchanceté de ses bourreaux. Elle se rend pourtant chaque jour à l'école persuadée que les choses vont s'arranger d'elles-mêmes, comme sa mère le croit s'agissant de sa vie conjugale.

– C'est un peu bête, fait remarquer un jour Nathalie à sa fille. Amandine Dexincourt habite en face de chez nous, vous êtes dans la même classe, et vous n'allez jamais ensemble à l'école.

Constance sent le cœur lui manquer : si on la voit dans la rue en compagnie d'Amandine-la-tétine, ainsi qu'on la surnomme dans la cour de récréation, sa réputation est foutue. Elle subira à son tour les insultes, les coups et les humiliations qui sont le lot quotidien de sa voisine. Heureusement, comme tous les adultes, Nathalie n'a pas la moindre suite dans les idées. Jamais elle ne renouvellera cette suggestion aberrante.

✷

L'enterrement de Francis a lieu à la campagne. Petit village, petite église, caveau de famille. Arbres roux le long de la route, feuilles mortes au sol, ciel d'un bleu lumineux. « Un bel automne ! » constate Simone, que Thomas et Nathalie, partis en retard de Nanteuil-le-Bois, sont passés chercher place d'Italie parce qu'elle ne se sentait pas capable de se rendre aux obsèques dans sa propre voiture.

Ils se sont trompés trois fois d'itinéraire, se retenant avec peine de s'engueuler devant Simone qui, elle, a jacassé tout le long du trajet.

La cérémonie est commencée quand ils arrivent : la famille du défunt et quelques habitants du village occupent les deux premiers bancs, le personnel de l'agence les deux suivants, et Francis lui-même un affreux cercueil en bois verni agrémenté de poignées de laiton. Il aurait détesté.

Thomas s'étonne qu'il y ait si peu de monde : Francis lui a toujours donné le sentiment d'être au centre d'un tourbillon d'activités et de relations. Il s'étonne également de voir officier un prêtre en surplis violet qui ne lésine ni sur l'encens ni sur les clichés. Francis a toujours affirmé être athée, voire anticlérical. S'agit-il d'une revanche d'Alba qu'on n'a jamais entendue sur le sujet ? Ou d'une simple concession aux usages ? Le curé sait-il que Francis s'est donné la mort ? Jadis, pareille audace vous valait d'être excommunié et enterré comme un chien dans le carré des saltimbanques.

Maryse pleure sans retenue. Elle a dissimulé son opulente chevelure sous une mantille noire. Thomas comprend soudain qu'elle devait être amoureuse de Francis. Peut-être même a-t-elle été sa maîtresse ? Il s'intéresse ensuite à l'ordonnateur des pompes funèbres qui se tient légèrement en retrait, couvant l'assemblée du même regard qu'un chef de rang dans un restaurant chic. C'est un homme jeune dont le pantalon trop court révèle une paire de chaussettes rouges, incongrues, sûrement tricotées par sa mère.

Sur le mur gauche de l'église, un Saint Georges androgyne embroche le dragon au bout de sa lance. XIIIe, estime Thomas qui s'ennuie ferme. La nef est élégante et sobre, mais les absidioles devraient être débarrassées des ornements XIXe qui les défigurent. Un beau vitrail du XVe.

– Tu as de la monnaie ?

– Hein ?

– De la monnaie. Pour la quête, chuchote Nathalie.

Elle a les yeux pleins de larmes. Devant eux, Angèle est secouée de gros sanglots enfantins. Alba la serre tendrement contre elle. Thomas pose un billet dans la corbeille qui passe de main en main.

« *Enterrement de Francis : 200 francs* », pourra écrire Nathalie dans le carnet de dépenses qu'elle persiste à tenir depuis ses années de fac.

✵

Paula Dexincourt a le sentiment très vif d'être la seule personne sensée de son entourage. Intuitive et sensible, elle a, du drame qui se joue entre ses parents, une vision nettement plus claire qu'eux-mêmes : elle perçoit chez son père un déséquilibre profond, aux marges de la folie, et chez sa mère cette résignation molle qui l'exaspère chez sa sœur, qu'elle a vainement encouragée à rendre coup pour coup.

Paula est bientôt persuadée que l'équilibre de la famille repose sur ses frêles épaules. Aussi avance-t-elle voûtée, rongée par des préoccupations qui ne sont pas de son âge, considérant avec mépris ses camarades qui s'attardent dans l'enfance. Elle a heureusement trouvé en Mathilde une amie comme on n'en a qu'à onze ans, une confidente idéale qui peut rester pendant deux heures l'oreille collée à l'écouteur du téléphone. Mathilde vit seule avec sa mère, une femme sèche et austère. De son père qui travaille sur des plate-formes pétrolières, elle n'a pratiquement jamais de nouvelles ; il n'exerce même pas le droit de visite que le divorce lui a garanti. Aussi, Mathilde est fascinée de voir fonctionner une vraie famille, si bancale soit-elle. Elle ne se lasse pas des récits de Paula.

Un après-midi où Guillaume est absent, Paula entraîne sa copine dans le terrier de son père. Les deux filles entreprennent une fouille de routine et tombent sur un paquet de magazines pornos à peine dissimulé au fond d'un tiroir. Elles contemplent les images l'une après l'autre, avec un silencieux effroi : la réalité du sexe vient de faire irruption dans leurs existences surprotégées. Paula remet soigneusement les magazines en place, referme le tiroir et fait jurer le secret à Mathilde. Cette découverte fortuite la confirme dans ses craintes : son père a résolument quelque chose de fêlé. En plus, il ne fout plus rien. Moins naïve que sa mère, Paula a remarqué qu'il pratiquait une vieille technique de cancre : quand elle entre brusquement dans son bureau, il feint toujours d'être extrêmement absorbé par une feuille de papier couverte de chiffres et de vecteurs. Elle sait désormais ce qu'il dissimule sous ce leurre grossier…

Guillaume, de fait, vit un cauchemar : il sent littéralement la matière grise s'échapper de son crâne en un paresseux ruban, tel le pétrole des soutes d'un navire englouti. Impossible de raconter ça à un médecin sous peine de passer pour fou. Et Carole qui veut l'envoyer chez un psy ! Elle est décidément à côté de la plaque.

Non seulement l'esprit de Guillaume n'est plus capable de la moindre étincelle, mais il a de plus en plus de mal à comprendre les travaux de ses confrères. Cette impuissance progressive le plonge dans des états d'angoisse que seule la masturbation et les putes parviennent à soulager. Dans l'impossibilité de s'en prendre à la divinité qui lui joue ce mauvais tour, il fait peser sur Carole – et dans une moindre mesure sur les filles – tout le poids de sa frustration.

Cela commence par des commentaires anodins sur sa cuisine – il y a à redire, c'est un fait –, et sur la tenue de la maison. Objectivement, rien de bien méchant.

– Pas très réussi ton potage…

– Oui, je suis désolée, c'est un peu étouffe-chrétien…

Ou encore :

– Tu as lavé le carrelage, récemment ?

– Avant-hier. Pourquoi ?

– Avant-hier… Vraiment ?

– Tu trouves que c'est sale ?

– Sale, non… Collant, oui…

– Je redonnerai un coup de serpillière tout à l'heure.

– Ce serait une bonne idée, en effet.

Considérant, au début de son mariage, que les corvées ménagères étaient indignes d'un astrophysicien, Carole a commis une erreur qu'elle commence à peine à payer…

Ses piques, Guillaume ne les lance pas au hasard ; il choisit toujours le moment où il sent sa femme fatiguée, inquiète, ou vulnérable. Des réflexions anodines, il passe assez vite à des reproches plus ciblés : « Cette maison est vraiment dégueulasse ! », « Un jour, dans ma vie, j'aimerais manger quelque chose de bon… », « Je ne comprends pas comment tu fais pour être toujours aussi mal attifée ! » Ce sont autant de banderilles qui blessent Carole. Incapable de coller la wassingue dans les mains de son mari pour qu'il lessive lui-même son foutu carrelage, elle s'efforce au contraire de lui donner satisfaction. Côté cuisine, c'est sans espoir : ce genre de talent ne s'acquiert pas, vous l'avez, ou non. Mais tous les efforts de Carole se brisent contre la mauvaise foi de Guillaume qui se met à pratiquer délibérément le sabotage, salissant derrière elle pour mieux lui faire observer combien son travail ménager laisse à désirer. Il éprouve une joie enfantine à froisser le linge fraîchement repassé, à égarer le bouchon de la bouteille d'huile pour mieux la renverser ensuite, à modifier l'affichage du réveil digital pour que Carole se réveille en retard. Paula le surprend une ou deux fois en flagrant délit : il se défient du regard. Elle ne révèle à personne, pas même à Mathilde, ce qu'elle a vu.

✷

– La mort de Francis nous a bouleversés, répète inlassablement Nathalie à toutes leurs connaissances.

Le *nous* agace Thomas. Francis était son ami avant d'être celui de Nathalie. Ils se comprenaient à demi-mot, riaient des mêmes choses et des mêmes gens. Ils ont partagé des moments dont elle n'a même pas idée. Avec cette phrase toute faite, Nathalie inscrit l'événement – sa mort brutale – dans une suite logique, parmi tous les problèmes qu'elle doit régler avant de partir en congé maternité.

Sans Francis, la vie ne sera plus jamais comme avant, estime Thomas qui s'étonne néanmoins de ne pas éprouver de chagrin. Juste un sentiment de vide, un léger vertige.

Ils appellent Alba tous les trois jours. Elle tient le choc. Pour Angèle.

On se promet de passer un dimanche ensemble, mais le rendez-vous est régulièrement repoussé. Jusqu'au jour où Alba les informe qu'elle part s'installer à Lyon : elle y a trouvé un travail et un appartement. Changer d'environnement, c'est le mieux qu'elle puisse faire pour tenter de se reconstruire, tout le monde est d'accord là-dessus. Lyon est à moins de deux heures en TGV, c'est plus simple que d'aller de banlieue à banlieue, plaisante Thomas. Ils viendront la voir quand le bébé sera né, promis.

⁂

Carole Dexincourt devient la tête de turc de son mari : elle est moche, elle est bête, elle ne fait rien correctement, l'amour encore moins que le reste. Elle demeure souriante et stoïque et se cache pour pleurer. Une ou deux fois, elle craque sur l'épaule de Serge sans toutefois lui révéler la nature exacte du drame qu'elle vit. Il l'encourage à aller voir quelqu'un. Il connaît un médecin très bien, très humain, très gay.

Carole apprécie le paradoxe : Guillaume est malade et c'est elle qu'on incite à se faire soigner. Elle suit néanmoins le conseil de Serge mais choisit, pour des raisons pratiques, un psy qui habite à deux pas du RER. De ces séances hebdomadaires, elle ne tire qu'un maigre réconfort parce qu'elle minimise toujours la gravité de la situation et refuse de charger Guillaume. De plus, la psy n'est pas une flèche. Elle se contente de lui prodiguer le genre de conseils qu'on peut trouver dans les magazines féminins à la rubrique « Dix trucs malins à essayer quand votre couple s'enlise » :

A - Je lui mitonne un dîner surprise.

B - Je change de look.

C - Je m'achète des dessous sexy.

Carole essaie ensuite un remède plus radical : elle prend un amant. Elle choisit l'antithèse de Guillaume : un cascadeur assez bas de plafond, mais bâti en force que l'on dit membré comme un baudet. Elle ne ressent ni le plaisir ni l'apaisement qu'elle espérait entre les bras de l'étalon. Elle est submergée, au contraire, par une immense culpabilité. Le cascadeur trouve qu'elle n'est pas marrante et fait passer le mot aux autres mâles du tournage : « Magnifique châssis, mais rien dans le moteur ! »

Guillaume sent que Carole l'a trompé et n'a dès lors de cesse de le lui faire avouer, pratiquant des techniques de torture appliquées jadis avec succès par le KGB. Il la presse de questions. Toujours les mêmes, inlassablement : « Qui c'est ? Je veux savoir qui t'a baisée ! » Carole plaque les mains sur ses oreilles, hurlant à son tour, le suppliant d'arrêter. Alors il s'excuse : il ne comprend pas ce qui lui a pris, il devient fou, c'est certain ! Il se blottit dans les bras de sa femme, et finit par s'endormir sur son sein, comme un enfant. Au milieu de la nuit, il allume brusquement toutes les lumières de la pièce et se remet à vociférer : « Qui c'est ? Avec qui t'a baisé, salope ? Réponds ! »

Personne ne peut tenir très longtemps à ce régime. Carole double ses doses d'anxiolytiques et finit par confesser qu'elle a couché avec quelqu'un. Une seule fois. Parce qu'elle se sentait très malheureuse.

– Eh bien voilà ! dit Guillaume, apaisé d'un coup. Il suffisait de le dire… C'est quelqu'un que je connais ?

– Non, non. C'est un type, sur un tournage.

– Le metteur en scène, évidemment ?

– Non, non…

– Pas le scénariste quand même ?

Carole trouve la force de dire que non, c'était le cascadeur. Guillaume hoche la tête. Il parle maintenant d'une voix très douce.

– Un cascadeur ? Un costaud alors ?

– Oui, oui, il est costaud.

– Si je comprends bien, je n'ai pas intérêt à lui casser la gueule ?

Il a dit ça en souriant, pour bien montrer qu'il garde le sens de l'humour. Elle lui sourit en retour. Sans ses lunettes, les cheveux ébouriffés, Guillaume ressemble à un gosse. Elle le prend tendrement dans ses bras. Il s'y laisse aller un instant avant de demander :

– C'était comment ?

– Quoi donc ?

– La baise avec ce cascadeur. C'était bon ?

Elle se met à pleurer ce qui n'arrange rien. Guillaume recommence à hurler, exigeant maintenant des détails. Tous les détails.

– Comment il t'a baisée ? Hein ? Je veux savoir comment ! En levrette ? C'est ça que tu ne veux pas dire ? Il t'a prise en levrette avec sa grosse bite ? Tu vas me répondre, nom de Dieu !

À l'aube, épuisée, Carole livre d'un ton monocorde le détail de ses étreintes avec le cascadeur. Apparemment satisfait de sa confession, Guillaume s'endort.

Quelques jours passent. Il ne se montre ni hostile ni désagréable. Carole peut croire qu'il a décidé d'oublier l'incident, comme elle a accepté de passer l'éponge sur l'épisode de Croydon. Elle redouble d'attentions à son égard. Puis, une nuit, la torture reprend :

– Salope ! Tu baises avec des types derrière mon dos ? Combien d'autres il y en a eu à part le cascadeur ? Combien ?

À la fin de ces abominables séances d'interrogatoire, Guillaume est aussi exténué que sa femme. Il leur arrive de s'endormir en plein milieu du supplice, dans les bras l'un de l'autre. Carole s'est résignée à endurer ce calvaire parce qu'elle ne voit pas d'autre solution : si elle demande le divorce, Guillaume lui prendra les filles, il est assez pervers pour ça. Si elle se plaint qu'il la persécute – on ne parle pas encore de harcèlement – personne ne la croira : son mari n'a pas un physique de tortionnaire, et elle n'a aucune preuve de ce qu'elle avance. Guillaume, en revanche, n'aura pas de difficulté à prouver qu'elle l'a trompé. C'est sans issue.

Cela n'empêche pas les Dexincourt d'aller jogger chaque matin en compagnie de Jérôme et personne, en les voyant passer, ne pourrait deviner que les feux de l'enfer grondent sous leurs pieds…

✷

Thomas se rend en confiance au déjeuner proposé par Vauthier, le haut fonctionnaire qui a fondé l'agence, quinze ans auparavant. Il commencera par un vibrant hommage au travail accompli par Francis dont il entend conserver l'esprit. Ensuite, il abordera les réformes structurelles et organisationnelles auxquelles il réfléchit depuis quelques temps. Quitte à en attribuer la paternité à Francis si l'autre tique. La question du salaire viendra en dernier. Thomas sait combien gagnait Francis. Il réclamera plus dans l'espoir d'obtenir la même chose.

Vauthier est à la retraite depuis un certain nombre d'années, mais il a toujours l'oreille des ministres successifs, des appuis politiques et financiers un peu partout. C'est un vieux monsieur coquet, volubile et charmant dont le seul défaut est d'être sourd comme un pot, ce qu'il s'obstine à nier.

– Je suis heureux de vous présenter Annabelle Boccard, dit-il à Thomas en désignant la femme assise à sa droite.

Leurs coupes de champagne sont vides, ils sont donc arrivés bien avant lui. Qui est cette Annabelle Boccard dont Thomas déteste immédiatement l'élégance classique, l'expression compassée et le brushing impitoyable. La maîtresse du vieux? Sa nurse, son assistante?

Froide poignée de mains. Échange de propos décousus sur le temps, les grandes tables parisiennes et les rumeurs d'un remaniement ministériel.

– Ils font ici une remarquable côte de veau à l'ancienne, dit Vauthier. Quoi?

– Je... Je ne dis pas le contraire... répond bêtement Thomas avant de comprendre que ce « quoi » agressif est un tic, pas une question.

– Comment? fait Vauthier.

– Rien, rien, dit Thomas.

Le vieux monsieur lui jette un regard noir. Le « regard du sourd », sans doute, songe Thomas. Ce déjeuner est mal engagé. Et qui est donc Annabelle Boccard? Après une interminable plongée en apnée dans la carte des vins, Vauthier tranche:

– Je vois là un Château Carbonnieux 1975 qui me paraît assez prometteur...

– Merci. Je ne bois jamais de vin à midi, répond Annabelle Boccard.

Thomas commet l'erreur de vouloir briller:

– Château Carbonnieux. Pessac-Léognan...

– Vous préférez du blanc?

– Mais pas du tout ! Au contraire ! Votre choix est excellent, monsieur ! Avec la côte de veau. Château Carbonnieux ! Formidable !

La difficulté consiste à hausser le ton sans en avoir l'air, et sans être entendu des tables voisines.

– Ce jeune homme n'apprécie pas mon choix, déclare Vauthier au sommelier.

– Absolument pas ! se défend Thomas, conscient de perdre pied.

– Nous renonçons donc à cet excellent Château Carbonnieux 75 pour un petit vin blanc, poursuit l'intraitable vieillard avec une grimace comique.

Thomas tente en vain de croiser le regard d'Annabelle Boccard, espérant la prendre à témoin du ridicule de la situation et en rire avec elle. Peine perdue.

– Je peux vous proposer un mâcon sans fioritures, suggère le sommelier avec l'ombre d'un sourire.

– Voilà, parfait ! affirme Vauthier sans qu'on sache exactement ce qu'il a compris.

– Bien, monsieur.

Le sommelier s'éloigne.

– La mort de Francis nous a tous bouleversés, reprend Vauthier.

– Je l'avais rencontré à plusieurs occasions, enchaîne Annabelle Boccard. J'avais pu apprécier son enthousiasme, sa droiture, son imagination…

– Tout à fait, dit Thomas.

– Je compte beaucoup sur vous pour conserver l'esprit qu'il avait insufflé à l'agence, monsieur Lavaud.

– Certainement…

De quoi se mêle-t-elle, celle-là ?

– J'entends toutefois modifier l'organisation du travail et, bien entendu, je me réserve les contacts avec la clientèle, conclut-elle avec un sourire étincelant mais glacial.

– Annabelle a travaillé longtemps au sein d'une des plus grandes agences de communication de Paris, précise Vauthier avant que Thomas ne soit remis du choc. Je suis fier et heureux qu'elle ait accepté la succession de Francis.

Au prix d'un effort surhumain, Thomas réussit à masquer sa déception et sa fureur. Qui a parachuté cette salope ? Vauthier ? Le ministre en personne ? Elle a dû coucher avec toutes les huiles, se dit-il dans un esprit de vengeance franchement mesquin.

Sans lui prêter la moindre attention, Annabelle Boccard passe le reste du déjeuner à évoquer avec Vauthier des gens que Thomas ne connaît pas.

Thomas se console avec le mâcon qui finit par lui flanquer des brûlures d'estomac. Comment va-t-il annoncer à Nathalie que Vauthier ne lui a pas confié la direction de l'agence ? Que son salaire restera ce qu'il est et qu'il va devoir, en plus, travailler sous les ordres d'une snobinarde sortie de nulle part ?

Francis, Francis, pourquoi m'as-tu abandonné !

*

Monsieur Gervaux a fixé rendez-vous aux Burch à midi. Florence arrive à 11 h 55.

– Mon mari ne va pas tarder.

À 12 h 20, Werner n'est toujours pas là et monsieur Gervaux commence à donner des signes d'impatience : c'est l'heure de son apéro.

– Tant pis. Allons-y ! propose Florence. Il nous rejoindra sur place.

Gervaux griffonne l'adresse du pavillon sur un morceau de papier qu'il scotche sur la porte en verre de l'agence.

– Plus haut, suggère Florence.

– Pardon ?

– Mon mari est très grand. Il risque de ne pas voir votre message…

Pensant faire preuve d'humour, monsieur Gervaux tend le bras aussi haut qu'il peut.

– Oui, là, ça devrait aller, commente Florence en prenant du recul, comme si elle jugeait un tableau.

Il se demande si elle se fout de lui.

Le pavillon qu'ils doivent visiter est situé dans une rue en pente.

– Excellent quartier, commente l'agent immobilier en reluquant avidement les jambes de Florence.

Il lui raconte que, deux ans plus tôt, il a vendu la maison avec le grand jardin, celle qui est en face de la blanche aux volets bleus.

– Pour vous dire que c'est bien habité, dans le coin, c'est un astrologue du CNRS qui me l'a achetée !

Florence pouffe aussi discrètement que possible tandis que monsieur Gervaux s'escrime à ouvrir une grille mangée par la rouille. Le jardin est à l'abandon. L'agent immobilier s'y engage le premier, avec ostentation, comme si les herbes hautes pouvaient dissimuler un danger : une panthère à l'affût, des serpents venimeux ou une tribu de pygmées hostiles.

– La maison n'a pas été habitée depuis dix ans, explique-t-il. Problèmes de succession…

– Hmm, répond Florence qui a du mal à garder son sérieux.

L'impression d'entrer dans une champignonnière. Les papiers peints ne sont pas noirs comme elle le croit au premier regard, mais couverts d'une fine couche de moisissure. L'humidité tache les plafonds, les parquets gondolent. Les carrelages sont poudrés de salpêtre et les tuyauteries de vert-de-gris.

– Ne nous le cachons pas, madame Burch, tout ça demande à être un peu rafraîchi... Mais c'est une maison solide.

– Vraiment?

– On ne bâtit plus comme ça aujourd'hui, croyez-moi!

Cette foutue baraque est invendable, monsieur Gervaux ne le sait que trop bien. À court d'arguments, il se tait. On entend gargouiller son estomac: il a faim et son corps réclame sa dose quotidienne de pastis. Il feint une quinte de toux pour dissimuler son embarras. On entend alors une auto se garer. Florence reconnaît leur Peugeot.

– C'est lui, annonce-t-elle avec un beau sourire.

Werner s'excuse de son retard: il a bêtement confondu Nanteuil-le-Bois et Nanteuil-sur-Seine. Tous ces Nanteuil!

– Mon mari est allemand, croit-elle bon de justifier.

– De Wiesbaden, précise Werner.

Florence n'a pas exagéré: Werner est un géant. Tout, chez lui, paraît hors de proportions: les dents, les oreilles, le nez, les extrémités. Si son engin va avec le reste, elle doit en voir de toutes les couleurs la jolie petite dame, songe monsieur Gervaux avec la délicatesse qui le caractérise.

– C'est comment? demande Werner en désignant le pavillon.

– Moisi, répond Florence.

Werner veut quand même visiter. En détail. L'agent immobilier que la faim taraude commence à les haïr. Sales boches!

– Hmmm, dit finalement Werner.

– Tu vois! répond Florence.

Monsieur Gervaux est le premier surpris quand les Burch manifestent leur intention d'acheter, après une semaine de réflexion.

Plusieurs mois de travaux et un emprunt complémentaire sont nécessaires pour rendre la maison saine et habitable. Quand tout sera terminé, au début de l'été, Werner proposera d'organiser une petite fête. Histoire de pendre la crème ailleurs.

– La crémaillère, corrige Florence.

Elle n'est jamais lasse de reprendre les fautes et les approximations de son mari dont le français, après des progrès fulgurants les trois premières années, stagne. Pour l'accent, il n'y a rien à faire.

Le matin, elle choisit elle-même la chemise que Werner va mettre. Et la cravate assortie. Elle lui prépare son petit déjeuner, quitte à retourner se coucher les jours où elle ne travaille pas. Elle s'assure de la température extérieure avant d'ajouter écharpe ou bonnet à sa tenue. Elle lui épargne tout ce qui peut être susceptible de gâter son humeur et décide seule de l'emploi de leur temps libre. Sans en être consciente, Florence aime Werner comme on aime un enfant.

Lui voit en elle l'incarnation de la France où il s'est fait le serment de vivre un jour parce que les photos qui illustraient ses livres de géographie quand il avait treize ans – *Falaises de craie à Étretat*, *Un village en Dordogne*, *La chaîne des Aravis* – l'ont fait rêver. Tel est le pouvoir des images sur les enfants qui s'ennuient à l'école.

Florence est vive, charmante, imprévisible. Elle passe d'un petit boulot à l'autre, riant de ne pas avoir trouvé sa vocation, à trente ans passés. Quand ils s'installent à Nanteuil-le-Bois, elle fait ses débuts de calligraphe dans une boîte de doublage. Le boulot consiste à écrire aussi lisiblement que possible dans un espace donné, et sur un film spécial appelé bande rythmo, le texte que les comédiens vont dire en studio. L'aspect artisanal et désuet de cette activité ravit Florence. En plus, ce n'est pas trop foulant, et on peut exécuter de chez soi la plus grande partie du travail. Werner, lui, fait carrière dans l'informatique.

C'est le besoin d'espace et de verdure qui les ont attirés en banlieue. Werner refuse de l'avouer, mais il a la nostalgie des quartiers résidentiels de son enfance. Il pratique assidûment le vélo et il en a assez des gaz d'échappement et de l'agressivité des automobilistes parisiens. Dans le bois, il pourra rouler en toute sérénité dans une ambiance moins polluée.

*

Quinze jours avant la date prévue pour l'accouchement, Nathalie perd les eaux. Elle appelle Thomas à l'agence. Son poste ne répond pas et Maryse ignore où il est allé déjeuner. On n'est pas encore entré dans l'ère du téléphone portable, Nathalie n'a aucun moyen de joindre son mari. Son obstétricien qui, lui, se passe de déjeuner, la presse de se rendre à la clinique. Mais il n'y a jamais de taxis à Nanteuil-le-Bois et ceux de Paris répugnent à se déplacer aussi loin. Nathalie commence à paniquer. Si elle appelle les pompiers, elle a peur qu'ils l'emmènent à l'hôpital alors qu'elle s'est organisée depuis des mois pour accoucher dans le privé et sous péridurale entre les mains expertes d'un spécialiste en qui elle a toute confiance. Elle ne peut pas demander de l'aide à Nicole qui est en classe verte avec ses élèves à l'autre bout de la France, encore moins à ses parents qui habitent Forbach. Une première série de contractions la prend à l'improviste, la laissant pantelante. Il y a vraiment urgence !

Magali répond à la première sonnerie. Dix minutes plus tard, elle fonce vers la clinique au volant de son break Volvo, un tank dépourvu de direction assistée qu'elle conduit sans égards, arrachant tout ce qui peut dépasser des voitures stationnées le long des trottoirs. À demi couchée sur la banquette arrière, sous l'œil effaré de Benjy qu'on a arraché à sa sieste, Nathalie, tenant son ventre à deux mains s'efforce de se remémorer les exercices respiratoires qu'elle a négligé de répéter sous prétexte que c'était sa deuxième grossesse. La Volvo fait une entrée remarquée dans la cour de la clinique, rabotant au passage un massif de bégonias et la Mercedes du directeur dont l'alarme se met à couiner, précédant de peu les hurlements de Benjy.

Magali adorerait assister à l'accouchement, mais elle ne sait pas quoi faire de son fils et doit aller chercher ses deux frères à seize heures à la sortie de l'école, où elle récupèrera également Constance si Thomas ne s'est toujours pas manifesté…

Les hommes ne sont jamais là quand il le faut ! On finirait par croire qu'un sixième sens les avertit qu'on va avoir besoin d'eux. Ainsi Rodolphe préside-t-il, au fin fond des Pouilles, un séminaire sur le théâtre déstructuré dont il se proclame l'inventeur.

Thomas revient au bureau à l'heure où Magali, accroupie sur le trottoir devant l'école maternelle, explique à une Constance livide que sa maman est partie vite, vite, vite à la clinique donner naissance à beau *beïbeï* !

Thomas est complètement bourré. Il a déjeuné en compagnie d'Armancey. Contrairement à Vauthier, Armancey n'est pas sourd. Thomas a donc pu déguster en toute quiétude un Brane-Cantenac 79 – deux bouteilles –, suivi d'un somptueux cognac. Fort de relations dans les milieux friqués, d'un passé douteux, et d'un culot inoxydable, Armancey rêve de créer parallèlement à New York et à Paris deux centres d'art contemporain jumeaux couplés à une librairie et à un restaurant. Il envisage également de lancer une revue d'art conceptuel très haut de gamme. Il veut en confier la direction à Thomas dont il s'est résolument entiché.

La tête pleine de rêves et la démarche hésitante, Thomas a ricané en regagnant son pauvre bureau. Au cul, la mère Boccard! Bientôt il travaillera dans un loft immense, entouré de meubles et d'œuvres admirables, faisant la navette en Concorde entre Paris et New York, craint et adulé par les artistes et les marchands.

– Votre femme a appelé, vient lui annoncer Maryse.

– Qu'est-ce qu'elle voulait?

– Je n'ai pas très bien compris. Une histoire d'eaux...

La pauvre Maryse, on le sait, n'a pas inventé l'eau tiède. Sa place ne tient d'ailleurs plus qu'à un fil: Annabelle Boccard est moins complaisante que Francis... Thomas soupire et compose le numéro de la maison pour tomber sur son répondeur. Il y laisse un message humoristique et se met à somnoler sur le dossier des « Journées du patrimoine » que la mère Boccard lui a refilé. Ce pensum implique des contacts étroits avec la commission des monuments et des sites, un ramassis de crétins rétrogrades et prétentieux qui n'entendent rien à la communication. Entre Thomas et Annabelle Boccard se développe une haine tenace. Patience! Bientôt il pourra lui coller sa démission et lui balancer enfin tout le mal qu'il pense d'elle.

« Une histoire d'eau... » a dit Maryse. Une fuite, peut-être? Nathalie aurait appelé le plombier, non? Brutalement, il lui revient que sa femme est enceinte et que la chose pourrait avoir une tout autre signification, nettement plus dramatique. Thomas rappelle chez lui. Toujours le répondeur. Saisi d'une angoisse, il quitte son bureau au pas de course sans prévenir personne et se rue dans le RER. Comme toujours quand on est pressé, les rames se traînent. À Nation, on annonce qu'une caténaire est rompue, quelque part sur le tronçon champêtre de la ligne. On invite les voyageurs à descendre et à poursuivre leur voyage par d'autres moyens qu'on les laisse libres de choisir. Un taxi, se dit Thomas, je vais prendre un taxi. Ils sont une bonne centaine à avoir eu la même idée, déjà prêts à s'entretuer. Thomas réussit à attraper au vol un autobus bondé pour s'apercevoir, au bout de trois arrêts qu'il ne va pas dans la bonne direction. Il rappelle chez lui d'une cabine : toujours le répondeur. Il s'est passé quelque chose. Il fait le reste du trajet au pas de course ce qui a le mérite de lui faire éliminer une partie de l'alcool qu'il a ingéré.

Il arrive chez lui au bord de l'asphyxie pour trouver la maison plongée dans l'obscurité. Sur le répondeur son message idiot, celui de l'entreprise chargée de l'entretien de la chaudière qui se plaint d'avoir trouvé porte close alors que la visite était prévue depuis un mois, et enfin la voix de Magali annonçant que Nathalie est à la clinique et Constance chez elle. Qu'il la rappelle dès que possible, elle est sans nouvelles de la parturiente. Thomas monte dans sa voiture et met le contact. Rien. Il fait encore deux ou trois essais avant d'admettre que la batterie est morte. Après la suite de retards et de contrariétés qu'il vient de subir, la chose lui paraît presque normale. Il repart au trot vers la clinique où il trouve Nathalie épuisée mais radieuse. Elle a mis au monde, sans difficulté particulière, une petite Laura qu'une infirmière désigne à Thomas à travers une vitre épaisse, au milieu de six autres poupons identiques. Thomas la trouve magnifique. Comme à la naissance de Constance, il se sent porté par une merveilleuse exaltation, une vague d'optimisme. Il a envie de crier sa joie au monde entier.

– Tu sais quoi ? J'ai déjeuné avec Armancey, ne peut-il s'empêcher de dire en saisissant la main lasse de Nathalie pour la couvrir de baisers.

– Tu as quoi ? demande-t-elle d'une voix mourante.

– Déjeuné avec Armancey, répète Thomas un ton plus bas, conscient qu'il vient de gaffer.

– Alors, je perds les eaux toute seule à la maison, j'essaie en vain de te joindre, je suis à deux doigts d'appeler les pompiers, j'ai une chance folle que Magali soit chez elle, elle laisse tout tomber pour m'emmener à la clinique, elle s'occupe de Constance alors que ça ne l'arrange pas, et pendant tout ce temps, tu déjeunais avec Armancey !

– Écoute, je ne pouvais pas savoir…

– Oh, mon Dieu ! Je n'en peux plus, je n'en peux plus ! dit soudain Nathalie, fondant en larmes.

Thomas tente de la consoler en lui tapotant doucement le dos, mais devant l'inutilité du procédé et le torrent de larmes que déverse sa femme, il préfère appeler l'infirmière.

– Vous feriez mieux de rentrer chez vous, lui lance-t-elle après avoir fait avaler deux cachets à Nathalie.

– Mais…

– Le blues de l'accouchée, on appelle ça. Ça passera. Ou ça ne passera jamais. Dans un cas comme dans l'autre, il n'y a rien que vous puissiez faire !

– Merci, madame. Vous êtes extrêmement réconfortante.

L'infirmière le pousse fermement dehors. Elle le dépasse d'une tête et elle est deux fois plus large que lui. Mieux vaut ne pas s'en faire une ennemie.

– Je reviendrai demain…

– C'est ça. À demain.

Sur le trottoir, devant la clinique, Thomas se reproche d'avoir déboulé sans même un bouquet de fleurs. Dès demain, il achètera à Nathalie un cadeau magnifique pour réparer ses maladresses.

Laura ! Constance et Laura… Merde ! Constance ! Elle est depuis des heures chez Magali. Les trois monstres ont dû la mettre en pièces. Thomas hèle un taxi devant la clinique. Il doit arracher sa fille à cet enfer.

✷

Magali prend Thomas dans ses bras, le serrant à l'étouffer.

– Je suis si heureuse de te voir ! Si heureuse !

Elle a un corps agréable, doux et chaud, tout en rondeurs. Si l'étreinte doit se prolonger un centième de seconde de plus, il va se mettre à bander férocement.

– Entre, dit-elle en se détachant de lui aussi vivement qu'elle s'est jetée à son cou.

Thomas n'est encore jamais venu chez les Vincelles. Ils habitent une grande maison au charme désuet, une sorte d'hôtel particulier. Deux cents mètres carrés minimum estime Thomas qui a le coup d'œil. À peu près trois fois plus que nous.

– Raconte ! dit Magali en fixant sur lui des yeux brûlants après l'avoir rassuré sur le sort de Constance : elle s'est endormie tout de suite après le dîner. Elle l'a couchée dans son propre lit. Au calme, loin des garçons. Il déclare :

– Eh bien… C'est une fille… Une petite Laura…

– Comment ça s'est passé ?

– Bien. Très, très bien.

Magali le contemple avec un dépit si flagrant qu'il rajoute :

– Je veux dire : aucun problème ! Vraiment.

– Elle pèse combien ?

– Qui donc ?

– Laura.

– Ah. Euh… Trois kilos cinq…

C'était le poids de Constance, il s'en souvient parfaitement. Pour Laura, il a oublié de poser la question. Ou il n'a pas écouté la réponse.

– Tomtom faisait quatre kilos et demi, dit Magali avec un sourire.

– Oh, répond-t-il sans se compromettre.

– Elle n'est pas trop épuisée ?

Thomas comprend que la question concerne Nathalie et qu'il convient de ne pas répondre sottement que tout va pour le mieux. On attend autre chose. De quoi alimenter les conversations de sortie d'école pour plusieurs jours.

– Elle est… Elle accuse le coup, dit-il. Déprimée, tu sais… Le blues des accouchées…

– Merde, fait Magali.

Ils restent silencieux un moment. Magali se lève :

– Tu as peut-être soif ? Et faim ? Je ne t'ai rien proposé ?

– C'est gentil, merci. Je vais filer…

– Un verre, tout de même. Une naissance, ça s'arrose !

– Oui… Oui… Un verre… D'accord…

Thomas se sent soudain d'une extrême gaucherie, presque intimidé. Sans doute parce qu'il voit Magali pour la première fois sans ses trois mouflets accrochés à ses jupes. Et qu'il la trouve plutôt désirable.

– Il faudrait du champagne, mais je n'en ai pas. Du whisky, ça t'irait ?

Parfait le whisky.

Elle sert deux verres bien tassés d'un whisky médiocre, un truc coloré au caramel, estampillé Mc Machin pour faire écossais. Mal de crâne assuré dans les heures suivant l'ingestion.

– À Laura !

– À Laura !

– Et à Nathalie…
– Tchin.
– Tu es sûr que tu ne veux pas manger quelque chose ?
– Vraiment, je te remercie. J'ai copieusement déjeuné.
– Il ne faut pas boire le ventre vide. Je dois avoir des bretzels quelque part.

Magali semble aussi mal à l'aise que lui. Elle disparaît dans la cuisine où il l'entend fourgonner dans les placards. Elle revient avec une coupelle de cacahuètes racornies, d'un jaune suspect.

– Désolée, je n'ai que ça.

Thomas déclare que c'est parfait et se sert. Les cacahuètes doivent dater des années soixante-dix. Elles résistent sournoisement à toute tentative de mastication.

– Rodolphe est dans les Pouilles, dit soudain Magali.
– Pardon ?
– Il est dans les Pouilles. C'est en Italie…
– Ah oui ! Oui… Les Pouilles… Bien sûr.
– Tu n'imagines même pas ce que j'endure avec lui. C'est un monstre.

Thomas a dû comprendre de travers, il demande du bout des lèvres :

– Comment ça ?
– Il me rabaisse perpétuellement. Il me torture. Quand il revient de voyage, il me force à l'écouter pérorer sur toutes les femmes intelligentes qu'il a rencontrées. Et qu'il a baisées le plus souvent ! Elles sont toujours plus belles et plus brillantes que moi. Il me dit qu'il m'a épousée uniquement pour mon cul, et que mon cul n'est plus ce qu'il était ! Tu te rends compte ?

Totalement abasourdi par ces révélations, Thomas ne sait pas quoi dire. Il se contente de grogner. Il donnerait beaucoup pour être ailleurs…

– Il en jette comme ça, avec sa belle gueule et ses grands discours sur la théâtralité, mais dans le fond c'est un porc ! Un sale porc ! Tu sais ce qu'il m'a fait récemment ?

– Magali, je…

– Il m'a enculée !

– Ah…

– Alors que je ne voulais pas !

– C'est dégueulasse, murmure Thomas.

– Tu l'encules, toi, Nathalie ?

– Hein ? Euh… Non, pas souvent, je veux dire pas vraiment, bredouille-t-il, affreusement gêné.

– En plus il se drogue !

– Oh ?

– Je t'assure ! Il prend de la coke, de l'herbe, des amphets ! L'autre jour, il m'a fait une scène horrible sous prétexte qu'il n'y avait pas de quoi se faire une ligne à la maison. Qu'est-ce qu'il s'imagine ce con ? Qu'on trouve de la cocaïne au rayon « produits exotiques » du supermarché ? À propos, si tu veux fumer, il doit m'en rester…

– De… De quoi ?

– De l'herbe.

– Ah, non, non merci ! Avec le whisky, ce ne serait pas raisonnable…

– Eh bien moi, je vais me faire un petit pétard.

– Tu es sûre que c'est une bonne idée ?

Ignorant le commentaire, elle se lève pour aller prendre dans un tiroir un nécessaire à rouler. Il admire sa démarche. Tous ses gestes sont gracieux. En quelques secondes, elle s'est confectionné un stick de professionnelle. Thomas la soupçonne d'en avoir fumé deux ou trois avant son arrivée. Après tout, il faut peut-être ça pour supporter ses trois garçons… Elle le regarde en plissant les yeux à travers la fumée.

– Sûr que tu n'en veux pas ?

– Juste une taffe pour t'accompagner, s'entend répondre Thomas.

Il n'a pas tiré sur un joint depuis la fac. Il retrouve avec plaisir l'âcreté de l'herbe, son odeur de foin brûlé. Elle lui paraît extrêmement légère.

– Pour quelqu'un qui voulait juste une taffe, tu te défends, s'amuse Magali.

Thomas s'aperçoit qu'il a fumé la moitié du pétard. Il le lui rend en s'excusant. Leurs doigts s'effleurent et il a envie d'elle. Allons bon.

– Si ça va aussi mal que ça avec Rodolphe, reprend Thomas avec prudence, pourquoi tu ne divorces pas ?

Elle a un geste las. Il insiste :

– À cause du fric ?

– Entre autres, oui. Et puis tu sais… Rodolphe, ça remonte à très, très loin. En fait, c'est mon premier amour !

– Justement. Il serait peut-être temps d'en changer, non ?

Qu'est-ce que je raconte ? s'inquiète Thomas. Magali le gratifie d'un long regard triste.

– On ne change pas de mari comme on change de bagnole, Thomas. Et tu oublies qu'on a trois gosses. Si je le quittais, il serait capable de réclamer leur garde uniquement pour me faire chier ! Tu ne le connais pas, c'est un monstre je te dis !

– Ouais… En tout cas si un jour… Enfin, si je peux t'aider en quoi que ce soit… N'hésite pas.

– Ça me touche beaucoup. Je te remercie.

Elle écrase ce qui reste du joint au fond du cendrier et Thomas se dit qu'il est temps d'aller chercher Constance et de rentrer. Mais pour cela il faut d'abord se lever. Il en est rigoureusement incapable.

– Nom de Dieu, Magali, qu'est-ce que tu m'as fait fumer ?

– L'herbe du jardin.

– Tu déconnes ?

– Je t'assure. C'est moi qui la fais pousser. Derrière le rhododendron.

– Derrière le rhododendron ! Rhododendron ! répète Thomas en pouffant bêtement.

Il est salement défoncé. Et Nathalie qui déprime à la clinique.

– Pour être tout à fait honnête avec toi, reprend Magali d'un ton pénétré, au début je ne t'aimais pas.

– Ah.

– Mais j'ai changé d'avis. Finalement, je pense que tu es quelqu'un de bien.

– Merci.

– Je dis toujours ce que je pense, tu sais. Ton signe astrologique, c'est quoi ?

– Euh… Bouc… Enfin Bélier, glousse-t-il.

– Tu n'as aucune des caractéristiques du Bélier. Tu dois avoir un ascendant très fort…

– Certainement, certainement.

Soudain, sans qu'il ait compris comment, il se trouve étendu sur Magali, cherchant fébrilement à toucher sa peau tiède sous les étoffes, tandis que la langue de la jeune femme va de son oreille au tour de son œil, agile comme celle d'un tamanoir.

– Oh, oui, oui, oui ! dit Magali.

Il trouve la réplique un peu pauvre, mais ces « oui » enfilés comme des perles sur un fil lui font plaisir. Il parvient enfin à écarter le tissu du slip. Ses doigts découvrent avec surprise une toison dont la texture rêche évoque le tampon Jex. Les poils pubiens de Nathalie sont doux et soyeux, ceux des autres filles qu'il a connues l'étaient également. Il se réjouit de vivre une expérience nouvelle. *Coïtus rugosus*, pense-t-il en ricanant intérieurement et en introduisant l'extrémité de son majeur dans le vagin de la jeune femme.

– Maman ? dit alors une petite voix.

Ils s'écartent précipitamment l'un de l'autre. Sur le seuil de la pièce se tient Tomtom, ensommeillé, tendre et vulnérable dans un pyjama de coton rouge semé d'oursons.

– Qu'est-ce que vous faisez par terre ? s'étonne-t-il.

– Thomas a fait tomber ses verres de contact ! répond Magali avec un sang-froid qu'il lui envie. On les cherche depuis tout à l'heure…

– Ah bon, fait simplement l'enfant.

– Et on dit « faites », pas « faisez » ! précise Magali en se rajustant. C'est quoi le problème ?

– J'arrive pas à dormir…

– Tu sais quoi, Tomtom ? dit-elle en se remettant debout. La maman de Constance a eu son bébé ! C'est une fille !

– Une fille ? C'est pas de chance, commente Tomtom.

Il a l'air sincèrement navré. Prenant le petit garçon par la main, Magali le ramène dans sa chambre à l'étage. Thomas en profite pour remettre de l'ordre dans sa tenue et dans ses pensées. L'arrivée du gamin vient de lui éviter une belle connerie. Baiser avec Magali le soir où Nathalie accouchait eût été particulièrement mal venu. Sans compter les complications ultérieures. Bon. Il a brièvement perdu le contrôle de ses actes. Ce sont les circonstances. Et le joint.

Quand Magali redescend, elle aussi semble avoir repris ses esprits. Ils se tiennent gauchement l'un devant l'autre.

– Je vais rentrer, dit Thomas.

– Oui…

– Je vais aller chercher Constance.

– Pourquoi tu ne la laisses pas plutôt ici ? Je l'amènerai demain à l'école avec les garçons.

– Tu es sûre que ça ne te dérange pas ?

– Mais non. Ça me fait plaisir.

– Bien. Merci pour le verre. Merci pour tout…

Il part à reculons vers la porte d'entrée. Une fois sur le seuil, il lui adresse un petit signe idiot auquel elle ne répond pas. Il referme avec soin derrière lui, remonte le col de sa veste et s'enfonce dans la nuit. À une heure aussi tardive, on a, statistiquement, plus de chances d'être agressé que de trouver un taxi. Thomas presse le pas, troublé par ce qu'il vient de vivre. Magali est comédienne. Était-elle sincère ou lui a-t-elle joué cette scène ?

Dans quel but ? Se venger de Rodolphe ? Tester la fidélité du mari de sa copine ? Il la croit capable de tout. Désormais, il sera sur ses gardes en sa présence.

✷

Crémaillère chez les Burch : Werner invite une poignée de collègues, Florence ses trois meilleures amies. En tant que plus proches voisins, les Lavaud et les Dexincourt sont conviés. On fera connaissance autour du barbecue.

– Aïe ! fait Thomas en découvrant le saladier de taboulé, les chips et le cubi de minervois.

– Estime-toi heureux qu'ils ne nous aient pas fait une choucroute, lui glisse Nathalie.

– Pourquoi une choucroute ?

– Parce qu'il est Allemand.

– Je ne trouve pas ça très drôle.

– Tu ne me trouves jamais drôle, dit Nathalie en lui tournant le dos pour aller saluer les Dexincourt.

– Aïe, aïe, aïe ! fait encore Thomas en s'aventurant à l'intérieur de la maison, version abâtardie des années soixante-dix, dont le mobilier mêle l'alu et plexi fumé. Les formes sont sans grâce, trop aiguës pour être pures ou, au contraire, arrondies sans nécessité. Les couleurs des coussins et des tentures sont agressives. Le plus désolant est qu'on sent derrière cet ensemble un véritable souci esthétique. Ces meubles affreux ont été choisis avec soin et ils ont probablement coûté pas mal d'argent. Une bibliothèque entière est consacrée aux souvenirs de voyage : masques, statuettes, coquillages, objets artisanaux en céramique, en vannerie ou en boîtes de conserve étamées. Les Burch ont été partout, et partout on leur a refilé la même camelote. Considérant que les Occidentaux ont inondé la moitié du monde de verroterie, de cotonnades de troisième choix et d'armes obsolètes pendant près de trois siècles, on peut considérer qu'il s'agit d'un juste retour des choses.

– Vous vous intéressez à mes collections ? s'enquiert Werner.

Qualifier de « collections » cette pacotille relève de la supercherie. Thomas émet un borborygme élogieux.

– Sénégal ! trompette Werner en s'emparant d'une figurine aux seins pointus, habilement patinée. Le chef du village ne voulait pas me la vendre. J'ai dû faire longtemps la palabre.

Et tu t'es fait enfler en beauté, mon grand, pense Thomas en essayant d'avoir l'air impressionné.

– Djakarta ! poursuit l'Allemand en désignant une marionnette qui a probablement été fabriquée à Taïwan. Je me rappelle le marchand était vachement… Ach ! Comment dit-on, déjà ?

– Insistant ?

– Non, non…

– Persuasif ?

– Non, pittoresque !

– Ah, dit Thomas, terrifié à la perspective que l'autre lui présente un à un les objets de sa collection en cherchant ses mots.

L'arrivée des collègues de Werner fait heureusement diversion. Les types arborent des chemises bariolées et des bermudas. Thomas, qui a choisi pour la circonstance un costume de lin clair et qui a hésité à mettre une cravate, s'exclame :

– C'est l'Australie chez vous !

– Vous avez été ? demande Werner.

– Été quoi ?

– Vous avez été en Australie ?

– Ah non, non ! Non, je disais ça comme ça. À cause de la façon dont vos amis sont habillés.

– Ayers Rock, il faut que vous le voyez, assure Werner. Un soir, je vous montre mes vidéos. D'accord ?

Attention ! Danger ! Il conviendra, désormais, d'avoir toujours une excuse sous le coude pour être sûr d'échapper à cette corvée.

Les voyages contribuent à remplir le vide de l'existence des Burch. Ils les préparent longtemps à l'avance, résolus à ne rien manquer, à fouiller le pays jusqu'à l'os. En les entendant dire qu'ils ont « fait » le Népal ou le Pérou, on a l'impression qu'ils ont mis la contrée à sac. Ils ramènent leurs pauvres souvenirs, leurs photos, leurs vidéos et leurs amibes comme autant de trophées et tirent une absurde fierté à rayer les zones qu'ils ont écumées sur un planisphère. Doté d'une excellente mémoire, Werner stocke les détails les plus inutiles, tels que les numéros de chambres d'hôtel et le prix des choses dans la monnaie locale : « À Bangkok, j'ai payé moins de sept cents baths pour une chemise en soie ! » Tout le monde s'en fout. Florence, elle, entretient le souvenir des ambiances, des bruits et des couleurs : « Le rose du ciel à Bénarès ! » C'est, assurent-ils, pour assouvir leur passion des voyages qu'ils ne veulent pas d'enfant. Plus tard, peut-être, quand le planisphère sera entièrement grisé. Quand ils seront repus d'exotisme.

Des reproductions de Matisse, Picasso et Miró ornent l'entrée. Pour le reste, les Burch se sont laissé aller à choisir et à acheter eux-mêmes de la peinture. Thomas est accablé.

Deux grandes marines d'un artiste lointainement inspiré par Nicolas de Staël. Histoire de rassurer le chaland, les barques sur la plage et les voiliers à l'horizon sont quand même identifiables. Étalée à la truelle plus qu'au couteau, la mer est d'un bleu à faire grincer des dents. Dans un registre différent, les Burch ont été séduits par la dextérité d'un Italien qui, d'un coup de crayon hardi, vous jette pêle-mêle sur la pierre lithographique chevaux, femmes nues et violoncelles. L'on trouve aussi des aquarelles miniatures et chichiteuses de Venise, du Caire et d'Istanbul. Et une grande plaque de métal travaillée à la ponceuse dont l'unique intérêt est d'offrir un aspect différent selon la lumière et la position du spectateur. Franchement abominable.

Par quel inexplicable paradoxe, se demande Thomas, peut-on apprécier à la fois Picasso, Matisse, Miró et les croûtes qui décorent le living? Deux réponses lui viennent à l'esprit: une diffusion industrielle a vidé de leurs substances les œuvres des trois peintres en question. Les Burch ne les voient pas plus qu'ils ne voient le motif du papier peint. Ou alors ils ont acheté ces reproductions parce qu'il est universellement admis que Picasso, Matisse et Miró sont des génies. Mais une fois confrontés à un véritable choix, les Burch se fourvoient. Il évitera de parler peinture avec ses nouveaux voisins: là aussi, danger!

– Qu'est-ce que tu marmonnes? demande Nathalie qui l'a rejoint.

– Rien. Je regardais les tableaux.

– J'aime assez les deux grandes toiles bleues, dit-elle.

Sûrement du second degré, se rassure Thomas. Mais non, l'admiration de Nathalie paraît sincère. Il lui revient qu'elle se moque de lui quand il écoute religieusement ses vieux disques de jazz, elle qui n'apprécie que la variété. Au théâtre, elle s'endort systématiquement. De quoi sera faite leur vie quand les filles seront grandes et qu'ils se retrouveront tous les deux en tête à tête avec des goûts et aspirations si différents ? Une bouffée d'angoisse le saisit. Il se hâte d'aller retrouver les autres au barbecue.

*

La vie des Lavaud a repris un cours normal depuis la naissance de Laura.

Toutefois, en se retranchant du monde du travail pour assumer à fond son rôle de mère, Nathalie joue sans le savoir un jeu dangereux. Thomas n'en fait plus une secousse à la maison sous prétexte qu'elle y est à temps complet, et ses collègues plus jeunes, plus ambitieuses, intriguent dans l'ombre pour lui piquer son poste. Inconsciente des nuages sombres qui s'amoncellent au-dessus de sa jolie tête blonde, Nathalie pouponne avec ravissement.

Thomas, lui, connaît ses premiers troubles du sommeil : au moindre cri du bébé, la nuit, il se réveille et ne parvient plus à se rendormir. Étendu dans l'obscurité à côté de Nathalie, les yeux grands ouverts, il se met alors à rêver aux projets d'Armancey. Il se voit en directeur de revue, sûr de ses choix et ferme sur ses positions. Un globe-trotter infatigable de l'art contemporain, un dénicheur de talents, une autorité incontournable.

– Thomas Lavaud, c'est à vous que revient le mérite d'avoir découvert Diego Sanchez Ribeira y Ortez dont on peut voir les installations aujourd'hui au MoMA. Pouvez-vous nous raconter dans quelles conditions vous avez rencontré cet artiste surprenant ?

– Je venais de vivre deux semaines épuisantes à Los Angeles où j'avais été consultant pour la rétrospective Jon Calaferte. J'ai loué une voiture et je suis descendu vers le Mexique, histoire de faire un break, de changer d'ambiance. Une après-midi, je me suis arrêté dans une petite *cantina* pour boire un verre. Un type était là, qui chargeait des caisses de bière vides dans un pick-up. Le soin qu'il mettait à choisir ses caisses, la délicatesse avec laquelle il les manipulait m'ont intrigué… J'ai engagé la conversation. Il m'a emmené visiter son atelier…

– Je crois savoir que les cinq cent soixante-six caisses de bière de Diego Sanchez Ribeira y Ortez vont être exposées prochainement à la Tate Gallery de Londres ?

– Absolument. En pile de trente, c'est très impressionnant…

Thomas donne ainsi chaque nuit des interviews imaginaires à propos d'artistes imaginaires. Nathalie et les filles n'ont jamais leur place dans ses fantasmes. Comme s'il envisageait sa nouvelle vie sans elles.

Thomas a laissé passer deux mois avant d'oser citer à nouveau le nom d'Armancey devant sa femme. Et de parler de leurs projets. Aussitôt elle s'est alarmée :

– Tu ne vas quand même pas laisser tomber l'agence ?

– Nathalie ! Tu sais bien que j'ai toujours eu d'autres ambitions. Et depuis que Francis n'est plus là…

– Je veux dire tu ne vas pas partir *maintenant* !

– Pourquoi pas maintenant ?

– Parce que j'ai pris un congé maternité d'un an ! Ce n'est pas le moment de lâcher ton boulot !

– Je gagnerai deux à trois fois plus en travaillant avec Armancey.

– Ça, c'est ce qu'il te laisse croire…

Avec une implacable rigueur, Nathalie lui montre tout ce qu'il n'a pas voulu voir. Tout ce que les propositions d'Armancey ont de flou, d'inquiétant, d'aléatoire. Au lieu de lui en savoir gré, Thomas lui en veut de couper les ailes de ses rêves. Il ne lui parlera plus désormais de ses connaissances hors agence, des contacts qu'il établit patiemment dans un milieu où il commence à être un petit peu identifié. Un milieu où Nathalie n'a pas sa place. Devant une installation de Fred Beautrépans à la Fondation Cayrolle – des tas de charbon dans la cour et un sablier géant où le poussier remplaçait le sable –, elle a trouvé moyen de déclarer : « Il cherche à nous prouver quoi avec ça ? » Grâce à Dieu, personne ne l'a entendue. Cette réflexion inepte et sa réaction devant les croûtes des Burch disqualifient Nathalie, la renvoient inexorablement à ses origines de petite bourgeoise, ainsi qu'à son incompétence chronique en matière d'art : depuis l'exposition, la cote de Beautrépans n'a cessé de monter.

*

Au barbecue des Burch, les groupes ne se mélangent pas. Dans un coin du jardin, les informaticiens forment un carré compact en opposition avec le bouquet changeant des amies de Florence, dont Thomas n'ose pas s'approcher parce qu'elles rient entre elles et qu'il a peur d'avoir l'air balourd. Nathalie et Carole sont branchées sur le chapitre « maladies infantiles », on en a pour la soirée. Guillaume affiche un sourire séraphique sans cesser de remplir son gobelet au robinet de plastique du cubi. À ce rythme-là, il sera rond dans pas longtemps. Thomas hésite à en aviser Carole et se dit qu'après tout, ce ne sont pas ses oignons. À plusieurs reprises, Florence vient s'assurer que tout va bien, se désolant de ne pas avoir plus de temps à consacrer à chacun. Werner, de son côté, adresse à Thomas de larges sourires avec la régularité crispante d'un phare breton dont il a la stature.

Guillaume crée l'événement un peu avant minuit en vomissant sur la pelouse avant de s'effondrer.

– C'est rien. Il est juste un peu bourré, constate une Carole flegmatique alors que tout le monde s'empresse autour du malade avec des conseils contradictoires.

Elle laisserait volontiers son mari cuver chez les voisins, mais comme ils habitent de l'autre côté de la rue, c'est un peu délicat. Thomas et Werner évacuent Guillaume, amorphe et bredouillant, en le prenant chacun sous un bras. Ils l'abandonnent sur le lit conjugal, laissant à Carole le soin de le déshabiller.

– Vachement sympathique, ce Guillaume, déclare Werner.

Il le pense sincèrement.

– Nathalie vous fait dire qu'elle se sentait fatiguée, dit Florence à Thomas quand il revient. Elle est rentrée se coucher.

On a passé la pelouse souillée au jet et tout le monde s'est replié à l'intérieur de la maison. Thomas manifeste son intention d'aller rejoindre sa femme, mais Werner lui colle une bière fraîche entre les mains et une claque amicale dans le dos. La bonne humeur du géant est communicative. Thomas reste.

Quatre cannettes plus tard, il feint d'écouter Myriam lui raconter par le menu ses démêlés avec un ancien amant, sans parvenir à détacher les yeux de Florence dont la beauté lui est apparue brutalement. Une révélation.

« La beauté physique absolue attire à elle toute la lumière et devient un flambeau radieux dans un monde par ailleurs obscurci », écrit Salman Rushdie.

Thomas tombe ainsi amoureux entre une et dix fois par jour. Comme on s'imagine mille vies différentes en regardant défiler maisons, bois et villages par la fenêtre du train, il s'invente des aventures avec toutes ces femmes. C'est un excellent moyen de supporter le quotidien. À l'opposé du dragueur, Thomas se contente de rêver, de caresser avec les yeux ces corps et ces visages qu'il apprécie comme de beaux objets dont il aime être entouré et qu'il se désole de voir s'abîmer avec le temps. Ainsi, observant chez Nathalie des ridules et des affaissements imperceptibles, annonce d'une débâcle lointaine mais inéluctable, il se sent gagné par une immense tristesse.

Connaissant désormais les goûts de Werner en matière d'art, Thomas se demande s'il est capable d'apprécier Florence à sa juste valeur. Il frémit d'imaginer cette femme si délicate entre les grosses pattes du géant. Elle doit pourtant y trouver son compte quelque part, songe-t-il sans formuler la chose aussi crûment que monsieur Gervaux.

Florence, de son côté, apprécie Thomas, il est gentil mais coincé. Pas du tout son genre. Elle sera très surprise lorsque ses amies déclareront plus tard, à l'unanimité, que c'est un homme comme celui-là dont elles rêvent. Pour élever les enfants qu'elles ont eus avec d'autres, s'entend.

*

Au sein de sa famille, Florence fait figure de dissidente, de révoltée. Venue à Paris pour entreprendre des études de psycho vite abandonnées, sa rencontre avec un Allemand dans un café de la montagne Sainte-Geneviève, et le concubinage qui a suivi, ont provoqué parmi les siens, à Bourgoin-Jallieu, un véritable séisme.

Paradoxalement, l'annonce du mariage a créé un scandale plus vif encore : Mamy Madeleine a déclaré tout net qu'elle refusait de serrer la main d'un boche. Il a fallu déployer des trésors de diplomatie pour la convaincre que Werner, né dix-huit ans après la fin de la guerre, n'était pas personnellement responsable des atrocités commises par les nazis.

– Très bien, a fini par dire l'aïeule. Mais ne comptez pas sur moi pour serrer la main de ses parents !

– Ses parents avaient onze ans l'année du débarquement. Ils n'y sont pour rien non plus. En plus, monsieur Burch est pasteur !

– Quand même, a murmuré Madeleine. Quand même. On ne m'ôtera pas de l'idée que ce sont des Allemands.

Madeleine a passé les années de guerre dans une ferme où rien ne manquait, au sein d'une famille qui ne s'est engagée ni dans un camp ni dans l'autre. Son mari, qui avait vécu un exode assez peu glorieux à l'arrière d'un camion bâché, en avait fait, avec le temps, un morceau de bravoure qu'il débitait aux mariages, aux communions, aux enterrements, et au bistro après trois verres de blanc. Une embolie ayant emporté cet ultime témoin avant la noce, les Burch ont pu débarquer tranquilles.

Ils déçoivent. On s'attendait à quelque chose de plus typé : des Bavarois en culotte de peau, par exemple, qui auraient dansé à leur manière grotesque à la fin du repas. Ou des Prussiens cassants et compassés tels qu'on les imagine à la lecture des *Désarrois de l'élève Törless*. Le pasteur Burch est long, gris et maigre – moins long que son fils, toutefois. Il parle un français très convenable et éclate régulièrement d'un rire chevalin assez inattendu. Petite, boulotte et réservée, son épouse est le contraire d'une Walkyrie. Si on devait lui trouver une ressemblance, ce serait plutôt avec la reine d'Angleterre dont elle partage malheureusement les goûts vestimentaires. Elle ne parle que l'allemand, et comme ni son mari, ni son fils ne se donnent la peine de traduire, elle est condamnée à sourire sans arrêt ce qui la fait paraître idiote. Werner étant enfant unique, les Burch ont amené, pour faire bon poids, une tante âgée dotée d'un effrayant appétit, et un cousin qui flirte outrageusement avec la jeune Gisèle, fille de l'oncle Alfred de Mâcon. Au grand soulagement de Mamy Madeleine qui se voyait déjà doyenne d'une famille hybride, les choses n'iront pas plus loin entre les deux jeunes gens.

Les parents de Florence se sont inquiétés de savoir si le fils d'un pasteur pouvait épouser une jeune femme catholique à l'église, à quoi Werner a répondu que ne pratiquant aucune des deux religions, il s'en foutait éperdument. Le curé aussi, il en a vu d'autres. Au cours du repas, le pasteur fait un vibrant plaidoyer en faveur de l'œcuménisme. On le trouve très à gauche.

Hélène et Claire, les sœurs aînées de Florence, font la gueule. Nées conformistes, elles n'ont jamais apprécié les velléités d'indépendance de la cadette et reprochent à leurs parents d'avoir cédé à tous ses caprices. Cette lubie d'aller faire des études à Paris alors qu'il y a tout ce qu'il faut à Lyon ou à Grenoble! D'ailleurs, ça n'a rien donné. Sinon des petits boulots qui ne l'ont menée nulle part. À plus de trente ans, Florence est sans emploi stable et sans enfant, ce qui témoigne à leurs yeux d'un déséquilibre profond. Au même âge, Hélène avait trois mouflets avec Pascal, son quincaillier de mari. Aujourd'hui, elle en a cinq. Claire, qui a épousé un médecin de Rilleux-la-Pape, attend son quatrième. La monotonie de leurs existences a engourdi leurs cerveaux, mais pas leurs utérus. Pour oublier que son aînée a déjà un pied dans la puberté et que son mari la trompe avec la gérante de la supérette, Hélène a intégré le giron de la paroisse où elle déploie une activité névrotique. Plus branchée, Claire s'investit dans une association d'aide aux femmes immigrées qui collecte de vieux vêtements et organise des cours de français. Les deux sœurs blâment leur cadette de sa vie parisienne insouciante, de son absence totale d'engagement social, et de ses voyages – dont elles sont mortellement jalouses pour n'être sorties qu'à de rares occasions du territoire national, l'une en pension complète à Hammamet pendant dix jours, l'autre à Bayreuth parce que son mari aime l'opéra.

– Avec cinq enfants dont le dernier porte encore des couches, on ne joue pas les globe-trotters ! répète volontiers Hélène quand le couple vient projeter ses diapositives ou ses films à Bourgoin-Jallieu.

Bon public, les parents et Mamy Madeleine s'extasient devant chaque image :

– C'est fou, comme le ciel est bleu !

– Ces gens sont vraiment aussi noirs que ça ou c'est la photo ?

– Notez bien, ça leur permet de porter des couleurs vives. Nous, avec des robes pareilles, on serait ridicules.

– Qu'est-ce qu'ils exportent, exactement, dans ce pays ?

Etc.

Hélène et Claire battent toujours un peu froid à leur beau-frère auprès duquel le quincaillier et le toubib font piètre figure, le premier avec sa bedaine et son teint couperosé, le second, chauve et fluet, tous deux paraissant dix ans de plus que leur âge. L'un ne vit que pour la chasse et pour les femmes qui ne sont pas la sienne. L'autre est amateur de vieilles pierres et d'opéra, comme il a été dit. Ils n'ont pas grand-chose en commun avec ce fêlé de ski et d'informatique amateur de rock qui, en dépit d'une francophilie affirmée, persiste à préférer la bière au vin.

Au mariage, Werner fait enfin la connaissance de Bruno, dit Nono, le petit frère, le petit dernier, dont Florence l'a prévenu qu'il était « spécial ».

De nombreuses familles semblent abriter en leur sein un individu peu favorisé par la nature dont il est convenu de minimiser le handicap. Avec ses cheveux gras et longs, sa barbe mitée, sa veste à franges, son acné persistante et son air sournois, Nono a le physique du coupable idéal dans une affaire de mœurs. Qu'une petite fille soit retrouvée étranglée et violée dans le secteur, c'est évidemment lui qu'on lynchera en priorité si les circonstances s'y prêtent, ou qu'on soupçonnera dans le meilleur des cas. Werner plaint les gendarmes qui auront à lui extorquer des aveux : Nono bégaie et postillonne abondamment. Sa seule passion est sa voiture, une Renault 5 couleur sang de bœuf, qu'il dote à longueur d'années d'accessoires inutiles : spoiler, jantes, cadrans « sport », décalcomanies et autres gadgets qui absorbent la quasi-totalité de son maigre salaire de cantonnier à mi-temps. Sa mère considère cette innocente mais coûteuse manie avec indulgence : « Au moins, ça lui occupe les mains ! » dit-elle. On frémit en imaginant les sous-entendus qui se cachent derrière cette phrase toute faite. Nono passe le reste de son temps libre devant la télé, avec ses parents : les jeunes de son âge lui font peur. Surtout les filles, évidemment.

Werner s'émeut et tente à plusieurs reprises de parler de Bruno à Florence : ne peut-on vraiment rien à faire de plus pour le pauvre garçon ? Une thérapie, un traitement, une formation ? Florence demeure évasive sur le sujet. Elle qui est toujours la première à prendre ses distances avec la famille adopte, lorsqu'il est question du petit frère, la position officielle à savoir que né idiot, Nono restera idiot. Son sort semble ainsi avoir été scellé une fois pour toutes. Comprenant qu'il se heurte à un mur, Werner se tourne vers le mari de Claire : en tant que médecin, il devrait être capable d'un avis objectif.

– Je vais te raconter une petite anecdote, dit ce dernier en observant Werner par-dessus ses lunettes. C'est l'histoire d'un homme qui est né aveugle. Un jour les progrès de la chirurgie permettent une opération qui lui rendrait la vue. Son entourage le pousse évidemment à passer sur le billard. Mais quand cet aveugle se met à voir, il sombre dans la dépression. Il finit même par se tirer une balle dans la tête! Édifiant, non?

– Quel rapport avec Bruno?

– Ce que j'essaie de t'expliquer, reprend le mari de Claire, c'est que face à la maladie, il est parfois dangereux de modifier certains équilibres. Toute la famille s'est habituée à considérer Nono comme un crétin inoffensif, ce qu'il est. Et toute la famille l'aime tel qu'il est. Que ce malheureux garçon soit entouré de l'amour des siens, n'est-ce pas le plus important?

– Je ne sais pas… Oui, sans doute…

– Et tu voudrais remettre cela en question? Courir le risque que Nono prenne conscience de ses faiblesses? Qu'il porte un regard lucide sur lui-même? Parce que soyons clairs, même en suivant la meilleure des thérapies, il ne sera jamais un Adonis ou un prix Nobel!

– Je suis d'accord…

– Tout ce qu'on y gagnerait, c'est que Nono se mette à détester ses parents qui n'ont peut-être pas fait tout ce qui était en leur pouvoir quand il en était encore temps. Et quand un type dans son genre commence à se considérer comme une victime et à ruminer des idées de vengeance, on ne sait jamais jusqu'où ça peut déraper.

– Hmmm, fait Werner.

Il se range à l'avis de son beau-frère et s'accommode tant bien que mal de la situation. Comme il se sent coupable, il invite Nono à venir leur rendre visite, à Paris. Le jeune homme, qui n'a jamais quitté Bourgoin-Jallieu, le remercie avec effusion et postillons. Werner regrette aussitôt son geste. Il vit, depuis, dans la terreur que le crétin honore son invitation. Dans l'espoir de l'en dissuader, il l'abreuve d'histoires de tôles froissées sur le boulevard périphérique et de voitures cabossées à l'arrêt.

⁂

À ses deux sœurs, à leurs ternes maris et à leur progéniture exponentielle, Florence préfère l'existence en dents de scie de ses trois amies. Toutes trois célibataires ou divorcées, toutes trois bourrées de problèmes.

D'une beauté classique et froide, avec un corps splendide qu'elle soigne mieux qu'un cheval de course, Myriam enchaîne depuis des années les aventures sentimentales les plus désastreuses. Tous les amants qu'elle a présentés à Florence étaient élégants, séduisants, généralement fortunés. Certains mariés, d'autres célibataires. Au bout de quelques mois, tous rompaient dans les formes, avec un bijou de prix et de brèves excuses. Le père de Justin, l'unique enfant de Myriam, n'a pas failli à la règle : il a simplement tenu un peu plus longtemps que les autres.

– Qu'est-ce que j'ai qui ne va pas ? s'interroge Myriam. Comment font les autres pour garder les mecs ? Je ne parle pas de toi, ma chérie, bien entendu. Mais tu te souviens de Carmen qui travaille dans mon service ?

– Oui, je vois qui c'est.

– C'est un tas immonde, tu en conviens ?

– Sans restriction.

– Eh bien elle se trimballe un jules tout à fait consommable depuis cinq ans ! C'est quoi le secret ?

Myriam assure posséder une technique sexuelle irréprochable et il n'y a aucune raison d'en douter. Elle sait faire la cuisine, elle excelle dans tous les sports, elle est cultivée et elle gagne très bien sa vie dans le service juridique d'une grosse société. Où est donc le lézard ?

– Vachement pas marrante, répond spontanément Werner à qui Florence pose un jour la question.

– Merde ! Il faut qu'on vous fasse rire en plus ?

– Sans être plié en huit toute la journée, on apprécie un minimum de fantaisie. Myriam, elle est lisse comme une galette, si tu vois ce que je veux dire.

– Comme un galet.

– Oui. Peut-être. Trop parfaite, tu vois ? À la longue, c'est chiant.

Werner doit avoir raison. Mais Myriam est née sans aspérités, il ne va pas lui en pousser du jour au lendemain. Faute de pouvoir retenir un homme, son trop-plein d'amour se déverse sur le petit Justin qui n'en sortira pas indemne. Quinze ou vingt ans de divan en perspective. Minimum.

Contrairement à Myriam, Blanche est petite avec un visage sans grâce, une voix aiguë et un débit haché qui portent sur les nerfs – ceux des autres – parce qu'elle jacasse sans discontinuer et adore s'écouter parler. En dépit de ses handicaps, elle fonce dans la vie avec la certitude d'être tout à fait remarquable. Comme elle n'est pas trop regardante sur la qualité, elle n'a jamais manqué d'amants. Et depuis qu'elle s'intéresse aux femmes, elle a l'embarras du choix.

Florence apprécie son entrain et son indécrottable optimisme. Depuis peu, Blanche s'est mis en tête d'écrire. Des romans, du théâtre, des scénarios, n'importe quoi. Son travail administratif au comité d'entreprise de la SNCF lui est brusquement apparu comme indigne de son génie muselé. Elle a tout plaqué pour suivre un séminaire de *creative writing* – en français et en Ardèche. Quatre heures de travail quotidien dans le vacarme des cigales et de la carrière voisine, sous la férule d'un maître qui assure avoir côtoyé les plus grands : Eugène Ionesco, Jean Genet, François Truffaut, Daniel Boulanger… Révolté contre le système, il s'est toujours refusé à publier, bien qu'on l'en ait, raconte-t-il volontiers, supplié à maintes reprises. Blanche est rentrée d'Ardèche gonflée à bloc avec trois ébauches de scénarios, douze nouvelles et les grandes lignes d'une œuvre dramatique. Le tout à forte tendance autobiographique. Le fait d'avoir été la seule élève du séminaire choisie par le maître pour accompagner ses siestes crapuleuses l'autorise à croire en son talent. Elle a été plus surprise que peinée de n'essuyer que des refus des maisons d'édition, des productions télévisuelles et des théâtres. Elle n'en continue pas moins de les inonder de ses travaux. Geneviève, sa compagne, l'encourage : elle travaille au rayon surgelés d'un hypermarché pour assurer la survie du couple.

Florence, qui a lu les manuscrits de son amie, ne sait qu'en penser. Elle les a passés à Werner qui a déclaré avec simplicité « c'est vraiment de la merde ». Mais que vaut l'opinion d'un informaticien dont la langue natale n'est pas le français ? Son jugement n'est pas objectif. Il est hostile parce que les tendances saphiques de Blanche lui font horreur. Werner se défend vigoureusement contre cette accusation et finit par demander à Florence pourquoi, dans ces conditions, elle lui a demandé son avis.

– Parce que tu es mon mari et que Blanche est mon amie.

– Ah bon, dit Werner.

Et il part faire du vélo.

Zoé a deux filles. Du même père. Julien l'a quittée une première fois après la naissance d'Esther. Il est brièvement revenu, le temps de faire Berthe, et il est reparti. Tout le monde s'accorde à penser que cet homme ne sait pas très bien ce qu'il veut. Sauf Zoé, qui espère fermement son retour. Julien s'est installé au Brésil avec une femme aussi belle que riche, il ne manifeste aucun intérêt pour ses deux filles, il paraît donc peu probable qu'il revienne. Zoé, pourtant, n'en démord pas. Elle refuse toutes les avances masculines et élève ses filles dans le culte d'un père absent qui débarquera comme le messie, dans un millénaire ou deux. Les psys ne manqueront décidément pas d'ouvrage dans les années à venir.

Myriam, Blanche et Zoé passent pratiquement un dimanche sur deux chez les Burch. Avec leurs enfants. Esther et Berthe ne peuvent pas souffrir Justin, qui le leur rend bien. Dans la pièce où on les installe, devant des vidéos censées les captiver, ont lieu de sombres règlements de compte, de silencieux passages à tabac dont les adultes ne sauront jamais rien.

✷

Il est impossible de marcher droit dans les rues de Nanteuil-le-Bois. Il faut slalomer entre les crottes de chien qui déclinent une gamme étendue de couleurs et de matières : de l'ocre pâle liquide à la terre d'ombre dure comme le caillou.

Il est arrivé plusieurs fois à Thomas d'être alerté, au bureau, par une odeur suspecte, avant de s'apercevoir qu'elle venait de ses chaussures. Ce n'est pas seulement dégueulasse, c'est humiliant. Surtout quand on prend conscience de la situation en pleine réunion, sur la moquette pêche du bureau d'Annabelle Boccard.

Comment nettoyer cette horreur ? L'essuie-mains des toilettes est trop haut, sans compter le risque de se faire surprendre pendant l'opération. Un vieux journal pourrait faire l'affaire, mais on ne trouve, à l'agence, que des magazines professionnels imprimés sur papier glacé, totalement inopérants en matière de nettoyage.

Exception faite pour Jérôme, le chien rigolo des Dexincourt, Thomas ne parvient pas à comprendre quel plaisir on éprouve à tirer au bout d'une laisse un sac à merde bruyant, rétif et volontiers priapique. C'est dans ce type d'occurrences que Francis lui manque le plus : il était toujours prêt à tourner en ridicule avec lui les comportements de leurs concitoyens, qu'il eût sans doute épelé en deux mots. Ainsi ces conclaves de femmes âgées parlant au coin de la rue, comme elles ont dû parler enfants, jadis. Commentaires sur la qualité des selles, la sexualité, banc comparatif des vétérinaires. Nathalie remplacera-t-elle Thomas par un teckel s'il meurt avant elle ? Statistiquement, c'est probable.

Depuis quelque temps, on voit émerger à Nanteuil-le-Bois une nouvelle race de propriétaires de chiens : des jeunes portant bombers et casquette qui promènent des molosses lisses et puissants comme des berlines allemandes. L'animal et son maître doivent posséder, à deux, le QI d'une huître. Il vaut donc mieux passer très au large et s'excuser d'avoir laissé traîner ses mollets si jamais le cerbère y plante les dents.

Dans le vide de ses nuits, Thomas pond des slogans vengeurs : « La France patrie des droits de l'homme et des déjections canines », « Étron, étron, petit patapon ! » ou encore, à la manière du fameux DUBO-DUBON-DUBONNET, du métro parisien de son enfance ce : CHI-CHIE-CHIEN pour lequel il a une faiblesse.

Le téléphone sonne un peu avant sept heures du matin, au moment précis où Thomas, grâce à ses limericks canins, vient enfin de sombrer dans un sommeil réparateur. Si tôt, ça ne peut être qu'une erreur. Ou une catastrophe. En entendant la voix de Nathalie qui répète « Ne t'affole pas ! Ça va aller ! Surtout ne t'affole pas ! », il penche pour une catastrophe. Après Francis, qui ? Il se lève, cherche son pantalon. On évite d'apparaître les couilles à l'air pour demander :

– Qui est mort ?

– C'est maman, annonce Nathalie. Elle a eu un malaise, les pompiers l'ont emmenée à l'hôpital.

– Grave ?

– Avec papa, c'est difficile à savoir. Tout ce qui le préoccupe, dans l'immédiat, c'est de savoir qui va lui préparer son petit déjeuner.

André appartient à cette génération d'hommes qui n'ont jamais rien fait chez eux. Jacqueline, sa femme, le sert depuis quarante-cinq ans avec une complaisance que Thomas juge exagérée, même pour Forbach. À moins que ce ne soit un moyen déguisé de le maintenir sous sa coupe ? Résultat, André n'est même pas capable de se faire du café ! En rentrant de l'hôpital, Jacqueline va trouver sa maison dans un état de saleté repoussant et son mari portant les mêmes sous-vêtements que le jour de son départ. Mieux vaut ne pas penser à ce qui arrivera si elle ne rentre pas ! J'espère que Nicole et Jean-Louis se coltineront le beau-père, pense Thomas. Chacun son fardeau, après tout, ils n'ont pas d'enfants, eux !

Laura hurle dans son berceau et Constance court partout, excitée, devinant qu'il se passe quelque chose d'inhabituel.

– Tu peux t'occuper des enfants ? lance Nathalie en composant le numéro de sa sœur. Il faut que je m'organise avec Nicole.

– Comme si ça ne pouvait pas attendre cinq minutes, grommelle Thomas en allant chercher Laura, trempée, évidemment. Les draps et le matelas aussi, cette enfant pisse plus que de raison, ils devraient peut-être consulter.

– Pourquoi c'est toi qui t'occupes de nous ce matin ? demande Constance en lui tournant autour.

Thomas est à deux doigts de faire une mise au point : il s'occupe d'elles souvent.

Bon, peut-être pas tous les matins, mais souvent.

– Avec qui elle parle au téléphone, maman ?

– Sa sœur.

– Qui ? Nicole ?

– Évidemment, Nicole. Elle n'a pas d'autre sœur.

– Qui c'est qui a appelé ce matin ?

– Ton grand-père.

– Ah bon ? Mamy Jacqueline est morte ?

De saisissement, Thomas manque de lâcher Laura qu'il s'efforce de tenir aussi loin de lui que possible parce qu'elle ne s'est pas contentée de pisser.

– Hein ? Quoi ? Mais non ! Pas du tout !

Il a failli répondre « Pas encore ! »

– Bah quoi ? Elle est vieille, non ?

– Oui. Évidemment. Mais non, elle n'est pas morte. Elle est juste à l'hôpital.

– Ils vont lui ouvrir le ventre ?

– Je ne sais pas... Mais ne t'inquiète pas, elle sera bien vite guérie.

Ne jamais cacher la vérité aux enfants si douloureuse soit-elle, assure Françoise Dolto. Thomas a dit ce qu'il fallait. La note optimiste de la fin ne peut pas faire de mal, bien que Constance paraisse prête à voir disparaître ses grands-parents.

– J'ai faim ! dit-elle.

– Une seconde ! Tu vois bien que je suis occupé.

Thomas essaie vainement d'ôter sa grenouillère trempée à Laura qui se tortille en hurlant.

– Je vais être en retard à l'école, geint Constance.

– Merde ! dit Thomas.

La petite fille se met aussitôt à pleurer. Nathalie fait irruption à cet instant précis. Elle a les yeux rouges et gonflés.

– On ne peut vraiment rien te demander, siffle-t-elle à l'intention de Thomas devant le spectacle de Laura emberlificotée dans sa couche souillée.

Face à tant d'injustice, Thomas manque de lâcher, lui aussi, sa petite larme. Il préfère quitter la pièce en claquant la porte pour aller préparer le petit déjeuner.

✷

Les skis sont à Werner ce que le sanglier et la potion magique sont à Obélix : le secret de sa force et de son équilibre ! Ses dix jours annuels aux sports d'hiver sont un moment privilégié de son existence, un rituel incontournable, une nécessité physiologique.

Florence l'accompagne sans déplaisir, mais en dépit des cours auxquels son mari l'a inscrite, elle n'a jamais réussi à tenir sur des planches. Aussi Werner a-t-il délaissé Avoriaz au profit de Chamonix où Florence dispose d'assez de bistrots et de boutiques pour tuer le temps tandis qu'il dévale les pentes. Quand le temps le permet, la jeune femme prend le téléphérique avec lui et travaille son hâle à la terrasse du café d'altitude. Elle aime voir apparaître Werner les joues rougies par le froid, le bonnet de travers et les yeux brillants d'avoir négocié en finesse des passages difficiles dans la traversée du glacier. Riant de son enthousiasme, Florence le récompense d'un Coca et d'une portion de frites.

Les Burch ont leurs habitudes dans un hôtel paisible et vieillot des Praz. Mais cette année, Florence a suggéré de louer un chalet à plusieurs. Par « plusieurs », il faut entendre Myriam, Zoé, Blanche, Geneviève. Et leurs enfants. Un détail que Werner avait occulté.

Myriam et Zoé sont d'excellentes skieuses, a assuré Florence, tu pourras les emmener avec toi. Quant à Blanche – que Geneviève, en fin de compte, ne peut pas accompagner parce que ses surgelés réclament sa présence –, elle a très envie d'apprendre.

Le chalet que Florence a loué par correspondance comprend bien les quatre chambres à coucher et le living-room promis. Mais il a probablement été conçu pour une famille de nains. Les pièces sont minuscules et Werner passe son temps à se cogner. À la fin du séjour, il a pris le pli : il marche courbé, les bras serrés le long du corps, l'air malheureux. Esther l'a surnommé Frankenstein.

En plus d'être exigu, le chalet est bruyant : on entend la rumeur incessante des voitures et des camions qui circulent sur la route, en contrebas, et les moindres bruits d'une chambre à l'autre. Pas question de s'exprimer autrement qu'en chuchotant. Quant à faire l'amour, ce n'est même pas envisageable. Mais l'abstinence sexuelle ne sera qu'un désagrément mineur au cours de ces vacances calamiteuses.

Werner ne s'est jamais beaucoup intéressé aux enfants, mais il tolère leur présence de bonne grâce. Dans sa candeur, il s'est même imaginé dans le rôle du père de substitution initiant le petit Justin au ski, lui communiquant sa passion et ses secrets techniques. Justin, lui, n'est pas taillé pour le rôle du fils et encore moins pour celui du garçon, du moins tel que Werner le conçoit. L'enfant répugne à tout effort physique. Il ne supporte pas le froid et il a peur de la neige.

– Comment peut-on avoir peur de la neige ? s'insurge Werner, dépassé par cette anomalie. Tous les gosses adorent ça !

– Justin est angoissé par la couleur blanche, explique sa mère.

Werner découvre que le gamin est également angoissé par les cheminées, par les camions de plus de trois tonnes, par le vent et par la sonnerie du téléphone.

– C'est un petit garçon différent, chuchote Florence.

– Complètement taré tu veux dire, répond son mari sur le même ton.

Justin, qui ne mange rien aux repas, a le chic pour réclamer des goûters aux moments les plus inopportuns. Il a perpétuellement des exigences auxquelles sa mère cède, sous prétexte qu'un enfant sans père mérite des compensations.

– Je ne vois pas en quoi ces jouets et ces autos qu'elle lui achète tout le temps remplacent un père, grommelle Werner.

Quand Justin ne boude pas, quand il ne souffre pas de maux de ventre mal localisés ou d'une curieuse et subite paralysie des genoux, il est d'une exubérance fatigante. Il n'est jamais couché avant minuit et rarement levé avant dix heures; en conséquence, Myriam n'est pas en mesure d'aller skier avant midi ce qui met Werner hors de lui.

Sous des dehors charmants, Esther et Berthe se révèlent à l'usage presque aussi exaspérantes que leur petit camarade. Elles se chamaillent en permanence, poussant des cris tellement stridents que l'hivernage des marmottes voisines doit en être compromis. Esther distille des commentaires malveillants sur tout le monde, Berthe manie en experte le sarcasme et l'insolence. Deux serpents. En extase devant l'intelligence précoce de ses filles, Zoé encourage ces travers au motif que, dans la vie, une femme doit savoir se défendre. Werner profite un jour de l'absence de leur mère pour menacer les gamines de leur arracher à chacune une oreille avec les dents si elles continuent à le faire chier. La semonce les impressionne. Elles se contentent dès lors de murmurer sourdement sur le passage du géant et de prier Dieu qu'il se casse la gueule sur une de ses foutues pistes noires.

Zoé a inscrit ses filles à un cours de ski – ce qui part d'un bon sentiment. Chaque matin, leurs préparatifs de départ mettent le chalet sens dessus dessous. Et Justin, qui souffre de constipation, mobilise systématiquement les toilettes au moment où on encourage les gamines à faire un ultime pipi avant d'enfiler leur combinaison.

Le premier jour, Werner a offert à Zoé de prendre sa voiture pour emmener les petites à l'école de ski. Après avoir vu comment elle conduisait, il préfère se charger lui-même de la corvée. Esther et Berthe oublient à chaque fois leurs gants, leurs bonnets ou leurs lunettes, obligeant Werner à faire demi-tour. Elles le font probablement exprès, par perfidie.

En revanche, Florence n'a pas menti : Myriam skie admirablement. Elle a du style. Entre treize heures et quatorze heures trente. Dès cet instant, elle commence à culpabiliser d'avoir laissé Justin à la garderie et court l'arracher à ses activités, ce qui le perturbe et met hors d'elle les puéricultrices.

Zoé, pour sa part, a affirmé à Werner qu'elle n'avait peur de rien. Ce qui est vrai. Le problème, c'est qu'après l'avoir emmenée au sommet des Grands Montets, Werner s'aperçoit qu'elle ne possède pas la technique nécessaire pour en descendre. La situation est délicate : Zoé a commencé par dégringoler sur la plaque de glace vive qui marque le début de la piste. Elle s'est récupérée par miracle sur une petite vire, hilare :

– Je n'ai plus l'habitude ! Mais ça va revenir, ça va revenir.

Werner et Myriam, qui ont déjà enchaîné plusieurs virages impeccables, l'attendent cent mètres plus bas. Terrifiés, ils la voient s'élancer tout schuss sur la pente. Elle plante heureusement ses spatules dans la première congère, les fixations sautent, et Zoé dévale le reste de la piste sur le dos, rebondissant durement sur les bosses. À l'arrivée, elle rit toujours :

– Ah, les amis ! Quel gadin !

Tandis que Myriam l'aide à se relever et à se débarrasser de la neige qui lui poudre les cheveux et s'est insinuée dans tous les orifices de sa combinaison, Werner remonte courtoisement chercher les skis et les bâtons qu'elle a semés.

– Et mes lunettes ! lui crie Zoé d'en bas. J'ai aussi perdu mes lunettes !

L'exercice est déplaisant dans la mesure où la pente, très raide, oblige à monter en escalier. Les skieurs insultent ce grand connard qui coupe leur trajectoire. Werner finit par récupérer le matériel de Zoé, à l'exception des lunettes. Elle rechausse ses skis.

– Attends ! J'aimerais te voir faire un virage, dit Werner qu'un doute commence à travailler.

Mortifiée, Zoé exécute une sorte de chasse-neige approximatif et chute.

– C'est les lunettes, glapit-elle. Sans lunettes, c'est impossible !

Elles ont bon dos, les lunettes. Zoé est tout bonnement incapable de skier sur une piste noire. Une bleue, à l'extrême rigueur. Werner entreprend de lui enseigner les bases qu'elle ne possède pas et comprend alors le calvaire que vivent les moniteurs. Zoé n'écoute pas, elle confond amont et aval, gauche et droite, n'anticipe pas, oublie de planter son bâton. Ils mettent plus d'une heure pour descendre une centaine de mètres, non sans avoir frôlé une seconde fois le drame quand Zoé part droit vers le glacier, arrachant au passage piquets et filets de protection pour terminer à l'extrême bord d'une crevasse. Werner l'y précipiterait volontiers, elle est en passe de lui gâcher sa journée. Myriam les abandonne : elle ne peut rien pour Zoé et Justin va être mort d'inquiétude. Werner appréhende les deux « murs » qui restent à franchir avant de retrouver le chemin que Zoé pourra descendre à son rythme, en chasse-neige. C'est l'instant qu'elle choisit pour faire sa première crise de larmes. C'est trop difficile, elle n'y arrivera jamais, elle n'en peut plus, il est trop méchant avec elle.

– Méchant ?! Moi ?!

– Parfaitement ! Tu me cries dessus sans arrêt !

– Je ne crie pas…

– Si ! Tu brailles comme un foutu kapo !

Le mot jette un froid. Werner promet néanmoins de se montrer plus doux, à condition qu'elle fasse, de son côté, l'effort de suivre ses conseils. Zoé renifle et se remet courageusement à tomber. Une demie heure plus tard, elle pique une véritable crise de nerfs à la Justin, hurlant qu'elle en a marre, qu'elle n'aurait jamais dû venir dans ces foutues montagnes faire du ski avec un foutu nazi, qu'elle a froid, qu'elle a faim, et qu'elle préfère mourir plutôt que de faire un mètre de plus. Des jeunes qui passent lui offrent une barre aux céréales et un peu de thé de leur gourde. Zoé retrouve assez de tonus pour s'excuser. Elle a dit des choses horribles qui ont dépassé sa pensée. Elle sait très bien que Werner n'est pas un nazi ! Il n'était même pas né quand la division *Das Reich* mettait Oradour-sur-Glane à feu et à sang ! Ou quand Klaus Barbie faisait régner la terreur à Lyon. Si je la bats à mort avec mon bâton, est-ce que le tribunal m'accordera des circonstances atténuantes ? s'interroge Werner.

Florence, qui bronze sur la terrasse du restaurant d'altitude, commence à être inquiète de ne pas voir revenir son mari. Étourdie par le Martini qu'elle a eu le tort de boire en plein soleil, elle se met à imaginer que Werner et Zoé ont filé ensemble, qu'ils s'envoient en l'air comme des bêtes dans la chambre louée à dessein dans cet hôtel cosy, au pied des pistes. Si Myriam était venue la retrouver, elle aurait pu lui expliquer ce qui se passait, mais elle est redescendue directement dans la vallée pour récupérer son rejeton.

Florence n'a jamais envisagé sérieusement que Werner puisse la tromper. Surtout pas avec une de ses meilleures amies. Mais plus elle y pense, plus elle se dit que ce séjour est une pure folie : Werner a beau reprocher à Myriam de manquer de fantaisie, elle est tout de même très bandante. À la côtoyer au quotidien, il peut être tenté. Chez le crabe, la carapace est molle pendant la mue, chez l'homme, c'est en permanence. Quant à Zoé, elle ne paie pas de mine, mais Florence la soupçonne d'appartenir à l'espèce des volcans endormis. Au contact de Werner, sa sensualité engourdie ne risque-t-elle pas de s'enflammer brutalement ?

Florence finit par se rendre au bureau des pisteurs et demande si, par hasard, quelqu'un a été accidenté. On lui répond que non. Elle insiste : un type très grand, combinaison bleue et orange, serre-tête noir. Un pisteur qui vient d'arriver dit que oui, il a vu quelqu'un comme ça dans le deuxième mur de la « noire », côté glacier.

– Dans quel état ? s'inquiète Florence.

– Plutôt en forme, répond le pisteur goguenard. Il était emmêlé avec une petite brune en rouge.

– Emmêlé ?

– Elle était cul par-dessus tête, il essayait de la remettre dans le bon sens, voyez ?

– Je vois.

Zoé n'a donc rien trouvé de mieux pour se faire tripoter par Werner qu'elle doit convoiter depuis des années. C'est pitoyable ! Furieuse, Florence décide de rentrer en ville où elle s'offre une orgie de gâteaux pour faire passer l'amère pilule de l'adultère.

Werner arrive juste à temps pour récupérer Esther et Berthe à la fin de leur cours. Épuisée, Zoé s'est endormie dans la voiture. En fait de bombe sexuelle à retardement, c'est une loque qu'il ramène. Florence en est un peu rassérénée. Et carrément rassurée quand Zoé déclare le lendemain que plus jamais elle ne skiera avec ce cinglé de Werner. Plus jamais ! Myriam, de son côté, raconte qu'elle a fait connaissance, dans la benne, d'un Italien magnifique. La cinquantaine, divorcé, deux enfants, cadre supérieur dans une grosse boîte d'agrochimie. Il l'a invitée à dîner le soir même, et elle a dit oui.

– Et Justin ? hasarde Florence.

– J'ai pensé que vous pourriez vous en charger ? Pour une soirée…

Quand Myriam annonce qu'elle sort, Justin devient livide.

– Où tu vas ? s'alarme-t-il, les dents serrées.

– Dîner avec un ami. Je ne rentrerai pas tard.

– C'est qui cet ami ?

– Un monsieur italien que tu ne connais pas.

– Je ne veux pas que tu y ailles, dit Justin.

– Voyons, mon chéri, c'est juste un dîner. On mange et je rentre !

– Alors, je veux y aller avec toi.

– Ça… Ça n'est pas possible !

– Pourquoi ?

– Parce que… Parce que… C'est un restaurant pour les grandes personnes. Les enfants n'y sont pas acceptés.

– Ah, fait Justin, blêmissant encore. Et si je suis malade ?

– Je ne vois pas pourquoi tu serais malade.

– Je pourrais avoir l'appendicite, déclare gravement le petit garçon. Et tu ne serais pas là !

– On n'a pas l'appendicite comme ça, ment Myriam.

Blanche vient alors au secours de son amie.

– Dis donc Justin, si on faisait une partie de Petits chevaux ? propose-t-elle avec un entrain forcé. Ou un Mille bornes ?

Justin se laisse tenter, mais on sent qu'il n'est pas au jeu. Esther qui s'est joint à eux n'a même pas besoin de tricher pour gagner.

– Tu devrais me dire dans quel restaurant vous dînez, suggère Florence. On ne sait jamais, avec ton fils.

– Merde ! siffle Myriam. Il peut quand même me laisser vivre ma vie de temps en temps, ce petit con !

Elle part rejoindre son Italien. Elle est splendide et elle sent bon.

Au cours du dîner, Justin mange à peine. Puis, avec des airs de martyr, il va s'allonger sur un canapé. Tout le monde se prend à espérer qu'il va s'y assoupir. Vers vingt-deux heures, il déclare qu'il a très mal au ventre. On échange des regards entendus. À vingt-trois heures, Esther et Berthe dorment. Pas Justin, qui gémit de plus en plus fort sur son canapé.

– Et si tu filais au lit, toi aussi, suggère Zoé qui n'en peut plus.

– D'accord, soupire Justin à la surprise générale. Si tu me portes.

Werner s'y colle.

– Je n'y connais rien, dit-il en posant l'enfant sur son lit, mais je le trouve un peu chaud.

Par acquit de conscience, Zoé pose la main sur le front du gamin : il est brûlant.

– Merde ! Il ne manquait plus que ça.

Le médecin arrive vers minuit. Il ausculte Justin, palpe son abdomen et décrète qu'il faut l'hospitaliser immédiatement. La péritonite n'est pas loin.

– C'est que… Sa mère n'est pas là, dit Florence. Je ne sais pas si on peut prendre une décision comme ça…

– Hésitez encore, rétorque le médecin, et c'est un enfant mort qu'elle trouvera à son retour !

Florence et Werner emmènent Justin à l'hôpital. Blanche se propose de retrouver Myriam et de l'informer de la situation.

– Comment tu vas t'y prendre ? demande Zoé qui reste avec ses filles.

– Je vais faire tous les restaurants où un Rital friqué est susceptible d'emmener une nana comme Myriam. Que du haut de gamme. Je devrais vite leur mettre la main dessus.

– Astucieux, commente Zoé.

– Je suis pas scénariste pour rien.

Le raisonnement de Blanche n'est pas idiot, en effet : le maître d'hôtel de l'Albert Ier se souvient effectivement d'un couple qui ressemble à la description minutieuse que Blanche lui en fait (elle n'est pas écrivain pour rien). Mais il a quitté l'établissement une demie heure plus tôt. Blanche informe alors la gendarmerie de la situation, exagérant quelque peu la gravité de l'état de Justin (elle n'est pas dramaturge pour rien). Myriam qui danse avec son Italien dans une boîte de nuit voit surgir deux gendarmes qui lui annoncent en hurlant – à cause de la musique –, que son fils unique est à l'agonie. Son cavalier – à qui elle a omis de parler de Justin –, se sent obligé de l'accompagner. Mais une fois à l'hôpital, il s'éclipse discrètement. Cette histoire d'enfant malade ne le concerne pas. Il a encore le temps de lever une fille avant la fin de la nuit.

Justin est opéré. Les médecins de l'hôpital prennent assez mal les angoisses de la mère qui veut faire rapatrier son fils sur Paris, en avion sanitaire. Où est-ce qu'elle se croit, cette conne, dans un pays du tiers monde ?

L'incident bouleverse Myriam. Elle se dit qu'un gamin capable de s'infliger une péritonite pour empêcher sa mère de sortir avec un homme est capable de tout, en quoi elle n'a pas tort. Elle décide dès lors de renoncer à toute vie affective ou sexuelle pour se consacrer à son fils et à sa carrière. La seconde sera exemplaire.

Florence et Werner, quant à eux, se jurent de ne jamais avoir d'enfants en suivant le brancard qui emmène Justin au bloc opératoire.

– Si tu veux, je me fait ligaturer la trompe ! propose courageusement Werner.

Florence est trop épuisée pour rectifier.

*

Nathalie est partie s'installer à Forbach avec Laura. Elle est furieuse contre Nicole qui s'est défilée, prétextant que ses élèves et son mari ont besoin d'elle. Le résultat des premières analyses de Jacqueline est très alarmant. Privé de son tuteur, André, s'effondre déjà.

Carole, qui est entre deux tournages, s'est proposée pour aller chercher Constance tous les soirs à l'école et la garder jusqu'au retour de Thomas. Informée de la situation, Magali a également offert son aide. Mais traumatisé par l'épisode de l'accouchement, Thomas se promet de n'avoir recours à elle qu'en cas d'absolue nécessité. Quant aux Burch, ils sont aux sports d'hiver.

– Finalement, c'est comme si vous étiez divorcés, maman et toi, observe Constance en jetant un regard méfiant à la purée trop élastique que son père tente de faire glisser de la casserole dans son assiette.

– Et tu vois, on s'en sortirait ! lance Thomas du tac au tac.

Il regrette aussitôt sa réflexion. Il ne sait même pas pourquoi il a dit ça. Constance, heureusement, n'a pas l'air de l'avoir entendu. À l'aide de sa fourchette, elle dessine des motifs aborigènes dans sa purée.

*

Sans Justin, l'atmosphère devient nettement plus respirable au chalet. Zoé a décidé de skier avec ses filles sur les pistes bleues et Werner pense pouvoir reprendre ses habitudes solitaires quand

Blanche lui demande s'il ne pourrait pas lui donner une leçon ou deux.

– Tu ne préfères pas prendre des cours, comme Esther et Berthe ?

– Un, je n'ai pas les moyens, deux, je suis sûre que tu es un merveilleux prof, répond-t-elle.

Difficile de refuser dans ces conditions. Werner emmène donc Blanche sur la piste du Savoy et entreprend de lui inculquer les premiers rudiments. La jeune femme déborde de bonne volonté et tombe énormément. Werner qui l'aide galamment à se relever finit par se demander si elle ne le fait pas exprès. Quand elle colle ses lèvres aux siennes et tente de lui rouler une pelle, le doute n'est plus permis.

– Je croyais que tu aimais les femmes ?

– Pas seulement, répond-elle en lui plaquant la main à l'entrejambe.

À travers l'épaisse combinaison, on ne sent pas grand-chose. Il la repousse gentiment. Elle est si menue, lui si massif, il pourrait lui briser l'échine d'une seule main. Ils se défient du regard un instant. Blanche a des yeux petits, noirs et ronds comme des grains de chapelet.

– C'est pas très sympa pour Florence, murmure Werner.

– Tu n'as pas besoin de lui en parler.

– Ce n'était pas mon intention.

Elle se met à rire.

– Tu as vraiment cru que j'avais craqué pour ta belle gueule, c'est ça ?

– Je ne crois rien.

– J'écris un scénario sur les mecs d'aujourd'hui. Un truc qui va faire du bruit, tu peux me faire confiance. Je voulais juste tester ta réaction…

Werner n'en croit pas un mot. Néanmoins, il ne parlera jamais de l'incident à Florence. On n'entendra jamais parler non plus du scénario de Blanche.

Le lendemain, Werner part enfin skier seul.

L'année suivante, les Burch retrouveront avec bonheur leur vieil hôtel des Praz. Et leur tranquillité.

*

Nathalie a pris ses quartiers à Forbach, dans l'immense et lugubre maison où ses parents n'habitent plus que trois pièces : la cuisine, le living et leur chambre à coucher. Elle a trouvé un arrangement avec une voisine pour Laura, ce qui lui permet d'aller voir sa mère tous les jours à l'hôpital. Les propos des médecins sont confus : Jacqueline est atteinte d'une forme de cancer mal identifié qui déjoue tous les pronostics. Côté traitement, on tâtonne. La malade s'affaiblit de jour en jour.

André a travaillé toute sa vie aux Hypothèques. Un emploi kafkaïen à côté duquel il n'entretenait aucune passion, aucun passe-temps. La télévision suffisait à le distraire. Ou à l'abrutir, c'est comme on veut. Et les cartes, à l'occasion : la canasta. Il n'a jamais été très gai, mais maintenant, au moins, il a une raison d'être triste, ironise Thomas. Encore qu'on ne sache pas très bien si le vieil homme déplore la maladie de sa femme ou le fait qu'elle n'est plus là pour lui faire à manger. Il n'aime pas la cuisine de Nathalie et ne se prive pas de la critiquer. Elle avait pensé que la présence de Laura égaierait son père, il ne fait que de s'en plaindre. Ses cris et ses pleurs l'empêchent de suivre ses émissions favorites. Plus d'une fois, Nathalie est sur le point de le laisser se démerder et de rentrer chez elle. Constance et Thomas lui manquent. Elle résiste cependant pour sa mère dont le déclin rapide et irréversible la bouleverse.

La maison est grise et sonore comme un tombeau. Nathalie a retrouvé sans plaisir sa chambre de jeune fille où elle a froid. Ses pauvres souvenirs. Une enfance terne, une adolescence bridée. Elle estime avoir commencé à vivre à son arrivée à Paris. Là, il faut dire qu'elle s'est rattrapée. Bien au-delà de ce que Thomas imagine.

Nicole vient passer trois jours à Forbach avec Jean-Louis. Elle reproche à Nathalie de brusquer André et de ne rien faire pour redonner espoir à Jacqueline.

– Quel espoir ? Tu ne vois pas qu'elle est foutue !

– Il ne faut jamais dire ça. Tant qu'il y a de la vie...

– Si tu pouvais m'épargner tes clichés !

– Tu es sûre qu'elle est bien soignée ici ? demande Jean-Louis en suçotant le tuyau de sa pipe d'un air concentré.

– Si tu penses qu'elle a plus de chances de guérir à Achères, n'hésite pas ! Fais-la hospitaliser près de chez vous !

– Ce n'est pas ce que je voulais dire.

André s'anime un peu à l'occasion de cette visite : Nicole est l'aînée. Sa préférée. Il est fier qu'elle ait épousé un professeur. Et puis Jean-Louis a un plus : il joue à la canasta.

Au cours de la nuit, Nathalie entend Nicole et Jean-Louis faire l'amour. Il ahane comme un bûcheron. La pipe – *stricto sensu* – c'est mauvais pour le souffle.

– Comment vous faites pour baiser dans une ambiance pareille ? demande Nathalie à sa sœur le lendemain.

– On ne baise pas.

– Arrête ! Je vous ai entendus !

– Oui. Mais non ! Nous, c'est médical.

– Médical ?

– Je suis en pleine ovulation et Jean-Louis essaie un nouveau médicament…

Nathalie regrette son commentaire. Quand elle voit la manière dont Nicole regarde Laura, elle a le cœur serré.

Thomas et Constance viennent également la rejoindre quelques jours à Forbach. Nathalie trouve sa fille grandie et son mari plus beau que dans son souvenir. Ils tentent de faire l'amour mais sans arriver à rien, contrairement à Jean-Louis et Nicole. Thomas est effrayé par l'état de délabrement de sa belle-mère. Lui aussi demande à Nathalie si elle est sûre que les médecins sont compétents. Il pourrait peut-être la faire admettre dans l'un des meilleurs services de cancérologie de Paris, par l'intermédiaire d'Armancey qui connaît tout le milieu médical.

– Et ton Armancey ? Il s'occupera de papa ? C'est ça l'idée ?

– Pourquoi tu le prends comme ça ?

– Je ne supporte pas ce type.

– Tu ne le connais pas.

– Je ne supporte pas ces types qui ont toujours ce qu'il y a de mieux ! Les vins, les cigares, les tableaux. Même les médecins ! Il est marié ?

– Non.

– Évidemment. En matière de femmes, l'excellence est plus difficile à trouver.

– Il est homosexuel.

– Ah.

Thomas n'ose pas lui révéler que les projets d'Armancey commencent à prendre corps. Ils ont affiné le concept du magazine et un éditeur est prêt à financer le numéro zéro. Le centre culturel sera finalement installé dans le quartier de la Bastille où Armancey a pris une option sur un local admirablement situé. Dans un premier temps, il n'y aura que le restaurant, mais les bénéfices qu'on dégagera seront investis dans la suite du programme : librairie, galerie, salle de spectacle et de projection dans les sous-sols. Thomas a bradé ses dernières obligations pour prendre des parts dans l'entreprise.

En revenant de Forbach, Thomas trouve d'ailleurs plusieurs messages enthousiastes d'Armancey sur le répondeur : il a déniché un Néo-Zélandais dont la spécialité consiste à lancer de nouveaux restaurants. Le type a de gros succès à son actif à Londres, New York et Dubaï. Il est prêt à s'occuper du projet de la Bastille. Thomas a également rendez-vous mardi matin à dix heures avec Georges Buthier, patron des éditions du même nom. Ce ne sera qu'une formalité, précise Armancey, ils prêchent un convaincu.

Cette fois, on y est ! se dit Thomas. Ses rapports avec Annabelle Boccard sont de plus en plus tendus, il est temps de passer à autre chose. De faire enfin un boulot créatif, de déployer ses ailes, et de prendre son envol.

Armancey n'a rien exagéré. L'éditeur est conquis : la tranche des trente à quarante-cinq ans dotés d'un pouvoir d'achat élevé attendait son magazine d'art, affirme-t-il. Ils attendaient qu'on leur propose une grille de lecture intelligente et non directive des nouvelles tendances, tant en matière de mode qu'en musique ou en peinture. Thomas n'en croit pas ses oreilles : monsieur Buthier leur ressert pratiquement mot pour mot leur texte de présentation. *Son* texte de présentation. Armancey, qui a perçu son étonnement, lui adresse un bref clin d'œil : c'est dans la poche. Au point que monsieur Buthier montre à Thomas le local qu'il lui a aménagé au sein de ses bureaux : une mezzanine faite de tubes et de plaques de métal perforées où l'on frôle le plafond. Thomas aura son bureau d'un côté, son assistante de l'autre. Entre les deux, un escalier animé d'un va-et-vient incessant.

– Il s'agit, bien entendu, d'une installation provisoire, précise l'éditeur.

– Ah, bon ? s'étonne Thomas.

Armancey lui donne un coup de coude discret avant de déclarer que le magazine disposera de locaux spacieux à la Bastille dans moins d'un an.

– Venez, monsieur Lavaud, je vais vous présenter votre assistante, reprend Buthier.

Thomas comprend à ce moment-là qu'Armancey en a fait un peu trop, que l'éditeur le croit disponible, prêt à se mettre au travail.

– Euh… commence-t-il. Je ne suis pas certain de pouvoir…

Ce qui lui vaut un nouveau coup de coude et un froncement de sourcils éloquent d'Armancey : pas un mot ! Thomas se laisse entraîner par l'éditeur à travers un dédale de couloirs qui sentent le tabac et le vieux papier. Les bureaux sont minuscules. Derrière des piles de livres et de manuscrits, on entrevoit des visages fatigués et des calvities précoces à travers des nuages de fumée de cigarette. Toute l'édition française, pense Thomas. En fait d'assistante, il est résigné à découvrir une grosse dame dépourvue d'humour qui se gavera de chocolats en travaillant et quittera son poste à dix-sept heures cinquante-cinq tapantes. Comme à la Poste.

*

– Dès que je vais mieux, je quitte ton père, annonce Jacqueline d'un ton égal.

Nathalie croit avoir mal entendu.

La malade répète :

– Dès que je suis sortie de cet affreux hôpital, je quitte ton père !

Nathalie a toujours regardé le couple formé par ses parents du même œil que l'Arc de Triomphe ou le Sacré-Cœur : un monument disgracieux mais solide. Voir sa mère le balayer d'un revers au bout de quarante ans lui paraît presque relever de l'obscénité.

Sans prêter attention à l'effarement de sa fille, Jacqueline égrène posément ses griefs, des plus futiles aux plus graves. André a des manies répugnantes qu'elle ne supporte plus : il se cure le nez, fait trop de bruit en mangeant, grince des dents la nuit. Il a toujours été près de ses sous, refusant d'aller au cinéma ou au restaurant. Quant à voyager, mieux valait ne pas y songer ! Les vacances, c'était chez l'oncle Fernand où il fallait aider aux travaux des champs, supporter les propos réactionnaires du vieux bouc et ses jérémiades. Sans parler de cette femme avec laquelle André a couché. En 68, la date est facile à se rappeler.

– Papa a eu une maîtresse ?

– Une fille qui travaillait au cadastre et dont le seul plaisir était d'attirer les hommes mariés dans son lit. Ça ne lui a pas réussi, la pauvre, elle est morte dans un accident de la route.

Dans des circonstances différentes, Nathalie aurait ri de cette relation de cause à effet incongrue. Elle demande à sa mère pourquoi elle en a tant supporté, et si longtemps, en silence.

– Parce que j'ai été élevée comme ça, répond Jacqueline.

Pour la première fois depuis son hospitalisation, un peu de couleur est revenue à ses joues et ses yeux brillent. Nathalie se prend à espérer que les traitements commencent à faire effet. Tant pis, après tout, si une séparation doit être le prix de la guérison.

En quittant l'hôpital, Nathalie, très secouée, s'engouffre dans le premier bistrot venu et commande un cognac. En guise de réconfort, elle a droit aux lazzis salaces d'une équipe de peintres en bâtiment. Elle s'inquiète de ce que Nicole va penser des révélations de leur mère. De peur de remettre en cause l'image qu'elle a de ses parents, elle accusera sans doute Jacqueline de divaguer.

Le soir, au dîner, dans la lumière chiche de la suspension, Nathalie comprend comment, après tant d'années d'une vie étriquée et médiocre, une femme peut être amenée à planter le couteau à pain dans la poitrine de son mari, à l'empoisonner ou à le pousser par la fenêtre, selon son tempérament. Les gens qui assassinent leur conjoint après plus de trente ans de mariage devraient être systématiquement acquittés. Nathalie se jure, ce soir-là, de ne jamais se laisser piéger dans une relation abrutissante.

– Tu ne viens pas regarder la télé ?

– J'arrive, papa.

Elle vient docilement s'asseoir à côté de lui sur le canapé, où elle est envahie par un désespoir immense.

*

– Je vous présente Julie, dit monsieur Buthier.

Julie est eurasienne. D'une beauté presque idéale aux yeux de Thomas : un corps élancé, des membres fuselés, des seins qu'il imagine parfaits. Une grâce, une souplesse… Florence ne soutient pas la comparaison. Nathalie non plus, il faut bien l'admettre.

La jeune femme lui a tendu la main en souriant. Ni provocante, ni intimidée. Thomas a croisé ses yeux céladon immenses et il a compris qu'il venait de tomber très gravement amoureux.

Julie est titulaire d'un doctorat d'histoire de l'art et travaille depuis deux ans au service maquette des éditions Buthier. Elle déclare aux trois hommes que le projet est très excitant et qu'elle se réjouit de travailler avec monsieur Lavaud.

Le soir même, Thomas rédige sa lettre de démission à l'agence.

✷

Nathalie, qui n'a pratiquement pas fermé l'œil de la nuit suite aux révélations fracassantes de sa mère, appréhende de retourner à l'hôpital. Elle trouve Jacqueline totalement apathique. De son éclat de la veille, il ne reste rien. Se souvient-elle seulement des propos qu'elle a tenus ?

Nathalie ne saura jamais si sa mère a été victime d'une sorte de bouffée délirante ou si elle a bénéficié, au contraire, d'un bref accès de lucidité : Jacqueline sombre le soir même dans un coma dont elle ne sortira plus.

✷

En dépit du préavis de deux mois prévu par le contrat, Annabelle Boccard laisse partir Thomas séance tenante : elle est lasse de son attitude de cancre et de sa mine perpétuellement renfrognée. Connaissant Armancey de réputation, elle rit sous cape de la déconvenue annoncée.

Ça y est ! J'ai enfin sauté le pas ! se félicite Thomas en se rendant chez l'éditeur pour sa première journée comme directeur d'un magazine qui ne porte pas encore de nom. Dans l'espoir de sauter Julie, souffle une voix intérieure qu'il fait taire aussitôt.

Nathalie est rentrée la veille, ce qui l'a un peu contrarié. On ne peut plus rien faire pour Jacqueline, et Nicole s'est enfin décidée à prendre le relais auprès d'André. Thomas n'a pas trouvé le courage d'annoncer à sa femme qu'il avait démissionné. Tout comme il a évité de lui avouer qu'il est follement amoureux d'une autre. Ne pas précipiter les choses. Une mauvaise nouvelle à la fois.

Thomas passe sa première matinée à essayer d'organiser la caricature de bureau qu'on lui a assigné. Les gens qui empruntent l'escalier métallique lui jettent des regards curieux, ou courroucés. Une femme vient lui demander s'il se charge des expéditions en province, une autre si c'est bien lui qui s'occupe de la maintenance informatique. Apparemment, l'éditeur n'a parlé à personne du nouveau magazine et de son directeur. Julie rit de ces quiproquos successifs. Conquis par son naturel, Thomas se réjouit de la connivence que le ridicule de la situation leur impose. Dans l'espoir de mettre tout de suite leurs rapports sur un pied d'intimité, il exige qu'elle l'appelle par son prénom et qu'elle le tutoie. À midi et des poussières, n'en pouvant plus, il déclare :

– Allons déjeuner !

Il a repéré en chemin un élégant restaurant dans les tons parme et gris fumé.

– Attends, on ne va pas manger ici ? s'inquiète Julie quand il fait mine d'en pousser la porte.

– Pourquoi ? Ce n'est pas bon ?

– Si. Mais c'est affreusement cher !

– Aucune importance, c'est moi qui invite.

Affreusement cher est une litote : Julie précise d'entrée qu'elle ne boit pas de vin, mais le prix de l'eau minérale suffit déjà à faire tourner la tête. Thomas se console en songeant que l'écrin est digne de la perle : Julie focalise le regard de tous les hommes présents dans la salle et cela seul justifie une dépense exorbitante. À l'idée que cette femme pourrait lui céder un jour, Thomas ressent des picotements jusqu'au bout des doigts. Attention. Ne pas s'emballer. Ne rien brusquer.

La cuisine de l'établissement est servie dans des assiettes immenses où la sauce dessine des idéogrammes. L'avantage de ces portions minuscules c'est qu'on n'a pas longtemps la bouche pleine, songe Thomas, qui trace à l'intention de Julie un portrait au vitriol d'Annabelle Boccard qui la fait beaucoup rire. Approche réussie. En réponse à ses questions, la jeune femme lui parle de ses parents, de ses études, de la chienne Fanny qu'elle aimait tant.

– Moi aussi, j'adore les bêtes, ment Thomas.

– Tu en as ?

– Non. Ma femme n'en veut pas à la maison, répond-t-il machinalement.

Pourquoi a-t-il dit ça ? Quel con !

*

Tandis que son mari courtise Julie, Nathalie gare sa voiture dans le parking souterrain du centre commercial et installe Laura dans le caddie.

Pendant son absence, Thomas s'est contenté d'acheter ce qu'il lui fallait au jour le jour chez le mzabite. On manque donc de tout. Armée d'une liste de courses aussi longue qu'un rouleau de la Torah, Nathalie s'engage dans les allées de l'hypermarché. Elle est toujours surprise du nombre de gens qui ont l'air d'être là sans réelle nécessité, parfois même des familles entières qui errent à travers les rayons, emplies d'une crainte presque mystique face à la démesure des lieux et l'abondance des denrées. D'autres, au contraire, généralement des retraités, remplissent leurs chariots comme si un conflit mondial devait éclater d'une minute à l'autre. On s'en trouve réduit à conjecturer l'existence d'immenses chambres froides que la peur de manquer aurait fait creuser discrètement sous les pavillons.

Au rayon pâtisserie, les hurlements d'un bambin attirent l'attention de Nathalie. Elle reconnaît Benjy.

– Je refuse de lui acheter des saletés de biscuits bourrés de colorants et d'émulsifiants, explique Magali, qui est manifestement la seule à ne pas être perturbée par les cris de son fils. Bref ! Comment tu vas, toi ?

C'est le moment que la bonde choisit pour lâcher : Nathalie fond en larmes sur l'épaule de Magali. Benjy en est tellement estomaqué qu'il se tait. Laura, fort à propos, s'est endormie. Magali entraîne Nathalie vers l'espace librairie, zone calme s'il en est. Là, entre les best-sellers en piles, Nathalie déverse dans l'oreille compatissante de son amie ses angoisses, ses doutes et ses chagrins.

✷

– Et ta vie ? risque Thomas au moment où le garçon pose devant eux une boule de glace de la taille d'une balle de golf piquée d'une feuille de menthe d'un vert agressif. Elle ressemble à quoi, ta vie ?

– À pas grand-chose, répond Julie évasive.

Il espérait l'entendre dire qu'elle était avec quelqu'un, il en aurait pris courageusement son parti. Mais la jeune femme répugne manifestement à parler d'elle. Elle préfère lui exposer ses idées sur le contenu et la forme du magazine. Fasciné par son visage, Thomas l'écoute à peine. Une imperceptible coquetterie à l'œil gauche confère à Julie un charme assez pervers. Cet amour-là n'a rien de platonique : Thomas se met à bander doucement sous sa serviette amidonnée.

– Je te sens capable de toutes les audaces, finit-il par déclarer.

– Et tu es prêt à les encourager ?

– Avec toi, Julie, je suis prêt à tout !

Elle rit et choque légèrement son verre de Chateldon contre le sien.

– Alors profitons de la chance qui nous est offerte, Thomas ! Soyons fous !

Devant son regard brillant, Thomas perd la tête pour de bon. Julie ajoute :

– Tu sais… Quand je t'ai vu…

– Oui ?

– J'ai tout de suite pensé qu'on allait faire du bon travail ensemble !

– Moi aussi, assure Thomas. Moi aussi.

✷

Magali est de ces gens qui ne se contentent pas d'une interprétation toute faite du monde. Aux questions qu'elle se pose, elle va chercher elle-même les réponses dans les livres. Parfois chez des auteurs assez improbables, il est vrai. Elle défend alors leurs idées avec une véhémence d'autodidacte qui en impose à ses interlocuteurs et fait sourire son mari, car il la sait inconstante, prête à vilipender demain ce qu'elle a encensé la veille.

Ainsi, une fois parvenue aux caisses, Magali affirme que si Jacqueline a un cancer sans avoir jamais commis aucun excès durant sa pauvre vie, c'est parce qu'elle habite une maison malencontreusement située.

– Je ne vois pas ce que tu veux dire. Elle vit dans un quartier très calme, on n'entend que les oiseaux…

– Je te parle de courants telluriques. C'est souterrain. Ça ne se voit pas.

– Alors comment sait-on qu'il y en a ?

– On les sent. Ou on les subit, c'est selon.

– D'après ta théorie, mon père devrait être malade lui aussi, non ?

– Son tour viendra, tu peux me faire confiance. Mais il est peut-être encore temps pour lui de déménager.

Devant l'expression légèrement sceptique de Nathalie, Magali précise :

– Avant d'acheter notre maison, moi, j'ai fait venir un type.

– Un type ?

– Un spécialiste. Il dresse des cartes de ces courants. Il m'a affirmé que tout était O.K. Mais ne t'inquiète pas ! Votre baraque n'est pas très loin de la nôtre, elle est certainement très saine, ajoute-t-elle pour rassurer Nathalie.

Dans le même registre, Magali prétendra, sans sourciller, que les extraterrestres gouvernent une partie de la planète en sous-main depuis la Première Guerre mondiale, ce qui explique certaines incohérences de la politique internationale. Que des mygales venues d'Amazonie, *via* des yuccas d'importation, ont déjà causé la mort de plusieurs enfants, un drame que le gouvernement s'efforce d'occulter. Ces divagations ont au moins le mérite de distraire Nathalie.

✷

Nicole téléphone à quinze heures pour annoncer le décès leur mère. Nathalie n'éprouve qu'une sensation de vide. Elle a épuisé son stock de larmes au supermarché. Elle garde l'œil sec et se met à dresser mentalement l'inventaire des vêtements dont la famille aura besoin pour un bref séjour à Forbach.

Elle appelle Thomas pour le prévenir. Il lui a donné le matin même un nouveau numéro de téléphone assorti d'une explication embrouillée qu'elle n'a pas écoutée. Croyant disposer d'une ligne directe à son nouveau bureau, Thomas s'est dit que Nathalie n'y verrait que du feu.

– Éditions Buthier, j'écoute, répond une standardiste.

– Excusez-moi, c'est une erreur.

Nathalie refait le numéro avec soin pour obtenir la même réponse. Thomas a dû se tromper en griffonnant le nouveau numéro. Que faire? Elle compose ce qu'elle croit être l'ancien numéro de l'agence.

– Monsieur Lavaud ne travaille plus ici, lui est-il répondu.

Nathalie, qui connaît la réputation de Maryse, s'exhorte au calme.

– Maryse! Il vient d'y avoir un deuil dans notre famille et je dois en informer au plus vite mon mari.

– Je suis désolée pour votre deuil, madame Lavaud, mais votre mari ne travaille plus chez nous.

– Je ne sais pas si vous cherchez à être drôle, Maryse, mais ce n'est vraiment pas le moment!

– Mais non, madame Lavaud, je vous assure, je…

Nathalie perçoit un flottement au bout de la ligne.

– Ne quittez pas!

Ah. Tout de même!

– Madame Lavaud? demande alors une voix distinguée qu'elle ne connaît pas.

– Oui. Passez-moi Thomas, s'il vous plaît! C'est urgent!

– Madame Lavaud, je suis Annabelle Boccard…

– Enchantée. Pouvez-vous me passer mon mari, s'il vous plaît?

– Madame Lavaud! Votre mari ne travaille plus ici. Il a donné sa démission avant-hier.

– Comment ça?!

– Je suis désolée d'avoir à vous l'apprendre, persifle Annabelle Boccard. Vous pouvez le joindre aux éditions Buthier, où il travaille désormais. Je n'ai pas leur numéro, mais il doit figurer sur le minitel.

Nathalie raccroche, légèrement nauséeuse.

*

De Paris à Forbach, Nathalie reproche à Thomas ses mensonges, ses chimères et son comportement infantile. Il ne cherche pas à se défendre, estimant que les reproches de sa femme sont l'expression d'un trop-plein d'émotions. Et puis son cœur est plein de Julie. Il pense à elle sans arrêt, aux conversations qu'ils auront, aux voyages qu'ils feront, à la vie qu'ils mèneront. Un jour.

– Tu m'écoutes ?

– Mais oui, je t'écoute !

Thomas serre les mâchoires, fait le gros dos et plisse les yeux pour tenter de voir la route à travers un rideau de pluie que les phares de la voiture parviennent difficilement à percer. Il fait vraiment un temps dégueulasse. Pour ne rien arranger, la radio annonce du verglas. Globalement, le trajet est un cauchemar. Seule Constance se réjouit à l'idée de cet enterrement dont elle doit se faire un tableau invraisemblable. À l'image de son papa, c'est une petite fille très imaginative.

À Forbach, André est dans un état lamentable : affalé dans la cuisine, les paupières fripées et le menton hérissé de barbe, il radote que Jacqueline n'avait pas mérité ça. Et lui non plus. Nicole au contraire paraît à son affaire. Elle papillonne, répétant à l'envi qu'elle s'est occupée de tout. Du choix de la bière, des fleurs, et du traiteur qui doit régaler l'assemblée après la cérémonie.

– Toi qui es connaisseur, Thomas… Il me donne le choix entre un cairanne et un côtes-du-ventoux.

– Prends le cairanne.

– Tu remarqueras que c'est exactement ce que j'avais dit, bougonne Jean-Louis en suçotant sa pipe éteinte.

Ce dernier ne paraît pas le moins du monde affecté par la situation, lisant *Le Monde* dans son coin avec les critiques d'usage envers le ministre de l'Éducation nationale et la pusillanimité des syndicats. Thomas est prêt à parier qu'il portera sa chemise de trappeur à carreaux rouges et noirs aux funérailles.

Le cercueil de Jacqueline est installé sur des tréteaux au rez-de-chaussée, flanqué de deux candélabres plaqué argent, fournis par l'entreprise des pompes funèbres. D'anciens collègues d'André, des amis de Jacqueline et des voisins viennent se recueillir devant la dépouille. Il pleut toujours et les parapluies s'entassent dans l'entrée, noirs, raides et luisants telle une colonie de manchots.

À l'étage, Nicole, vêtue d'un tailleur sombre acheté pour l'occasion, sert le café. Nathalie bride son émotion. Jean-Louis arbore en fin de compte un costume gris foncé d'une coupe étrange, vaguement western, ainsi qu'une cravate noire, étroite et fine comme on ne les fait plus depuis longtemps. Quant à André, rasé à s'en rougir les joues et endimanché, il dodeline toujours en marmonnant qu'il n'a pas mérité ça.

Thomas s'émerveille de la manière dont chacun tient son rôle : le veuf inconsolable, les filles meurtries mais dignes dans leur chagrin, un œil sur le cercueil, un autre sur la cuisine pour s'assurer qu'il reste du café chaud et des tasses propres. Nicole et Nathalie ont exactement le comportement qu'on attend de deux sœurs qui viennent de perdre leur maman à Forbach. Sous d'autres latitudes, elles pousseraient des cris aigus ou pratiqueraient une gestuelle convenue. Observant Nicole, Thomas la soupçonne d'éprouver une certaine jouissance à être ainsi le centre de l'attention et de la commisération générales. Nathalie, au contraire, fait de louables efforts pour sourire à chacun. Elle a les yeux pleins de larmes, les paupières gonflées.

À la mort de ses parents, Thomas se souvient qu'il était assommé, hébété, incapable de la moindre réaction. Il avait alors vingt-deux ans. C'est un oncle par alliance qui avait pris en charge tous les détails pratiques, conduit la cérémonie et reçu les condoléances.

Thomas voit surgir des cousins dont Nathalie lui avait tu l'existence : des gens de la campagne, gauches et rougeauds, dont les vêtements et les us sont d'une autre époque. Certains lui paraissent un peu demeurés.

Très excitée, Constance tourbillonne à travers la maison en mitraillant les convives de questions malvenues : « Elle est vraiment dans cette longue boîte vernie, Mamie ? », « On va la garder là pour toujours ? », « Est-ce qu'on entend encore les bruits quand on est mort ? », « Pourquoi les gens font ces gestes bizarres devant le cercueil ? », « Qui est le bonhomme doré qui est couché dessus ? » Ses questions jettent un froid. Dans l'entourage des parents de Nathalie, on a encore de la religion.

De l'enterrement proprement dit, Thomas conserve le souvenir d'une église glaciale et d'un cimetière boueux sous une pluie froide. Des obsèques humides en somme, note-t-il *in petto*. Mais la détresse de Nathalie, quand on descend le cercueil de sa mère dans la fosse, lui coupe toute envie de rire. Et ce n'est pas le bras qui enserre les épaules de sa femme qui atténuera son chagrin. « Nos douleurs sont une île déserte », écrit Albert Cohen. Jamais la phrase ne lui a paru aussi juste. Thomas comprend que le temps de l'insouciance est révolu à jamais…

Jacqueline enterrée, on se hâte de regagner la maison où il fait chaud. Le personnel du traiteur a dressé un buffet. Le cairanne est bon et le niveau sonore monte vite de plusieurs décibels. Le verre à la main, les cousins de la campagne entourent le veuf de leur sympathie tonitruante.

– Papa boit trop, siffle Nicole.

– Si ça lui fait du bien, se résigne Nathalie.

Thomas a soudain la vision d'un André clochardisé, objet d'horreur et de risée, titubant dans les rues de Forbach avec son litron.

– Il tient le coup, le beau-père, dit Jean-Louis en venant se planter à côté de lui. C'est inespéré.

– Non, c'est le cairanne.

Jean-Louis émet un bref ricanement avant de demander :

– Ton boulot, ça va ?

– Très bien. J'ai quitté l'agence.

Il parle longuement de ses projets. Jean-Louis l'écoute en fumant sa pipe, sans émettre le moindre commentaire. Thomas lui en est reconnaissant.

*

Sur la route du retour, Nathalie s'enferme dans un mutisme que même les filles se gardent de troubler. Thomas observe son profil à la dérobée. Il aime l'ossature fine de son visage, le nez, un peu grand, la ligne du cou, si élégante. La beauté de Julie n'est pas très différente, en fin de compte, encore que sa bouche soit plus pulpeuse, son regard plus mystérieux, sa chevelure plus dense, sa poitrine plus ronde. Qu'est-ce qui la rend tellement plus attirante que Nathalie ? N'est-ce pas uniquement son désir qui fait de la belle eurasienne ce « flambeau radieux » dont parle Rushdie ? Ne risque-t-elle pas de perdre sa magie une fois qu'il l'aura possédée ? Ce comparatif entre sa femme et son assistante n'est pas du meilleur goût, mais on roule longtemps en voiture, il faut bien s'occuper l'esprit.

– Juste avant de mourir, Maman m'a avoué une chose incroyable, dit soudain Nathalie après s'être assurée que les filles dorment.

– Quoi donc ?

– C'était tellement énorme que je n'ai pas osé en parler à Nicole.

– Je comprends, dit Thomas avec un air entendu.

Nathalie lui jette un regard surpris.

– Tu sais de quoi je veux parler ?

– Je crois savoir, oui…

– Ce n'est tout de même pas maman qui…

– Non, non ! J'avais compris tout seul.

– Ça se voyait tant que ça ?

– Pour moi, ça saute aux yeux !

Nathalie reste silencieuse un moment avant de reprendre :

– C'est fou, hein ? J'aurai côtoyé mes parents trente-six ans sans me douter de quoi que ce soit…

– Et ta mère t'a dit qui c'était ?

– Qui était qui ?

– Eh bien… son amant. Ton père biologique, quoi.

– Mais qu'est-ce que tu racontes ? Tu es complètement cinglé !

– Quoi ? Ce n'est pas ça ?

– Mais pas du tout !

– Tu ressembles si peu à ta sœur… J'ai toujours pensé que…

– Mais t'es vraiment malade ! conclut Nathalie, outrée.

Elle ne desserrera plus les lèvres jusqu'à la fin du voyage.

✷

– Je suis désolée pour ta belle-mère, dit Julie. Toutes mes condoléances.

– Merci, répond Thomas plus sèchement qu'il ne le voudrait.

La jeune femme se tient devant lui, légèrement de guingois, embarrassée.

Des employés montent et descendent bruyamment l'escalier métallique qui traverse la mezzanine, sans leur prêter la moindre attention.

Si j'arrivais à verser quelques larmes, rêve Thomas, elle me prendrait peut-être dans ses bras. Il sollicite vainement ses muscles orbiculaires et ne réussit qu'à avoir l'air idiot.

Julie est enjouée et souriante, courtoise et professionnelle. Avec lui comme avec les autres. Rien de plus, rien de moins. Elle ne se livre pas. Thomas ne sait toujours rien de sa vie privée. Souvent, dans l'espace exigu qui leur est dévolu, ils sont amenés à s'effleurer. Leurs mains se touchent au-dessus des épreuves et des typons : il n'en jaillit aucune étincelle, rien qui laisse augurer d'une relation charnelle intense que Thomas appelle quotidiennement de ses vœux. Car il ne se contente pas d'aimer la jeune femme de loin, comme il a pu aimer Florence ou tant d'autres, en amateur d'art qui convoite les plus belles toiles des musées en sachant pertinemment qu'il ne pourra jamais les accrocher sur ses murs. La belle eurasienne occupe quatre-vingt-dix pourcent de ses pensées, elle est au cœur de tous ses fantasmes. Pas une heure ne s'écoule sans que Thomas imagine une situation romantique où il lui déclare son amour. Ces scènes se déroulent, en général, au coucher du soleil dans des paysages idylliques : côte amalfitaine, plage polynésienne ou montagnes suisses poudrées à frimas. L'homme amoureux ne craint ni les clichés, ni le ridicule.

– Borelli est passé, quand tu étais à Forbach...

– Pardon ? fait Thomas en dégringolant de sa montagne.

– Je disais que Borelli était venu livrer son article. Quel type fascinant !

Morsure. Jalousie. Borelli est beau comme un Michel-Ange. Et brillant.

– Méfie-toi de lui. Il n'est pas très franc du collier.

– En tout cas, il est marrant.

« Marrant », il ne manquait plus que ça.

Après trois mois d'un travail intensif, Thomas et Julie sont en mesure de présenter le numéro zéro de leur magazine, sobrement intitulé *V*. Comme voir. Comme victoire. Armancey est enthousiaste, monsieur Buthier nettement moins.

Depuis que Thomas est installé dans ses locaux, l'éditeur se montre distant pour ne pas dire fuyant, surtout lorsqu'il est amené à emprunter l'escalier qui passe par la mezzanine.

À croire qu'il regrette de s'être lancé dans l'aventure. Thomas s'en est ouvert à Julie qui l'a rassuré : Buthier est un angoissé, un cyclothymique qui souffle alternativement le chaud et le froid.

– En ce qui me concerne, j'ai l'impression que c'est toujours le froid, a grommelé Thomas.

– Tu exagères, a dit alors Julie en posant sa main sur son bras.

Ce simple contact a mis Thomas dans tous ses états. Il en a disséqué, analysé chaque microseconde pour tenter de percevoir s'il marque un tournant favorable dans leur relation, une forme nouvelle d'intimité, les prémisses d'ineffables voluptés. Mais les jours ont passé sans rien apporter de nouveau, ce qui tend à indiquer que le geste de Julie était spontané et dépourvu d'arrière-pensée. Cette femme est une énigme, se désespère Thomas.

Monsieur Buthier a convoqué deux commerciaux à la réunion. Des jeunes dotés de cravates voyantes et d'opinions péremptoires. Ils se montrent extrêmement critiques. Selon eux, le concept est flottant. *V.* comme vague, ose même plaisanter l'un d'eux. Thomas cherche à se rassurer en se disant qu'ils sont là pour caresser leur maître dans le sens du poil : si Buthier s'était montré moins sceptique, ils auraient chanté les louanges du magazine.

En manière de consolation, Armancey invite Thomas et Julie à déjeuner. Il ne faut pas se laisser démonter, affirme-t-il. Ces types ne connaissent rien au marché de l'art. Lui est plus que satisfait du travail accompli, cela seul compte. L'éditeur n'est qu'une courroie de transmission.

– À propos, dit Thomas, profitant que Julie s'est rendue aux toilettes. C'est un détail, mais qui est censé me verser mon salaire ? Buthier ou vous ?

– Buthier, évidemment.

– Je n'ai encore rien touché...

– Simple dysfonctionnement. Je l'appelle tout à l'heure pour régler le problème.

Armancey commande un Léoville-Barton 76 et les régale d'anecdotes sur des collectionneurs japonais qu'il a rencontrés récemment.

– Et maintenant, monsieur Armancey, que faisons-nous ? demande Julie à la fin du repas.

– Vous allez de l'avant, mon petit.

– Sans tenir compte des remarques de monsieur Buthier ?

– Que les choses soient claires, mes amis, c'est moi et moi seul qui possède le *final cut*. Dès que vous serez prêts, nous tirerons cinq mille exemplaires de ce numéro zéro qui seront envoyés à des amateurs d'art. Considérant la qualité du produit, je table sur un minimum de vingt pour cent d'abonnements en retour.

Thomas prend des nouvelles du restaurant de la Bastille. Les travaux n'ont pas encore démarré. Retard technique. Un prêt qui se fait attendre.

– Ah, les financiers ! s'exclame Armancey avec de grands gestes en allumant un coûteux cigare. Les financiers !

– Monsieur Armancey est absolument fascinant, s'enthousiasme Julie à l'issue de ce déjeuner.

– Tu trouves tout le monde fascinant. Sauf moi, ironise Thomas.

– Mais pas du tout ! se défend Julie en riant. Seulement toi, c'est spécial.

– Spécial ?

– Nous passons plus de temps ensemble que tu n'en passes avec ton épouse. Si je te dis à tout bout de champ tout le bien que je pense de toi, tu vas finir par prendre la grosse tête. Ou par te faire des idées !

– Et j'aurais tort de m'en faire, des idées ? C'est ça que tu es en train de me dire ?

Julie ne répond pas. Elle se contente de le regarder avec un sourire énigmatique.

Des critiques, des écrivains et des acteurs du marché de l'art qui ont collaboré au numéro zéro appellent régulièrement pour savoir où en est le magazine, et surtout quand leurs piges leur seront réglées. Thomas affirme que les éditions Buthier régleront factures et honoraires, ainsi qu'Armancey l'en a assuré. Mais comme son salaire ne lui a toujours pas été versé, il interpelle monsieur Buthier à ce sujet en le croisant par hasard dans le hall. La réaction de l'éditeur est d'une violence inattendue : son visage prend une vilaine teinte aubergine tandis qu'il traîne littéralement Thomas dans son bureau.

– Monsieur Armancey est une crapule, un escroc, et un ignoble pédéraste ! vocifère-t-il une fois la porte fermée. Je me suis laissé embobiner par ses beaux discours, griser par ses bons vins, flatter par ses gitons ! J'ai pris mes renseignements. Un peu tard, il est vrai… Armancey doit de l'argent partout ! Saviez-vous qu'il est interdit de séjour en Suisse et en Allemagne suite à une faillite frauduleuse ?

Thomas l'ignorait. La tête lui tourne. Plus que les révélations fracassantes de l'éditeur et ce qu'elles impliquent au plan financier, c'est la manière dont il conviendra de présenter la situation à Nathalie qu'il redoute. Il entend d'ici son : « Je te l'ai toujours dit ! Je ne l'ai jamais senti ce type ! » L'intuition féminine ne serait donc pas un mythe ? Nathalie a percé Armancey à jour sans l'avoir jamais rencontré, alors que lui, pauvre pomme, s'est laissé mener en bateau pendant plus de deux ans.

Nathalie ne lui pardonne pas d'avoir profité de la maladie de sa mère pour quitter l'agence en catimini, elle sera d'autant plus furieuse d'apprendre qu'au bout du compte, il a lâché la proie pour l'ombre.

– Puisqu'il vous a été promis de l'argent, reprend l'éditeur d'un ton cassant, on va vous en donner. Je suis un homme honnête, moi ! Je paie les gens que j'emploie. Vous passerez voir la comptabilité en sortant d'ici. Mais je vous prierai de ne plus remettre les pieds dans mes locaux.

– Attendez ! On ne peut tout de même pas…

– Voyez-vous, monsieur Lavaud, le coupe Buthier, je pourrais être tenté de vous mettre ma main dans la figure. À défaut de la vilaine bobine d'Armancey !

Thomas aurait aimé sortir sur une répartie cinglante. Aucune ne lui vient à l'esprit. Jamais il ne s'est senti aussi vide, aussi minable. En se dirigeant d'un pas lourd vers les services comptables, il prend conscience qu'il va également perdre Julie. Et cela lui est intolérable.

Précisant que les bulletins de salaire afférents lui seront envoyés ultérieurement par la poste, la chef comptable remet à Thomas un chèque qu'il fourre dans sa poche sans même le regarder. De retour à son bureau, dans un état second, il demande brusquement à Julie :

– Tu fais quelque chose, ce soir ?

– Eh bien, ce soir…

Cent fois, déjà, Julie est parvenue à esquiver les invitations de Thomas. Mais aujourd'hui, son expression hagarde semble indiquer qu'elle n'y coupera pas.

– Il faut qu'on dîne ensemble, Julie. J'ai des choses à te dire !

La jeune femme se résigne. Le schéma est toujours identique : tôt ou tard ses collègues ou ses supérieurs l'invitent à dîner pour lui faire leur déclaration. Thomas Lavaud a seulement été plus timide et plus lent que les autres.

Thomas reprend le chemin de Nanteuil-le-Bois. Dans le RER, il sort de sa poche le chèque des éditions Buthier. Ces salauds l'ont payé comme un magasinier : au Smic ! Il se promet d'envoyer une lettre soignée à l'éditeur. Puis il se concentre sur ce qu'il va raconter à Nathalie : ce soir, réunion exceptionnelle ! Armancey réunit ses collaborateurs pour faire un état de lieux. Au retour, la mine défaite, il annoncera que tout est terminé. Suite à l'effondrement en bourse de son principal bailleur de fonds américain, Armancey est contraint de mettre un terme à l'ensemble de ses projets. L'histoire est crédible et à peu près invérifiable. C'est surtout moins humiliant que d'avouer qu'il s'est fait pigeonner en beauté. Thomas préfère ne pas penser aux parts qu'il a eu la bêtise de souscrire dans l'affaire, et à la réaction de Nathalie quand elle l'apprendra.

Et Julie ? Elle n'a pas paru surprise de cette invitation à dîner. Elle est fine et intelligente : elle doit se douter de ce qu'il va lui dire. Peut-être ne veut-elle pas d'une aventure avec lui parce qu'elle le sait marié et père de famille ?

– Julie, je vais demander le divorce !

– Non, Thomas ! Je ne peux pas exiger cela de toi !

– C'est toi, et toi seule que j'aime.

Profondément troublée, Julie baisse les yeux. Elle prend sa main sur laquelle il pose les lèvres. Derrière elle, les eaux du Grand Canal sont presque violettes et les rayons du soleil couchant illuminent encore le dôme de Santa Maria della Salute.

On pouffe sur la banquette d'en face. Thomas relève la tête pour découvrir deux adolescentes qui se tortillent. Supposant qu'elles se foutent de lui parce qu'il a parlé à voix haute sans s'en rendre compte, il se lève et change de place.

– Pas facile, hein ?

C'est la voix de Francis. Thomas reste pétrifié un instant avant d'oser relever la tête : Francis porte un trench-coat mastic et un chapeau dont le large bord laisse son visage dans l'ombre. Considérant qu'il est mort depuis près de deux ans, il vaut peut-être mieux.

– Tu te comportes exactement comme un foutu ado, poursuit Francis. J'espère que tu en es conscient ?

– Tu es revenu de l'au-delà pour me dire ça ?

– Je ne suis revenu de nulle part, Thomas. Je suis avec toi, c'est tout.

Le train entre en gare. Francis se lève brusquement, heurtant au passage les genoux de Thomas qui aperçoit, sous le chapeau, une face ronde barrée d'une épaisse moustache. Pas l'ombre d'une ressemblance avec Francis.

Thomas soupire, c'est terrible comme son ami lui manque.

*

Julie arrive au restaurant avec près de quarante-cinq minutes de retard. Ravissante et confuse. Son copain est revenu inopinément d'Afghanistan après deux mois d'absence. Elle a voulu appeler Thomas pour annuler le dîner, mais il s'y est fermement opposé :

– Je débarque sans prévenir. Toi, tu as promis ta soirée à monsieur Lavaud, tu dois honorer ta parole !

Un type rare, non ?

L'esprit un peu brouillé par les événements de la journée et les deux gin tonic qu'il a éclusés pour tromper son attente, Thomas ne retient que deux mots des excuses de Julie : « copain » et « Afghanistan »

– Que… que faisait-il en Afghanistan, ton copain ? parvient-il à demander.

– Il est grand reporter.

– Oh…

Le mythe du baroudeur. Idéal pour décramponner le dragueur le plus tenace. Qui peut rivaliser avec un type bronzé d'un bout à l'autre de l'année et doté de surcroît d'une paire de couilles en acier trempé ? Pour aller où vont les grands reporters, il faut les avoir bien accrochés, personne ne peut prétendre le contraire. Julie place parfois son amant imaginaire dans une ONG, mais les résultats sont moins probants.

La jeune femme prend soin de choisir les plats les plus coûteux de la carte, histoire de planter une nouvelle banderille. Frapper au portefeuille est une des techniques d'autodéfense dont elle use avec succès. Elle a prévu de porter l'estocade en évoquant les performances sexuelles du grand reporter au moment du dessert, mais ce ne sera pas nécessaire. Thomas se déballonne dès l'entrée, avouant sans fard qu'il s'est sottement laissé bercer par les promesses d'Armancey et qu'il se retrouve, aujourd'hui, dans une merde noire. Julie est plus touchée par sa sincérité que par sa détresse. Elle envisage presque de payer sa part de l'addition lorsque Thomas se lance dans un éloge maladroit de sa beauté et de l'effet exceptionnel qu'elle produit sur lui depuis qu'ils travaillent ensemble. Julie se renferme. Elle déteste les compliments sirupeux.

– Si je mourais maintenant, je ne regretterais qu'une chose, conclut Thomas, grandiloquent, et tu sais ce que c'est ?

– D'avoir choisi le gratin de fruits rouges au lieu du tiramisu ?

– Non. De ne pas avoir fait l'amour avec toi !

Il a bu seul les trois quarts du vin. Ses yeux sont injectés de sang, son expression légèrement hagarde, son sens de l'humour aux abonnés absents. Sous l'effet conjugué du stress et du pinard, il s'est mis à transpirer abondamment. Quand il s'empare de sa serviette pour s'éponger sans retenue le front et la nuque, Julie a pitié de lui. Elle se lève, remercie pour l'excellent dîner, et quitte le restaurant. Thomas reste piqué sur place, dodelinant comme son beau-père et conscient de son ridicule. Quand il faut régler l'addition, sa carte de crédit est rejetée par la machine. Plafond dépassé.

– Comment ça, plafond dépassé ?

– C'est ce que dit la machine, monsieur.

– C'est n'importe quoi ! s'indigne Thomas avant de comprendre que Nathalie, ignorant qu'il ne gagne plus rien depuis des mois, continue à dépenser sereinement l'argent du compte commun qui alimente la carte.

– J'espère que vous avez un autre moyen de paiement, murmure sur un ton vaguement menaçant le patron qui s'est approché.

Fouillant ses poches, Thomas sort une poignée de monnaie. Tout juste assez pour le pourboire, dans un établissement de cette classe. Il voit se profiler, terrorisé, l'instant où il va être obligé d'appeler Nathalie pour qu'elle vienne régler la note de son dîner en amoureux. C'est alors qu'il retrouve, au fond du portefeuille où il a fini par le ranger, le chèque des éditions Buthier que le restaurateur, après une âpre discussion, accepte en guise de caution.

Au moins cette scène humiliante ne s'est pas déroulée devant Julie…

*

– Buthier n'est qu'un vieux con ! tonne Armancey quand Thomas réussit enfin à le joindre au téléphone, quelques jours plus tard. Nous allons fabriquer notre magazine ailleurs ! Donnez-moi simplement le temps de me retourner, de prendre les contacts nécessaires…

– En attendant, je n'ai plus de boulot, fait remarquer Thomas. Et plus d'argent non plus. Vous pouvez m'en avancer ?

Armancey répond d'un ton navré :

– Pas avant deux ou trois mois, j'en ai peur. Les travaux du restaurant ont absorbé toutes mes liquidités.

– Et les parts que j'ai mises dans l'affaire ?

– Dans notre affaire Thomas, ne l'oubliez pas !

– Vous pourriez me les racheter ?

– Je pourrais. Je pourrais, mais je ne le ferai pas. Et savez-vous pourquoi ? Parce que dans quatre ou cinq ans, quand vous verrez ce que vaudront vos parts, vous me remercierez de vous avoir évité la plus belle gaffe de votre vie ! Vous verrez ce que je vous dis !

Thomas insiste néanmoins pour rencontrer Armancey rapidement. Ce dernier finit par lui donner rendez-vous dans un café, du côté de la République. Il a apporté une serviette remplie de documents. Des contrats et des plans d'architecte qu'il se met à étaler sur la table. Son index manucuré va à toute vitesse d'un point à l'autre. Volubile, il explique : ici le restaurant. Deuxième phase des travaux : la galerie, dont une partie en mezzanine. Pour y accéder, une rampe, dans l'esprit de celle du musée Guggenheim de New York. Enfin, au dernier étage, leurs bureaux. Grandes verrières, aucune cloison. Déstabilisé par l'aplomb d'Armancey, Thomas retrouve un peu de son optimisme. Après un deuxième verre de médoc, il ose évoquer les accusations lancées par Buthier.

– Interdit de séjour en Suisse ? tonne Armancey assez fort pour que toute la salle entende. C'est la meilleure ! Mais où a-t-il été chercher ça, ce vieux schnock ?

Il frappe du poing sur le guéridon.

– Je me rends précisément à Genève dans deux jours. Et vous m'accompagnez !

– Inutile, je vous crois sur parole.

– Non, non, j'insiste. Vous venez avec moi ! Je vous présenterai des gens qui vous intéresseront. Des galeristes, des collectionneurs...

Il griffonne au dos d'une de ses cartes de visite :

– Rendez-vous à l'aéroport à dix heures. J'aurai votre billet. Interdit de séjour en Suisse, répète-t-il en s'esclaffant. N'importe quoi !

Thomas quitte le café à moitié convaincu par le numéro de charme et d'esbroufe de son associé. Il a relevé l'adresse sur les plans, il se rend à la Bastille pour voir de ses yeux le chantier où est placé son argent. L'immeuble est ceint d'une palissade mais aucun ouvrier n'est à l'œuvre. Il interroge le garçon d'un café voisin.

– Pas vu une âme là-dedans depuis un an, confirme-t-il.

À l'aéroport le surlendemain, personne. Au comptoir de la Swissair, comme à celui d'Air France, le nom d'Armancey est inconnu. Thomas en est à peine surpris. Il laisse un nombre incalculable de messages sur le répondeur d'Armancey. Un jour, une femme décroche le téléphone : « Monsieur Armancey n'habite plus ici. Je crois qu'il est parti s'installer au Maroc. À Tanger ».

Nathalie est prise de vertige devant l'ampleur de leur découvert bancaire. Elle exige des explications, Thomas les lui donne, sans fioritures. Dans ces conditions, déclare-t-elle, la meilleure solution est qu'elle reprenne dès à présent son poste à l'Insee. En attendant de retrouver un travail, Thomas se chargera des enfants et des tâches ménagères. L'arrangement est équitable, il ne peut qu'y souscrire.

Il vivra cette période de sa vie comme une punition, avec le sentiment d'expier les fautes qu'il a commises. Et même celles qu'il aurait tant aimé commettre avec Julie…

✷

– J'ai croisé monsieur Lavaud au supermarché avec ses filles. C'est un plaisir de voir comme il s'en occupe bien. Même de la petite dernière, rapportent les femmes du quartier à leurs maris, espérant vaguement qu'ils en prendront de la graine.

Carole, elle, a abandonné tout espoir de voir Guillaume l'épauler. Elle suit maintenant un stage de formation aux métiers de la production audiovisuelle qui la mobilise huit heures par jour, sans compter les trajets. Elle doit en plus assumer les courses, superviser les devoirs des filles, s'occuper de la lessive et du repassage qui s'accumule, préparer le dîner. Réfugié dans son bureau au fond du jardin, penché sur un problème d'échecs ou sur les gros plans d'une sodomie, Guillaume se fait attendre après que Paula ait longuement agité la clochette dont le tintement signifie : « À table ! ». Pendant toute la durée du repas, il plaisante avec ses filles, ignorant délibérément Carole pour lui faire sentir sa réprobation.

Il est furieux qu'elle suive ce stage, et pas seulement parce que l'idée vient de Serge. Il est furieux qu'elle lui échappe, qu'elle soit en contact avec tant d'autres gens, qu'elle prenne sa destinée en main, avec, en filigrane, son indépendance. Mais plus que le désir d'échapper à l'emprise malsaine de son mari, c'est la nécessité qui a poussé Carole à s'inscrire à cette formation dont elle attend beaucoup : il ne reste plus un sou de son héritage et elle a peur de l'avenir. Elle a exposé la situation à Guillaume, chiffres à l'appui.

– Il n'y a pas d'autre solution. Avec ton seul salaire on ne s'en sort pas.

Il est resté longtemps silencieux avant de proposer :

– On ne peut pas essayer de faire des économies ?

– On ne peut pas en faire plus. Je vais suivre cette formation.

Carole a fourni malgré elle à son mari un nouvel instrument de torture.

Guillaume exige désormais qu'elle tienne un relevé précis de ses dépenses, même les plus infimes. Qu'il épluche avec sa minutie d'astronome. Et les séances nocturnes d'interrogatoire reprennent :

– Tu as dépensé quarante-neuf francs pour ton déjeuner ?

– Oui, c'est possible.

– C'est ce que tu as marqué.

– Alors c'est ce que j'ai dépensé.

– Dans un bistrot où le plat du jour est à vingt-huit francs ? C'est bien ce que tu m'as dit ?

– Oui.

– Un café : quatre francs cinquante, une eau minérale, six francs, ça ne fait que quarante-trois francs cinquante. Tu n'as tout de même pas laissé cinq francs cinquante de pourboire ?

– Je ne pense pas.

– Alors où sont passés ces cinq francs cinquante ?

– Écoute, je ne sais pas. J'ai dû prendre un deuxième café !

– Est-ce que tu n'aurais pas plutôt offert un café à quelqu'un ? C'est ça ? Tu as offert un café à un type du stage ?

– Il y a une majorité de filles.

– Tu as couché avec un cascadeur, tu pourrais bien coucher avec un stagiaire, non ? Voire avec une stagiaire !

Guillaume revient à la charge, opiniâtrement. Et de même que le ressac finit par avoir raison de la falaise, de même finit-il par faire craquer les défenses de sa femme. Quand Carole s'effondre, secouée de sanglots, il est satisfait. Provisoirement.

Après avoir exploité le volet comptable, Guillaume innove : sous prétexte que Paula ne lui ressemble pas, il se met à insinuer qu'elle pourrait ne pas être de lui. Il se contente, au début, de remarques anodines, pour embrayer sur des allusions plus appuyées avant de passer à des accusations directes : cet amant dont Carole a avoué l'existence pourrait ne pas être le seul. Combien d'autres ? À quel moment, précisément ? Qui étaient-ils ? Qui est le père de Paula ?

– J'élève cette enfant depuis plus de douze ans, j'estime avoir le droit de savoir !

– Mais tu es son père, Guillaume ! Il n'y en a jamais eu d'autre ! Jamais !

– Il y a eu le cascadeur.

– C'était longtemps après. Et ça n'est arrivé qu'une fois.

– Comment expliques-tu qu'elle soit si différente de moi ? Et d'Amandine ?

– On ne ressemble pas toujours à ses parents…

– Pas terrible comme argument. Il va falloir trouver mieux !

Guillaume s'en prend également à Paula qui, dans son esprit malade, incarne la prétendue « faute » de sa mère.

La jeune fille entre dans l'adolescence : son comportement et son humeur sont volontiers erratiques. Guillaume la soumet à d'incessantes critiques, à des comparaisons qui tournent invariablement à l'avantage d'Amandine, la seule dans les veines de laquelle coule le sang des Dexincourt.

Carole fait ce qu'elle peut pour tenir le coup, pour défendre son aînée, jusqu'au jour où ses forces la trahissent. Elle absorbe le contenu de l'armoire à pharmacie. Le hasard fait que Paula rentre plus tôt que prévu du collège ce jour-là. Trouvant sa mère inconsciente, l'écume aux lèvres, elle garde son sang-froid et appelle le Samu.

Carole ne veut pas que l'on parle de tentative de suicide. Elle réussit à faire croire à tout le monde – et à elle-même ? – qu'elle a été victime de ces coupe-faim qu'elle consomme sans modération. Elle se dérobe aux questions du psy de l'hôpital et ne met jamais Guillaume en cause.

C'est à lui que le drame profite. Dans le quartier, tout le monde le plaint, tout le monde admire son attitude digne et responsable. Un papa modèle, un mari parfait. Éclipsé, Thomas Lavaud !

À la tête de son fan club : Magali. Elle assure que dans des circonstances identiques Rodolphe aurait complètement perdu les pédales : les enfants n'auraient pas eu à manger à leur faim, il les aurait oubliés à l'école, il serait allé pleurnicher chez tous les voisins et il aurait soigné ses angoisses au whisky. Elle trouve remarquable qu'un homme qui vit – au propre comme au figuré – la tête dans les étoiles, puisse faire preuve de tant de simplicité et d'un tel sens pratique.

– Je ne savais pas qu'il te plaisait à ce point, dit Nathalie qui estime le panégyrique trop appuyé.

– Je me le taperais bien, c'est vrai, avoue Magali qui se met alors à casser du sucre sur le dos de Carole. Et l'autre grosse vache qui ne trouve rien de mieux à faire que ses régimes amaigrissants à la con ! Il y a vraiment des nanas qui ne méritent pas leurs mecs !

Les deux amies ont relevé des bizarreries chez les petites Dexincourt : l'air égaré d'Amandine, l'expression lugubre de Paula, ado prématurément vieillie, désormais en proie à l'acné et qui paraît toujours porter un fardeau trop lourd pour ses épaules.

– C'est à cause de leur cinglée de mère ! Cherche pas ! affirme Magali.

Nathalie est moins catégorique, mais en y repensant, elle se dit que Carole, en effet, ne doit pas être très équilibrée. À l'avenir, elle se montrera plus circonspecte et gardera ses distances.

Grâce au travail de propagande de Magali, Carole se retrouve encore plus isolée qu'avant.

Pas plus que les autres, Thomas n'est capable de voir au-delà des apparences : il a observé le comportement exemplaire de Guillaume avec ses filles, l'éloge qu'on fait de lui est justifié. Il en tire un complexe d'infériorité parce que lui-même ne vit pas son rôle de père avec la plénitude requise.

S'il jongle en expert avec les programmes de la machine à laver, si ses macaronis à la tomate et au jambon sont plébiscités par ses enfants, si sa maison étincelle de propreté, et s'il est capable de diagnostiquer à peu près n'importe quelle maladie infantile, il n'apprécie pas ses occupations domestiques. Pire, il s'ennuie terriblement en compagnie de ses filles, hormis les instants où elles le font rire et d'autres de pure émotion. Quand Laura, par exemple, s'endort dans ses bras comme un petit animal, nichant sa tête blonde dans le creux de son épaule. Cela, il est vrai, lui procure un bonheur inégalable. Mais si bref…

Au babil des enfants Thomas préfère les palabres autour de la machine à café du bureau. Ça ne vole pas plus haut, sinon plus bas, mais au moins c'est son univers. Des affaires d'hommes et de femmes adultes. Thomas ne parvient à s'intéresser ni aux émissions de télé qui fascinent ses gamines, ni aux histoires qu'il faut leur lire, ni aux jeux qui les passionnent. Quand Constance lui décrit sa journée par le menu, se plaignant de la méchanceté de telle copine ou de l'injustice flagrante commise par la maîtresse en telle circonstance confuse, il bâille. Le vocabulaire approximatif de la cadette, ces fameux « mots d'enfants » qui font la joie des autres parents, l'agacent plus qu'ils ne l'attendrissent. Comment fait sa belle-sœur – comment font les instituteurs en général – pour passer des journées entières avec les gosses sans devenir cinglés ? En refusant de féconder les ovules de Nicole, les spermatozoïdes de Jean-Louis obéissent peut-être à un obscur instinct de préservation…

Thomas a parfois l'impression troublante que les enfants jouent – plutôt mal d'ailleurs – le rôle qui leur a été dévolu par la société. Bien loin de l'innocence qu'on leur prête et du petit monde bêtifiant que les adultes aiment les voir habiter, il lui semble entrevoir, au-delà de leurs visages si purs, des zones d'ombre, des abîmes, des cloaques. Crevez le lapin en peluche, il en sortira de la vermine !

Thomas cherche dans sa propre enfance les origines de cette singularité qui fait de lui sinon un monstre, du moins une exception. Il n'a manqué de rien, pas même d'affection. On lui a souvent reproché d'être enfant unique – comme s'il y pouvait quelque chose –, mais cette singularité n'explique pas tout. Encore qu'il ait été un petit garçon plutôt bizarre : à six ans, il rêvait qu'il était le prince d'un royaume souterrain, régnant sur un peuple de taupes, de lombrics et de scolopendres. À dix ans, il pratiquait assidûment la magie noire ; à douze, il prétendait construire une fusée dans l'abri de jardin de ses grands-parents, sans savoir s'il allait s'en servir pour tenter le voyage vers Mars ou pour atomiser deux garçons qui le tourmentaient. La puberté a remis les choses d'équerre. À travers l'obsession du sexe, il est devenu un mâle standard, doté de fantasmes banals.

Ce qui différencie Thomas des autres pères tient peut-être de la manière dont ceux-ci considèrent leur progéniture. Pour beaucoup, les enfants ne sont pas des êtres neufs qu'ils mettent au monde, mais simplement le fruit de la reproduction, de nouveaux bourgeons sur l'arbre généalogique, des sacs à gènes, des extensions ou des copies plus ou moins conformes d'eux-mêmes qu'ils aiment tant. Certains semblent penser qu'ils se survivront à travers leur descendance. Une idée qui n'est réconfortante que pour l'intéressé et qui fait peser sur l'enfant, une charge dont il se passerait volontiers.

Comme les Anciens qui, dit-on, ne faisaient pas le rapprochement entre le coït et la conception et préféraient croire que les femmes étaient fécondées quand elle se baignaient dans les rivières, Thomas a gardé intacte sa capacité d'étonnement : il estime qu'un destin malicieux a déposé deux petites filles dans sa vie. Deux êtres curieux, manifestement tombés d'une autre planète, avec lesquels il faut apprendre à vivre.

Quelques discussions sur le sujet lui ont attiré des regards suspicieux, des réflexions agressives, bref, la réprobation générale. De peur de passer pour un dangereux énergumène, surtout aux yeux de Nathalie, Thomas préfère garder ce genre de réflexions pour lui. Le seul auquel il ose s'en ouvrir est Francis, avec lequel il a désormais de longues conversations, comme il en avait, petit, avec Alfred, son ours en peluche.

*

Carole appréhende le retour à la maison et les nouvelles brimades que son mari ne manquera pas de lui infliger. Elle n'est pas certaine de tenir le choc, malgré les anxiolytiques dont elle est gavée. Mais Guillaume est étrangement passif, élusif. Elle se méfie, croit à une stratégie. Il n'en est rien.

Quelques années auparavant, un cosmologiste russe du nom de Zemsky a élaboré une théorie des ondes gravitationnelles à laquelle Guillaume s'est violemment opposé. Aujourd'hui, de nouvelles découvertes corroborent les intuitions de Zemsky. Au lieu de reconnaître son erreur, Guillaume lance des anathèmes et des imprécations, de sorte que ses ultimes partisans se hâtent de rallier le camp adverse, par peur du ridicule. Se sachant incapable de soutenir sa position, Guillaume pique en toute occasion de terribles accès de colère. Infantile et scientifiquement indéfendable, son attitude laisse apparaître au grand jour l'amorce de folie que Paula a pressentie.

Lorsque Guillaume s'en prend physiquement à l'un de ses collègues, son directeur le convoque et lui met le marché en main : soit il accepte d'intégrer une nouvelle équipe qui se constitue à Toulouse sous l'égide d'un organisme européen pour le développement spatial, soit il donne sa démission. Comme il le fait avec sa femme, Guillaume, après avoir proféré insultes et menaces, passe sans transition à la contrition, s'excusant de son attitude, implorant un pardon qu'il sait ne pas mériter. Impressionné par ce revirement, et plus porté sur le sacré que sur la psychanalyse, le directeur lui conseille la prière. Et, accessoirement, un entretien avec un prêtre.

Négligeant ce conseil, Guillaume se rend à Toulouse pour un premier contact. Le poste qu'on lui propose est tout sauf une promotion. Son salaire sera même légèrement minoré. Mais Guillaume apprécie l'équipe, très jeune, les locaux, tout neufs, et les putes du quartier Matabiau. Ce changement lui fera du bien.

Quand son mari l'informe qu'il a accepté sa mutation à Toulouse, Carole s'affole : dans une ville où elle ne connaît personne, elle sera définitivement à la merci de Guillaume. Elle arrive au terme de son stage et commence à croire à la possibilité de décrocher un job. Serge, dont le nouvel amant occupe un poste important à la télévision, lui a promis son appui. Elle ose répondre à son mari :

– Mais ma vie est ici !

– Non. Ta vie est avec moi. Et avec les filles.

Carole parvient à négocier un sursis. Ne pas quitter Nanteuil-le-Bois avant la fin de l'année scolaire afin d'éviter aux filles les traumatismes d'un changement d'école et d'environnement. Il est convenu qu'au cours de cette période transitoire, Guillaume fera régulièrement la navette en avion.

Lors de l'un de ces voyages, l'appareil est pris de hoquets et de soubresauts au bout de vingt minutes de vol. Le commandant de bord, qui n'a jamais été confronté à un tel comportement sur un avion de ligne, appelle ses passagers au calme alors qu'il est lui-même à deux doigts de la panique. On va se poser à Clermont-Ferrand pour un contrôle. Pas de problème, messieurs-dames. À condition que je réussisse à faire atterrir cette putain de brouette incontrôlable ! ajoute-t-il pour lui-même, oubliant, dans son émotion, de couper le micro. La phrase jette un froid dans la carlingue où un silence tendu s'installe, tandis que l'avion entame une descente chahutée.

Guillaume envisage froidement l'imminence de sa mort. Il est assez lucide sur le fait que sa disparition arrangerait tout le monde. Ses collègues, à l'unanimité, et Carole, qui toucherait en outre une prime substantielle de la compagnie aérienne. Seule Amandine le pleurerait sincèrement. Et le chien Jérôme, bien entendu. À cette idée, il se met à sourire.

C'est ce qui achève de séduire la jeune femme assise à côté de lui, et qui, d'entrée, l'a trouvé plutôt bandant. Elle n'a vraiment pas de chance : pour une fois qu'elle rencontre un type potable, il faut que ce soit cinq minutes avant un crash. Forte de cette idée et sûre de sa fin prochaine, elle ose s'emparer du bras droit de Guillaume et y planter les ongles tant que l'avion est en l'air. Après que le pilote a posé son appareil, sans ménagement mais sans dommages, elle croit pouvoir embrasser son voisin à pleine bouche, manière de lui témoigner sa gratitude et sa joie d'être en vie.

– D'habitude, je suis plus réservée avec les hommes, lui assure-t-elle au bar de l'aéroport où les rescapés ont été conduits, avec les excuses de la compagnie.

– Alors je me félicite de vous avoir rencontrée dans un avion en chute libre, marivaude Guillaume.

Elle se prénomme Katia, elle est ingénieure chimiste. Blonde, menue, et juvénile, elle est un peu l'antithèse de Carole. Guillaume s'enchante de sa gaieté et de sa vivacité qui le changent agréablement de la morosité de son épouse et de la pesanteur qui l'affecte depuis qu'elle prend des médicaments. Altérations dont il est, au demeurant, la seule cause : Carole aussi a été vive et gaie, au début de leur mariage...

– J'adore le sport ! avoue Katia dans le train qui finalement les amène à Paris. J'ai beaucoup pratiqué la natation à l'université. Sans un problème de tympan, j'aurais pu être sélectionnée dans l'équipe olympique. Je fais aussi du ski, du tennis et de l'escalade. Et vous ?

– Moi, ma passion, c'est le jogging. Tous les jours ! Avec Jérôme.

J'aurais dû y penser, se morigène Katia. Un type aussi beau, aussi sensible : il est gay, forcément gay.

– Jérôme ? C'est… votre ami ?

– Non, c'est mon chien.

Elle rit, soulagée.

– Courons ensemble un de ces jours, propose Guillaume.

– Je ne sais pas…

– Ça me ferait plaisir, vraiment !

– À moi aussi. Mais je vous préviens : j'ai horreur des chiens !

– Alors courons à Toulouse, Jérôme ne nous dérangera pas.

*

Le retour prématuré de Nathalie à l'Insee n'a pas été du goût de Muriel, la jeune femme qui l'a remplacée pendant son congé maternité. Allure androgyne et verbe incisif, Muriel n'a pas la moindre intention de rendre un poste qu'elle estime avoir conquis de haute lutte. Elle a l'oreille – et, murmurent les mauvaises langues, bien plus encore que l'oreille ! – de madame Molinier, la responsable de département, une femme molle et fuyante avec laquelle Nathalie ne s'est jamais entendue.

– Je comprends votre impatience, déclare-t-elle à Nathalie qui est enfin parvenue à la coincer à la sortie de la cafétéria. Mais mettez-vous à ma place. Je ne peux tout de même pas arracher ses dossiers à Muriel du jour au lendemain. Ce serait une erreur en termes de management, et une indélicatesse sur le plan humain.

Je ne savais pas que ce mot faisait partie de votre vocabulaire, est tentée de répondre Nathalie.

En attendant, madame Molinier ne lui confie plus que des dossiers qui sentent le fond de tiroir ou le coup pourri, et Muriel se répand en calomnies à travers toute le service, insinuant que

Nathalie n'a pas supporté qu'une autre, jeune de surcroît, fasse ses preuves à son poste. Entre la maternité et les responsabilités, il faut choisir, clame-t-elle perfidement.

Nathalie est effectivement plus attentive au développement de Laura qu'à celui de sa carrière : c'est sa première erreur. Elle ne veut pas s'abaisser à démentir les rumeurs colportées par Muriel : c'est la seconde. Elle se laisse mettre sur la touche progressivement. Et quand elle veut se rebiffer, il est trop tard.

S'il y avait, à Nanteuil-le-Bois, un prix du couple le plus déprimé, les Lavaud l'emporteraient, loin devant les Dexincourt qui, d'une certaine façon, sont en train de s'en sortir.

Thomas n'arrive pas à décrocher un travail et redoute de devoir passer le reste de sa vie dans la peau de la parfaite ménagère. Quand il est de bonne humeur, c'est-à-dire quand le temps est clément, il envisage la chose avec sérénité. N'est-il pas en train de franchir la dernière étape qui sépare encore les hommes des femmes ? N'est-il pas le courageux précurseur de l'égalité absolue entre les sexes ? Quand, au contraire, la pluie bat les vitres et que le ciel affiche « sans espoir », il se demande s'il n'est pas en train de toucher le fond, s'il ne ferait pas mieux d'en finir tout de suite. Comme Francis : au CO_2 et au fond du garage ! « En guise de suaire, vous envelopperez mon corps dans une serpillière », écrirait-il en guise de pied de nez, à la fin de sa lettre d'adieu.

Le fait est qu'il se surprend à réfléchir dès le matin au dîner qu'il va servir le soir. Il fait son repassage devant la télé et commence insensiblement à s'intéresser aux péripéties sentimentales des feuilletons de l'après-midi, et aux pubs pour les lessives. Lui, un spécialiste de la communication, goberait presque que les microparticules de la poudre X vont vraiment désincruster la tache en profondeur dans les fibres du linge, comme le barracuda va traquer ses proies dans les anfractuosités du corail. Il aimerait que sa lessive éclate de blancheur, que les couleurs gardent leur éclat, jour après jour. Il se ronge de ne pas être arrivé à ravoir la robe verte d'Amandine, irrémédiablement souillée par une confiture de groseilles pourtant garantie cent pour cent naturelle, sans colorants ni adjuvants. Il est sincèrement préoccupé par l'excès de calcaire dans son eau de rinçage. Son horizon intellectuel se rétrécit en somme.

Thomas parvient de moins en moins à se concentrer sur un livre ou sur un article. Il craint, si d'aventure il est convoqué à un entretien d'embauche, de se mettre soudain à parler varicelle ou coquillettes au beurre. Sa présence au bac à sable, l'après-midi, a provoqué au début une certaine nervosité parmi les jeunes mamans. Elles l'évitaient comme un intrus ou, au contraire, le draguaient outrageusement. Elles sont désormais tellement habituées à sa présence qu'elles seraient à peine surprises de lui voir donner le sein à sa fille. Depuis que Laura l'appelle « maman », il semble d'ailleurs à Thomas que sa poitrine s'est légèrement développée.

Le soir, à table, il raconte les potins du quartier tandis que Nathalie ressasse ses problèmes de boulot. Insatisfaits l'un et l'autre de leur condition, ils versent progressivement dans l'aigreur. Sans les enfants, ils s'entredéchireraient ou sombreraient dans l'alcoolisme.

Thomas se remémore en frissonnant ce monsieur Vincenot qui leur a vendu la maison – il doit être mort, aujourd'hui – et ses sinistres prophéties…

*

Katia trotte devant Guillaume. Il se plaît à comparer ses petites fesses musclées au gros cul de Carole. La jeune femme gère son souffle en professionnelle et transpire à peine, autant de points sur lesquels Carole ne soutient pas la comparaison.

Guillaume s'est mis à désirer Katia avec ferveur. Perdant toute la magie dont il les a parées, les putes lui apparaissent à présent comme ce qu'elles sont : des femmes ordinaires et harassées. Il a cessé de les fréquenter. S'agit-il d'un rapport de cause à effet ? L'horrible déliquescence qui affectait son cerveau tend à diminuer. Comme on retrouve le plaisir de bouger après une longue immobilisation, Guillaume a de nouveau l'impression de penser et de raisonner normalement. Les sautes d'humeur et les accès de colère qui palliaient son impotence s'espacent, jusqu'à disparaître. Son regard s'éclaircit, son attitude s'affermit. Ses nouveaux collègues l'apprécient et ne comprennent pas les réticences des anciens. Miracle de l'amour.

Katia est fière de sa trouvaille : il traîne peu d'astrophysiciens sur le marché et, en plus d'être joli garçon, tendre et romantique, celui-là court fort bien. Elle a commencé à l'initier aux autres sports qu'elle aime. Mais le savoir marié et père de deux enfants l'incite à la prudence. Pas question d'être la femme dans l'autre port, la commodité toulousaine. Elle est déjà parvenue à écarter le chien, elle ne voit pas pourquoi elle n'arriverait pas au même résultat avec l'épouse. Elle se dérobe aux avances de Guillaume, annonçant qu'elle ne couchera pas avec lui tant qu'il n'aura pas fait son choix.

– Mais j'ai choisi, plaide Guillaume. C'est toi que j'aime !

– Redis-le.

– Je t'aime.

– Parfait. Tu en as parlé à ta femme ?

– Je… J'attends le moment propice…

– Quoi ? Une conjonction astrale ?

– Ce n'est pas si facile, tu sais. Carole est une femme fragile. Toujours au bord de la dépression. Elle se bourre de tranquillisants.

– C'est une curieuse façon de garder un mari. Mais plutôt efficace, semble-t-il ?

– Tu n'imagines pas l'enfer que je vis avec elle.

– Tu n'imagines pas le paradis que tu pourrais vivre avec moi…

Il faudra tout de même à Guillaume plus de six mois avant d'exposer la situation à Carole. Aussi paradoxal que cela puisse paraître, il répugne sincèrement à quitter la mère de ses enfants et craint de la faire souffrir.

Obnubilée par ses espoirs professionnels et rendue cotonneuse par les antidépresseurs qu'elle continue à ingurgiter par wagons, Carole n'a remarqué aucun des changements survenus chez son mari. Quand il lui annonce, un soir et sans lésiner sur les clichés, qu'il y a « une autre femme », qu'il l'aime, qu'il voudrait divorcer et « refaire sa vie », Carole est abasourdie. Où l'a-t-il rencontrée ? Comment ? Qui est-elle ? Que fait-elle ? Pourquoi la préfère-t-il à elle ? Guillaume répond aussi honnêtement que possible et ajoute que, oui, elle est plus jeune qu'elle. Et plus mince. Et plus drôle. Ce qui décuple le chagrin de Carole qui se lamente :

– Elle n'a pas le droit ! Jamais ! Plutôt mourir !

La scène et les dialogues sont dignes du pire des mélos. Néanmoins, Guillaume sent faiblir sa résolution. Il revient à Toulouse pour annoncer à Katia qu'ils ont fait fausse route.

– *Tu* as fait fausse route ! Moi, j'ai toujours été sûre de mes sentiments.

– Katia, essaie de me comprendre…

– Je comprends que tu ne la quitteras jamais !

Guillaume se jette à ses pieds. Katia apprécie le geste, mais demeure inflexible : elle ne partagera pas. Jamais.

Entre temps, Carole a séché ses larmes. Après avoir avalé une poignée de cachets, elle parvient à réfléchir plus posément : sa vie sera-t-elle plus supportable avec ou sans son mari ? Elle consulte ses filles : sans l'ombre d'une hésitation, Paula répond « sans ». Amandine est indécise.

Forte d'une majorité des deux tiers, Carole annonce donc à Guillaume qu'elle consent au divorce. Elle redoute néanmoins un coup fourré, un croc-en-jambe, un revirement de dernière minute. Appréhensions raisonnables considérant ce qu'elle a subi…

✷

Un dîner avec Rodolphe et Magali avive les frustrations des Lavaud. De retour d'une tournée en Allemagne – triomphale, forcément triomphale, ironise Thomas *in petto* –, Rodolphe vient de se voir proposer la direction d'un théâtre de la petite couronne. Il hésite. Peur de la sédentarisation, du confort, des habitudes.

– Je suis né nomade, moi !

– À Neuilly-sur-Seine, si je me souviens bien ?

Rodolphe rit benoîtement des petites piques de Thomas ; il secoue sa grosse tête, bison placide à peine égratigné par les flèches des chasseurs. Il prend Magali par la taille, lui chatouille le cou avec sa barbe :

– Si je suis tous les jours à la maison, fini la belle vie ! Fini les amants !

Elle glousse et lui rend ses agaceries.

Les ragots affirment que Magali profite des fréquentes absences de son mari pour s'envoyer tout ce qui passe. Considérant ce qui a failli se produire entre eux à la naissance de Laura, Thomas est porté à le croire. Mais il ne peut répéter à Nathalie les confidences que lui a faites Magali, risquant au passage de trahir leur intimité passagère.

Nathalie, quant à elle, est persuadée que la femme du metteur en scène est d'une fidélité méritoire considérant l'abominable queutard qu'elle a épousé.

– Si j'accepte leur proposition, pérore justement le queutard, on va me coller un putain d'administrateur dans les pattes. Et moi, je suis incapable de travailler avec un mec qui regarde par-dessus mon épaule. Un mec payé pour me dire qu'on n'a pas le budget. En tant que créateur, mon talent ne peut s'épanouir que dans une liberté absolue. Ça, il faudra qu'ils le comprennent, tous ces cons !

Les cons, ce sont les services du ministère de la Culture et l'administration en général, présentés par Rodolphe comme des censeurs, des ennemis sournois, des empêcheurs de créer en rond, alors même qu'ils lui assurent depuis des années de très confortables revenus.

Thomas envie la force tranquille de Rodolphe, la confiance qu'il a en son charme et en son génie. Bonheur de ne jamais connaître le doute, de se vautrer dans l'existence comme le sanglier dans sa bauge. L'image frappe Thomas par sa justesse : du sanglier, Rodolphe a désormais le poil rude et gris, l'œil petit et malin, la nuque épaisse… et la délicatesse.

– Tu n'aurais pas quelque chose pour Thomas ? demande Nathalie à la fin du repas.

– Quelque chose comme quoi ?

– Comme un travail.

Thomas se sent humilié. Depuis quelques temps, sa femme le soupçonne d'apathie alors qu'il ne joue que de malchance. Elle bat le rappel de leurs connaissances pour lui dénicher un boulot. Elle en a même parlé à Werner. Il en a touché un mot à Florence, qui a passé le message à ses amies. Myriam et Zoé ont aussitôt promis leur aide, sans jamais lever le petit doigt. Seule Blanche s'est fait un devoir de tendre à Thomas une main secourable.

Blanche lui a fixé rendez-vous dans un café miteux du onzième arrondissement. Elle commence à se lasser de Geneviève et de la saga du rayon surgelés. Et elle a toujours trouvé Thomas à son goût. Dans l'espoir de le séduire, elle porte ce jour-là une courte veste en jean sur une longue jupe d'indienne, un châle bariolé, d'immenses boucles d'oreilles en matière plastique translucide et des mitaines en dentelle. Son maquillage est outrancier.

– Je me sens bien dans ce troquet, lance-t-elle, en guise de préambule. Bonnes vibrations.

– Hmmm, commente Thomas.

L'établissement est d'un jaune foncé uniforme ; même le jambon destiné aux sandwiches semble avoir été laqué à la nicotine. Le zinc du comptoir est aussi terne que le patron, un Algérien hâve et triste qui sert les canons au millimètre sans quitter des yeux une télé allumée en permanence. Blanche semble trouver du dernier chic de l'interpeller à tout bout de champ par son prénom :

– Karim ! Tu nous remets la même chose !

– Merci Karim !

– Ça t'ennuierait de baisser le son de ton poste, Karim ? On ne s'entend plus !

Thomas pressent qu'elle adorerait se comporter de la même façon au Fouquet's. On a l'estaminet qu'on mérite.

– Florence m'a dit que tu étais dans la com'. Tu écrivais des messages publicitaires, des trucs comme ça ?

– Je fais du rédactionnel, au sens le plus large. Au début de ma carrière, je rédigeais des catalogues d'agences de voyage. Tu sais, le genre : « Séjour-détente à l'ombre d'une palmeraie centenaire. Possibilités d'excursions en chameau ou en 4×4 à la découverte des nomades qui vous réserveront un accueil chaleureux. Thé à la menthe et pâtisseries traditionnelles. Possibilité d'assister à une fantasia moyennant un supplément. »

Sans daigner sourire, Blanche le dévisage longuement à travers la fumée de son cigarillo.

– Mon conseil : change de job !

– C'est un peu radical, non ?

– Faut savoir prendre des risques dans la vie. Regarde-moi : j'ai bien quitté le comité d'entreprise de la SNCF pour me consacrer à l'écriture !

– Et donc ? Qu'est-ce que tu me suggères ?

– Tu écrivais pour la pub, pourquoi tu n'écrirais pas pour la télé ?

– Quoi ? Des séries à la con ?

– Il n'y a pas que ça. La semaine dernière Antenne 2 a diffusé un très beau téléfilm. L'histoire d'un couple d'instits qui n'arrive pas à avoir d'enfant, alors la femme…

– Je l'ai vu, l'interrompt Thomas qui n'a aucune envie qu'elle lui narre par le menu un mélo larmoyant qui, de surcroît, ressemble tragiquement à une situation familière.

Il ajoute pour se dédouaner :

– Laisse tomber… Je n'ai aucune imagination !

Blanche balaie l'objection.

– Pas un problème, ça.

– Vraiment ?

– Si ça t'intéresse, je peux t'aider.

Thomas dit que oui, après tout, au point où il en est. Au bout d'une heure de propos confus, il comprend qu'en fait d'aide, Blanche lui propose simplement de suivre l'atelier d'écriture de scénario qu'elle a mis sur pied, faute d'être parvenue à faire diffuser ses œuvres. Son business marche plutôt bien : Blanche a plusieurs élèves, de seize à soixante-six ans, recrutés dans le quartier grâce à des annonces affichées chez les commerçants. Coup de chance, il y a encore une place. Le tarif annoncé paraît prohibitif à Thomas.

– J'ai des chômeurs parmi ma clientèle, se défend Blanche. Ça exige d'eux un effort financier considérable, mais ils le font parce qu'ils ont compris que ça pouvait leur rapporter gros dans un futur proche.

En fait d'effort financier, Thomas est contraint de payer les consommations.

– Garde la monnaie, Karim ! a le culot de dire Blanche qui n'a même pas fait mine de sortir son porte-monnaie.

Thomas rentre chez lui de mauvaise humeur, se demandant quel genre d'arnaque il pourrait monter, lui aussi : un séminaire d'arts ménagers destinés aux chômeurs mâles ? Un centre de formation au dur métier de papa ? Un atelier de repassage créatif ?

✷

– Je pourrais peut-être parler de Thomas à Messager, dit pensivement Rodolphe. Hein ? Magali ? Qu'est-ce que tu en penses ?

– Messager, c'est une bonne idée.

– Qui est-ce ? s'enquiert Nathalie.

– Un type qui a des billes partout. Presse, publicité, immobilier...

Du fond de son ivresse de fin de repas, Thomas constate que la conversation se déroule devant lui comme s'il n'était pas concerné. Jadis, on aurait débattu ainsi des avantages et des inconvénients de l'internat devant un enfant, sans se soucier de son opinion.

Si la vie en entreprise est infantilisante, le chômage l'est encore plus.

✷

Impatient de démarrer sa nouvelle vie et dopé par ses premiers rapports sexuels avec Katia, Guillaume se révèle singulièrement coopératif. Au point que Carole est curieuse et jalouse de cette femme qui a su faire d'un loup un agneau.

Seul bémol dans un divorce exemplaire, Jérôme : Guillaume refuse de l'emmener au motif que sa nouvelle amie ne supporte pas les chiens.

– Sympa, la nana, raille Paula.

– Moi non plus je ne les supporte pas, s'insurge Carole. Je ne les ai jamais supportés ! Jérôme en particulier. C'est ton foutu clebs, tu l'emmènes avec toi !

S'inspirant librement du jugement de Salomon, Guillaume laisse alors entendre que l'attitude intransigeante de Carole pourrait provoquer l'abandon de l'animal, voire son euthanasie.

– Rien à foutre, conclut l'intéressée.

Dans le quartier, il est bientôt manifeste que les Dexincourt traversent une période de turbulences conjugales. Carole se livrant peu, on en est réduit aux spéculations. Toujours prompte à divulguer des informations erronées, Magali claironne que Guillaume a accepté un travail en province pour fuir sa femme. Quand des rumeurs de divorce se propagent, via Amandine, Magali brode outrageusement pour le plus vif plaisir du petit cercle de mamans qui constitue son public habituel à la sortie de l'école. Elle prête à Carole des amants à la pelle, et toutes sortes de dépravations fantaisistes.

Nathalie est la seule à mettre en doute les flamboyantes révélations de Magali. Ses fenêtres offrent une vue plongeante sur le perron des Dexincourt. Un défilé continuel d'amants ne lui aurait pas échappé. Elle devine même chez Carole des plaies mal cicatrisées ou quelques inavouables secrets, mais ses propres soucis professionnels et domestiques lui interdisent de s'y intéresser de plus près.

Contre toute attente, le salut de Jérôme viendra des Burch. Croisant Werner un jour par hasard dans le hall des départs de l'aéroport d'Orly, Guillaume évoque la question du chien qui empoisonne son divorce.

– Mes beaux-parents habitent la campagne, déclare Werner. Ils accepteraient peut-être de le prendre ?

À vrai dire, Werner pense surtout à Nono : la compagnie d'un chien pourrait lui procurer une forme d'équilibre, contribuer à lui donner le sens des responsabilités.

*

Thomas rencontre Messager entre deux portes, entre deux avions, entre deux infarctus. Le bonhomme est obèse, suant, rigolard, il déborde d'une énergie brouillonne. Il se tamponne le front avec un mouchoir blanc assez grand pour servir de spinnaker et allume à la chaîne des cigarettes qu'il écrase après une bouffée : « Non ! Défendu ! Les médecins ! Mon cœur ! Vous n'avez pas de problèmes de poids, vous ! Hein ? Heureux homme ! »

– Je…

– Vous venez de la part de Rodolphe Vincelles, c'est bien ça ?

– C'est bien ça.

– Un type remarquable, Vincelles. Le talent et l'enthousiasme, n'est-ce pas ?

– Tout à fait…

– Il monte un Brecht, je crois ?

– Un Ibsen.

– Ah oui, Ibsen ! J'adore le théâtre mais je n'ai jamais le temps d'y aller… Les affaires ! Et sa femme ! Magali ! Joli morceau, ne dites pas le contraire !

– Je ne dis pas le contraire.

– Vous savez qu'elle a tourné des pornos dans le temps ?

– Vraiment ?

– Si, si, je vous assure ! Elle avait un cul ! Bon Dieu ! Et des nichons ! Je ne vous dis que ça ! Hé ! Pas de gaffe ! Je ne vous ai rien dit. Elle serait furax ! C'est le passé tout ça, mais on en a bien profité !

Parle-t-il du passé ou de Magali ? Il enchaîne abruptement :

– Vous, c'est Lavaud, c'est bien ça ?

– Thomas Lavaud.

– Et vous faites quoi, Thomas Lavaud ? Architecte ?

– J'ai travaillé neuf ans chez…

Le téléphone sonne pour la trente-deuxième fois depuis le début de leur entretien. Messager se met à baragouiner en italien, à toute vitesse, adressant des clins d'œil complices à son visiteur. Auparavant, Thomas l'a entendu s'exprimer en anglais et en espagnol, sans la moindre considération pour la syntaxe ou l'accent. Il a également été le témoin d'une violente prise de bec avec quelqu'un qui a abîmé une voiture, sa fille, ou peut-être une maîtresse – Messager l'a traitée, sans méchanceté au demeurant, de « petite connasse dégénérée ».

À l'issue de ce rendez-vous échevelé, Thomas obtient les coordonnées d'un certain Jean-François Séchin, ancien D.A. d'une grosse agence de pub qui est en train de monter sa propre structure.

– La première question que nous devons nous poser, l'un comme l'autre, attaque Séchin, c'est : suis-je capable de passer dix heures par jour dans un bureau exigu, en face de ce type ?

Il se tait et se met à dévisager Thomas en silence. Il leur faut moins d'une minute pour éclater de rire. Une amitié est née. Et une collaboration fructueuse qui durera des années.

Nathalie quitte l'Insee. Elle se met en quête d'un autre job et finit par être engagée par une boîte qui travaille sur un concept nouveau, une révolution dans la communication qui va bientôt débarquer en Europe. Internet, ils appellent ça. Quand Nathalie en parle, elle a droit à des sourires sceptiques : son truc, c'est de la science-fiction !

*

Une fois installé à Toulouse, Guillaume se consacre à sa nouvelle vie avec une telle ardeur qu'il en oublie complètement son premier foyer. Seul Jérôme lui manque, quand il court. Il ignore que le chien s'est fait écraser sur la nationale, deux jours après son arrivée à Bourgoin-Jallieu.

Aux coups de téléphone d'Amandine, Guillaume répond distraitement, suggérant qu'il a mieux à faire. La petite en est blessée.

– Qu'est-ce que t'espérais ? philosophe Paula. Il ne nous a jamais aimées. Il n'aime que lui !

Elle entre dans l'âge des affirmations catégoriques et des formules définitives. Elle a profité du départ de son père et du déficit d'autorité de sa mère pour se faire faire ses premiers piercings, au sourcil et à la langue. Elle affiche désormais un look résolument gothique : maquillage et vêtements noirs, crucifix d'argent et autres breloques morbides en guise de bijoux. En la voyant arpenter les trottoirs de Nanteuil-le-Bois en rangers luisantes, l'œil sombre, cliquetant de toute sa ferblanterie, les parents frissonnent : pourvu que leurs gosses ne suivent pas le même chemin à l'adolescence ! Pourvu que la mode ait changé d'ici là !

Sourde aux propos désabusés de sa sœur, Amandine se fait inviter par son père pour les vacances scolaires. Le séjour est un désastre : Guillaume se débrouille pour être débordé de travail et Katia lui témoigne une franche hostilité. Elle estime que Carole, épouse volage et névrosée, a fait vivre à Guillaume un cauchemar auquel ses filles sont intimement liées. Avec l'enfant qu'elle attend et ceux qui suivront, Katia ne doute pas que Guillaume connaisse enfin le bonheur d'avoir une famille digne de ce nom. Amandine doit se rendre à l'évidence : elle n'est pas la bienvenue chez son propre père.

Guillaume cesse très vite de payer les pensions alimentaires. Carole juge humiliant d'avoir à réclamer de l'argent et répugne à assigner son ancien mari devant les tribunaux. Sans attendre les bons offices de Serge, elle prend le premier poste qui se présente, dans une société qui produit des documentaires animaliers. Le salaire n'est pas mirifique, il lui permet néanmoins de subvenir aux besoins de ses deux filles et de faire face aux dépenses courantes.

*

Nicole appelle un soir, très tard. La conversation dure plus d'une heure. D'habitude, Thomas évite de s'immiscer dans les histoires des deux sœurs, mais Nathalie est si pâle qu'il s'inquiète :

– Rien de grave ?

– Non, non…

Trois jours plus tard, nouveau conciliabule avec Nicole. Cette fois, Nathalie est blême. Thomas insiste :

– Tu ne veux pas me dire ce qu'il se passe ?

– C'est Papa, finit-elle par confesser.

– Ne me dis pas qu'il est tombé malade lui aussi ?

– Non, il est avec une femme !

– Pardon ?

– Il a une maîtresse !

Thomas se retient d'éclater de rire. Il est incapable d'imaginer son beau-père avec une femme. *A fortiori* une maîtresse. Il y a eu Jacqueline, bien entendu. Mais ce n'était pas *une* femme, c'était *la* femme d'André, la mère de Nathalie et de Nicole. Une icône.

– Tu es sûre que ce n'est pas ta sœur qui affabule ?

Après la mort de Jacqueline, lui rappelle Nathalie, un arrangement a été conclu avec une voisine, madame Weiss. Elle devait venir chaque soir préparer le dîner d'André et faire en plus quelques heures de ménage.

– Et ton père a couché avec sa femme de ménage ?

– Tu te souviens de madame Weiss aux funérailles de maman ?

– Pas vraiment non.

– Personne ne peut avoir envie de coucher avec elle. Pas même mon père ! Mais c'est elle qui les a surpris…

– Alors c'est qui ?

– La serveuse du restaurant où papa mange tous les midis. Elle a vingt-cinq ans de moins que lui !

– Ça n'en fait tout de même pas une jeunesse !

– Thomas ! Il n'y a pas de quoi rire !

– Je ne ris pas. Mais je ne vois pas où est le drame si ton père est heureux avec elle.

– Tu es d'une effarante naïveté ! Cette femme n'en veut qu'à son argent ! Ça crève les yeux.

– Pas les miens. D'ailleurs ton père n'a pas d'argent.

Nathalie marque un temps d'hésitation.

– Il a la maison. Et des terres. Et la ferme de l'oncle Fernand. Et un petit matelas à la Caisse d'Épargne…

André porte la même tenue d'un bout à l'autre de l'année, il ne sort pas, ne voyage pas, roule dans une voiture hors d'âge, use chichement du fuel et de l'électricité. Et voilà qu'on le découvre riche !

– Il n'est peut-être pas riche à millions, poursuit Nathalie, mais disons que depuis le décès d'oncle Fernand dont il était le seul héritier, il a une petite aisance…

Thomas n'a jamais vraiment suivi ces affaires de famille qui le barbent intensément. Il se prend à le regretter. Nathalie raconte alors que sous l'influence de cette femme, André a déjà acheté une voiture neuve.

– C'est une bonne nouvelle, non ? Avec l'ancienne, il risquait sa vie à chaque tour de roue !

– Il n'y a pas que la voiture ! Il lui paie des robes !

– Chez Givenchy ?

– Non. Mais quand même !

– Vous vous montez un peu la tête, Nicole et toi ! Que ton père ait envie de dépenser un peu de fric avec son amie, moi je trouve ça plutôt positif !

– Six mois après la mort de maman ?

– Tu aurais préféré le voir s'effondrer ? Se replier sur lui-même ? Déprimer tout seul dans son coin ? Picoler ?

– De là à sortir ouvertement avec une pute !

– Ah, parce que c'est une pute ?

– À Forbach, c'est de notoriété publique !

Comprenant qu'il s'engage sur un terrain miné, Thomas demande à Nathalie ce qu'elle compte faire pour tenter d'enrayer le scandale.

– Le ramener à la raison…

Thomas ricane sous cape : si cette femme tient son beau-père par la queue, comme on peut le supposer, il restera sourd à la voix de la raison.

✷

Voir les Dexincourt partir en jogging fut, en son temps, l'attraction du quartier. Aujourd'hui, c'est Werner qui crée l'événement. On a dit sa passion pour le vélo : elle prend désormais un petit air de carnaval grâce aux nouvelles tenues dont il s'affuble pour pratiquer son sport favori. Maillots fluo, jaune canari et bleu électrique ou rose fuchsia et argent. La culotte, collante et généralement d'un noir brillant, a le fond renforcé pour épargner à son postérieur le douloureux frottement de la selle. À ce costume chatoyant s'ajoutent une gourde, des gants à fines mailles, un casque futuriste et des lunettes profilées aux verres miroir. Werner est beau comme un coucher de soleil, et Florence ne manque jamais de l'admirer lorsqu'il part sur son fin biclou, un engin racé, presque aussi cher qu'une voiture, et qui a outrageusement profité de la technologie spatiale et militaire – kevlar, fibre de carbone et dérailleur japonais. D'un coup de pédale, Werner arrache sa splendide machine au trottoir et prend la direction du bois. Il roule d'abord doucement, autant pour s'économiser que pour laisser aux passants le loisir de l'admirer.

Une fois dans le bois, il rejoint « la boucle », un anneau de béton tangent aux pistes de l'hippodrome où une cinquantaine de fondus de la petite reine, rien que des mâles, tournent inlassablement, peloton compact et multicolore. Certains portent encore sur le visage des boutons d'acné. D'autres portent beau, à plus de soixante-dix ans, le cuir tanné, le muscle saillant, le sexe moulé par la culotte.

Tout à l'effort, on parle peu, ou pas. Des commentaires techniques et l'inévitable hommage rendu aux champions d'hier et d'aujourd'hui. Ceux qui arborent la moustache se souviennent encore de Lapébie, de Bobet, de Coppi, d'Anquetil… Dans leurs bouches, l'Aubier et le Tourmalet prennent le même relief que l'Eiger ou la Jungfrau dans celles des alpinistes. On les écoute avec respect. Personne, dans la meute, ne connaît le nom de Werner, encore moins sa fonction. On dit simplement « Le grand Allemand ». Werner aime cette camaraderie hebdomadaire, l'odeur de sueur du groupe, la gamme de couleurs stridente des maillots. Au retour de cet épuisant manège, il lui arrive de voir des types pratiquer le cricket dans une prairie voisine. Vêtus de blanc des pieds à la tête, ils jouent avec la même concentration que les cyclistes bouclent leurs tours de piste. La grâce en plus.

Un jour, Werner a la curiosité de s'arrêter. Le jeu est incompréhensible, retors et séduisant, comme tout ce qui vient d'Angleterre. Les joueurs sont Pakistanais. Ils doivent être cuistots dans des gargotes du dixième arrondissement, coudre des vêtements dans des entrepôts insalubres de la Seine-Saint-Denis, ou trimballer des ballots de vêtements à travers le Sentier. Autant dire des invisibles. Le cricket leur confère, une fois par semaine, noblesse et dignité.

Paradoxalement, c'est grâce au sport que Florence finit par convaincre Werner de lui faire un petit.

On se souvient que le couple, fier de sa singularité et désireux de voyager sans entraves, s'est solennellement juré de ne jamais procréer. Mais depuis quelque temps, Florence, qui s'est finalement lancée dans la poterie artisanale, sent faiblir sa résolution. Où qu'elle aille, il y a toujours une bonne âme pour lui rappeler que l'horloge biologique tourne et que la pré-ménopause n'est pas le meilleur moment pour enfanter. Sous ses doigts, l'argile s'arrondit inlassablement en forme de sein, en forme de ventre. À son tour, la nouvelle potière rêve d'être contenant et se contient de moins en moins. Au plus profond d'elle-même, elle sent se produire un phénomène qui, toutes proportions gardées, peut s'apparenter à la dérive des continents : si elle n'enfante pas très vite, on court au désastre, à une catastrophe majeure susceptible de faire d'énormes dégâts en elle et autour d'elle. Elle essaie d'en parler, elle invoque une « nécessité intérieure ». Obstination ou égoïsme, Werner n'entend pas. Florence a alors un trait de génie :

– Si tu avais un fils, tu pourrais faire du ski et du vélo avec lui !

L'argument fait son chemin dans l'esprit du géant. Il s'imagine courbé sur un rutilant vélo d'enfant ou sur une piste ensoleillée, aidant le gamin à chausser ses skis minuscules avant de se lancer dans la descente. Oui. Pas si mal en fin de compte. Mais au moment de donner son accord, un doute affreux le saisit :

– Et s'il était comme Nono ?

Florence hausse les épaules.

– On ne sait pas ce qu'il a, Nono !

– Qui te dit que ça n'est pas héréditaire ? insiste Werner.

– Hélène et Claire ont neuf enfants à elles deux : aucun n'est comme Nono.

– Ça ne prouve rien ! Il paraît que ça peut même sauter une génération.

À bout d'arguments, Florence suggère à Werner de confier ses angoisses au mari de Claire. En tant que médecin, il saura.

– Sais-tu que notre belle-mère a accouché à la maison ? raconte ce dernier. Avec l'aide d'une sage-femme qui n'avait pas bonne réputation. Elle se piquait la ruche...

– Nom de Dieu !

– L'hypothèse la plus probable est que Nono a été brièvement étouffé par le cordon à la naissance. Le cerveau n'a pas été oxygéné comme il aurait dû. Ça arrive.

– Nom de Dieu ! répète Werner.

– Ce genre d'accidents se produit beaucoup moins aujourd'hui ! Tu n'as aucun souci à te faire, conclut le médecin en donnant de grandes tapes dans le dos de son beau-frère que ses propos n'ont qu'à moitié rassuré.

Dans un ultime soubresaut, Werner demande encore à sa femme :

– Et si c'était une fille ?

– Ce sera un garçon !

– Comment peux-tu en être sûre ?

– Une femme sent toujours ces choses-là.

Il la croit. Dans son inconscient de fils de pasteur, toutes les femmes sont un peu sorcières...

*

Les nouvelles de Forbach sont de plus en plus alarmantes. Estimant que c'est son devoir d'aînée et qu'elle est la plus apte à mettre un terme aux débauches paternelles, Nicole part la première en ambassade.

Au retour, elle s'arrête à Nanteuil-le-Bois pour faire l'état des lieux. Thomas ne l'a jamais vue dans un tel état d'agitation.

– Cette femme, désespère Nicole, s'est carrément installée à la maison ! Elle a réaménagé le salon !

Quoiqu'elle ait pu faire, Thomas se figure mal en quoi ça pourrait être pire qu'avant. Il se garde évidemment de le dire tandis que Nicole poursuit :

– Pareil pour la cuisine ! On ne retrouve plus rien ! Et tu ne vas pas me croire : elle a forcé papa à se débarrasser de son lit !

Le lit en question est une sorte de cénotaphe en noyer verni, agrémenté de panneaux en loupe d'orme dans lequel trois générations de la famille ont dû être conçues. « Cette femme » a osé remplacer ce monument historique par un futon ! Dans la bouche de

Nicole, le mot sonne comme un « *fuck you* ! » Et le sacrilège ne s'arrête pas là…

– Papa a changé de look, s'indigne Nicole.

Il s'habille maintenant « sport chic », la spécialité du magasin le plus cher de Forbach. Et il se laisse pousser la barbe. Lui qui n'a jamais emmené Jacqueline nulle part se fait une virée tous les dimanches matin au volant de sa nouvelle Peugeot. Et pas une honnête berline, s'il vous plaît, un coupé ! À son âge ! Il va au hasard des petites routes et déjeune avec « cette femme » dans des auberges recommandées par le Guide Michelin. Étoilées, les auberges !

– Je m'étonne que tu n'aies pas réussi à convaincre ton père de reprendre son vieux gilet, sa vieille voiture, ses chaussons et ses habitudes de célibataire, ironise Thomas à l'issue de ce récit.

Nicole l'ignore.

– Et elle, comment est-elle ? parvient enfin à articuler Nathalie.

– Un monstre.

– Mais encore ?

– La cinquantaine. Et beaucoup trop de formes pour être honnête, se désole Nicole.

– Mais papa ? Elle est gentille avec lui ? Il a l'air comment ?

– Cette garce est en train de le mettre sur la paille, assure Nicole sans répondre à la question de sa sœur.

Telle une tragédienne du siècle passé, des trémolos dans la voix, elle lance :

– À la mort de Papa, nous n'aurons pas un sou, Nathalie ! Pas un sou !

*

Florence et Werner apportent le même soin à préparer la venue de l'enfant qu'ils en ont mis pendant des années à organiser leurs voyages. Florence achète tous les guides : elle les compulse, les compare, les annote, en fait la synthèse. Ses connaissances théoriques sur le nourrisson deviennent considérables, mais elle garde la tête froide, sachant par expérience que le terrain réserve toujours des surprises. Werner, après s'être intéressé à l'aspect médical de la question, s'attache à l'aspect pratique des choses. Il aménage une chambre pour son fils et entreprend de mettre hors de portée des mains d'un enfant ses précieux souvenirs de voyages. Le living des Burch donne désormais l'impression qu'on y redoute une crue. Comme il allait autrefois au Vieux Campeur choisir ses chaussures de randonnée et son sac à dos, Werner se rend dans un magasin spécialisé pour faire l'acquisition d'un berceau, d'un landau et d'une table à langer.

La grossesse de Florence contribue à ressouder la famille. La rebelle rentre dans le rang. Un peu tard pour fonder une famille nombreuse, il est vrai, mais bon, un, c'est mieux que pas du tout. Hélène et Claire téléphonent à tout bout de champ pour prodiguer des conseils à leur sœur cadette qui, étonnamment, le prend bien. À l'idée d'avoir un petit-fils, même les parents de Werner sont tout excités. Si tant est que l'adjectif soit approprié pour un couple pastoral allemand.

Comme il avait coutume de le faire lors de ses voyages, Werner filme et photographie les neuf mois de grossesse. Pour l'essentiel, des clichés d'une Florence de plus en plus ronde, pris devant la maison où la végétation indique le passage des saisons. Il ose même un ou deux nus et un gros plan du ventre distendu de sa femme auquel il prétend trouver une ressemblance avec les dunes du Tassili. Les tirages des échographies trouvent également leur place dans l'album familial.

Lors de l'accouchement, Werner se dépense sans compter pour filmer Florence selon des angles inédits. La sage-femme menace plusieurs fois de l'expulser de la salle de travail où il prend toute la place avec ses grands bras et ses mouvements à la mords-moi le nœud. L'œil rivé au viseur, Werner met un certain temps à comprendre que l'avorton violacé sur lequel il zoome, le garçon tant espéré, est en fin de compte une fille. Une vérité que Florence, avec la complicité de l'échographiste, s'est évertuée à lui cacher.

Florence murmure alors :

– Jeannie Longo ! Carole Merle ! Marie-Jo Pérec ! Steffi Graff !

Et Werner surmonte sa déception. Il se déclare finalement « vachement content » et verse, sur le sein palpitant de Florence, des larmes de géant qui impressionnent le personnel médical.

Francophilie oblige, la petite fille est baptisée Marianne. Garçon, elle eût été François.

✱

Devant la gravité de la situation, Nathalie décide de se rendre à son tour à Forbach. Elle refuse que Thomas l'accompagne dans ce qu'elle considère, presque à la manière corse, comme une affaire de famille. Nicole n'a rien exagéré : elle a du mal à reconnaître André. Ce ne sont ni la barbe ni les vêtements qui la choquent, mais la petite lueur qui brille désormais au coin de son œil. Elle découvre du charme à son père et comprend ce qui a pu attirer Jacqueline, quarante ans plus tôt. Comment en sont-ils arrivés à former ce couple étriqué à la limite du sordide qu'elle a toujours connu ?

– Ta sœur s'est montrée franchement désagréable à l'égard d'Anna, déclare André en préambule alors qu'il est venu récupérer sa fille à la gare au volant de son coupé. J'espère que tu seras plus tolérante…

– Je ne peux rien te promettre…

– Je veux aussi que tu saches que ce qui arrive aujourd'hui ne change rien à ce que j'ai pu éprouver pour ta mère, autrefois…

Nathalie réplique:

– Tu savais que maman envisageait de te quitter lorsqu'elle est tombée malade?

La Peugeot fait une légère embardée. André soupire:

– Je ne savais pas, mais je n'en suis pas surpris. Entre nous, il n'y avait plus rien…

Nathalie frissonne.

– Mais vous n'avez jamais essayé de parler, de vous expliquer?

– On n'y arrivait pas. Ne me demande pas pourquoi. On n'y arrivait pas.

– C'est à cause de cette aventure que tu as eue, en 68?

André a un mince sourire.

– Ah… Elle t'a raconté? Mais non. La mort de notre mariage, c'était un ensemble…

– Et cette femme avec qui tu vis?

– Elle s'appelle Anna. Et elle n'a pas été ma maîtresse du vivant de ta mère, si c'est ça qui te préoccupe.

Ils demeurent silencieux pendant le reste du trajet.

Anna est une femme chez qui tout déborde constamment: l'activité, la générosité, le langage, et les formes. Nicole a dû opposer une résistance farouche pour ne pas être conquise par son naturel, par sa simplicité et par sa cuisine. Nathalie s'émerveille de voir son père – devenu sec et dur comme un vieux morceau de cuir – retrouver sous les rires et les attentions d'Anna une souplesse et une tendresse qu'elle ne se souvient pas lui avoir connues. Elle en vient à s'interroger sur le rôle joué par sa mère dans la lente et terrible agonie de leur couple.

– J'aimerais beaucoup faire la connaissance de vos filles, dit Anna. Vous viendrez avec elles, la prochaine fois ? Et avec Thomas ?

– Oui, certainement… répond Nathalie, prise de court.

Nicole va parler de trahison. Ou alors il faudra venir à Forbach en cachette. Impensable.

– J'aurais tant voulu des enfants, soupire Anna. Quel dommage que je n'aie pas rencontré André plus tôt !

Consciente d'avoir gaffé, elle se trouble.

– Je suis désolée. Je n'aurais pas dû dire ça…

Nathalie, d'un geste, fait signe que ce n'est pas grave. Elle sourit en pensant à la tête de Nicole s'il leur était né, trente ans après, une petite sœur ou un petit frère !

Nicole refusera toujours de croire qu'Anna n'est pas motivée par l'appât du gain, comme elle refusera toujours d'admettre qu'André est plus heureux qu'il ne l'a jamais été. « Cette femme » lui a volé son père, elle a sali la mémoire de leur mère, elle n'en démord pas.

On a toujours célébré Noël en famille à Forbach, et Anna ne voit aucune raison de rompre avec cette tradition. Mais Nicole refuse de se déplacer, comme elle refuse de recevoir son père à Achères, à moins qu'il n'y vienne seul. Après trois semaines de psychodrame, de tractations et de coups de fil quotidiens entre les deux sœurs, Constance et Laura tranchent en faveur de Forbach où Anna les reçoit comme des princesses. Nicole fait la gueule pendant six mois pour marquer sa désapprobation.

André vivra encore trois ans. Probablement, les plus belles années de sa vie.

Nicole a tout de même vu juste sur un point : de sa modeste fortune, il ne restera rien ! Pas même de quoi payer l'enterrement.

*

Les Burch sont venus d'Allemagne pour admirer la petite Marianne, et les parents de Florence de Bourgoin-Jallieu, flanqués de Nono qui, lui, a surtout envie de voir Paris.

Un peu las de pouponner, Werner décide de faire un geste charitable en emmenant son beau-frère visiter la capitale. Ils prennent place dans un autobus touristique à impériale. Nono exhibe pour la circonstance un blouson d'un orange agressif sur un gilet en laine polaire de couleur violette. Une casquette de base-ball vert pomme complète l'ensemble. Peut-être s'agit-il d'une déformation professionnelle : pour sa sécurité, un cantonnier doit être vu de loin.

Werner – qui ne s'est pas vu en cycliste ! – a honte d'accompagner cet épouvantail bigarré. Il se rassure en constatant que les autres touristes du bus sont aussi voyants que son beau-frère. Et eux n'ont pas l'excuse d'être déficients mentaux.

Nono s'est procuré un appareil photo jetable ; il mitraille la Tour Eiffel, l'Arc de Triomphe, la Concorde, les Tuileries et le Sacré-Cœur sous l'œil goguenard de Werner qui ne fait pourtant pas autre chose au cours de ses voyages. Sinon avec des appareils plus perfectionnés.

Bien plus que les monuments, ce sont les voitures qui enthousiasment Nono. Et les filles. Il en voit passer plus en quelques heures qu'il n'en a vues au cours d'une vie à Bourgoin-Jallieu. Il s'enthousiasme bruyamment au passage des premières, déclinant la marque, la cylindrée et les principales caractéristiques. Il regarde les secondes par en-dessous, en se tortillant sur son siège et en haletant légèrement. Werner se fait la réflexion qu'il doit être vierge. Il en conçoit une grande tristesse, et il lui vient alors une idée absolument déplorable…

L'opération réclame une discrétion absolue : Werner connaît assez Florence et ses parents pour être certain qu'ils pousseront de hauts cris s'il annonce son intention d'emmener le petit dernier aux putes. Il est regrettable que Werner n'ait pas connu les penchants de Guillaume Dexincourt, sans quoi il aurait pu lui demander d'utiles conseils, voire des noms et des adresses. Mais entre voisins, on n'échange guère ce genre d'informations.

– *Paris by night*! prétend Werner pour dédouaner le dépucelage annoncé. Nono aimera les Champs-Élysées illuminés, la place Vendôme et la Conciergerie éclairés comme des décors de l'Opéra Comique.

– Ton mari est formidable de s'occuper de Nono comme ça, dit le père de Florence.

– Werner est enfant unique, répond-t-elle avec le plus grand sérieux. Un petit frère, ça lui a toujours manqué.

On remercie Werner avec effusion. Il fait le modeste. Ça lui fait plaisir, vraiment.

– Tu devrais te faire beau pour l'occasion, suggère-t-il à son beau-frère qui n'est pas très chaud pour cette escapade nocturne. Il aurait préféré rester à la maison, regarder *Intervilles* à la télé.

Tancé par sa sœur, Nono finit par mettre une chemise bleue et une des cravates de Werner. Phénomène inexplicable, les vêtements prennent immédiatement sur lui un aspect terne et défraîchi. Il enfile par-dessus son blouson orange et troque sa casquette contre un bonnet de laine façon Schtroumpf, vert lui aussi. Werner souhaiterait qu'il se lave les cheveux et taille sa barbe, mais il ne faut pas se montrer trop exigeant. En bon Allemand épris d'hygiène, il se demande avec effroi dans quel état de saleté est le sexe du garçon. Mais bon. Les filles en ont vu d'autres. Elles lui feront un brin de toilette avant et fourniront les préservatifs. Insister pour que son beau-frère prenne un bain paraîtrait suspect.

Direction Pigalle. Un Nono maussade, rencogné dans son siège, le front buté sous le bonnet vert. Privé de télé par son beau-frère. Mais devant les néons de la place, l'œil de l'idiot commence à s'allumer.

– Des filles, des filles, des filles! s'extasie-t-il en clignant des yeux au même rythme que l'enseigne.

Il émet un ricanement stupide. C'est bon, pense Werner. Ça vient!

Les dieux favorisent leur entreprise, Werner trouve une place pour se garer entre deux autocars. Ils s'avancent d'un pas de flâneur sur le boulevard de Clichy. Les rabatteurs se frottent les mains: cette paire-là, le bon géant et le crétin au bonnet vert, c'est du tout-cuit. Les poires idéales. Mais devant les photos des filles nues, à l'entrée, Nono a une réaction de recul. Quand le portier d'une boîte veut lui faire l'article, il détale. Werner se lance à sa poursuite et le rattrape au milieu de l'avenue, sur le terre-plein.

– Nono! Qu'est-ce qu'il y a?

L'idiot évite son regard. Le vert de son ridicule bonnet fait ressortir le rouge qui lui est monté au front et aux joues.

– Nono, si tu préfères, on rentre.

Pas de réponse. Werner reprend sur un ton apaisant:

– Je suis sûr que tu n'as jamais eu de fille et que tu en as envie... non?

Devant le silence obstiné de son beau-frère, il poursuit avec tendresse:

– Viens! On va essayer d'en trouver une gentille... Une noire, peut-être? Tu aimerais une noire?

Peut-être Nono va-t-il réaliser ce soir un des plus vieux fantasmes de Werner. Tel le père qui rêve de voir son fils violoniste parce que lui-même a dû travailler durement à la mine pour nourrir sa famille, Werner a toujours rêvé de faire l'amour avec une femme noire sans en avoir jamais l'occasion. Au contraire de Guillaume Dexincourt, il s'est toujours refusé à avoir recours aux professionnelles, au nom du même principe qui lui fait préférer la voiture aux transports en commun.

Werner prend doucement la main de Nono qui se laisse entraîner. Il marche en fixant ses pieds, chaussés de baskets immondes. Werner pousse la porte d'un bar de l'avenue Frochot : murs tendus de velours rouge, lumières tamisées, puissante odeur de parfum bon marché et de nicotine. Deux filles laissent reposer leurs appas sur le bar. L'une des deux au moins est un travesti. À éviter absolument dans le cas de Nono ! Ils battent en retraite pour échouer dans un établissement similaire, rue de Douai. Werner examine scrupuleusement les hôtesses : elles ont l'air casher. Au nom de Nono, il jette son dévolu sur une petite Antillaise avenante et boulotte. Pas vraiment noire, juste métissée. Poussant un Nono tétanisé dans une banquette d'angle, Werner invite l'Antillaise et sa copine, une grosse blonde exténuée, à se joindre à eux autour de la traditionnelle bouteille de mauvais champagne.

– D'où c'est que vous êtes ? demande la blonde en les fixant d'un œil morne.

– De Düsseldorf, répondit Werner.

– Vous êtes suisses alors ?

– Non, allemands.

– Ton copain, il parle pas le français ?

– Très mal.

Pourvu que Nono joue le jeu. Pour le moment, il est muet, hypnotisé par les seins de l'Antillaise que le décolleté de la robe à paillettes découvre généreusement. Il a bu son champagne d'un trait, une des filles l'a aussitôt resservi. Ignorant comment il supporte l'alcool, Werner est assez tendu. La blonde s'intéresse :

– Il a quoi exactement, ton pote ? Il est débile ?

– Mais non ! il est seulement timide.

– Je suis pas débile ! bafouille soudain Nono.

– Bien sûr que non, tempère Werner en fusillant la blonde du regard. La dame a voulu plaisanter, c'est tout.

– Je suis pas débile, répète l'idiot en postillonnant abondamment au-dessus de sa flûte.

Instinctivement, les deux filles reculent leurs chaises et le barman, qui tenait une conversation à voix basse avec un type, fait pivoter sa grosse tête dans leur direction. Il a le torse large comme une barrique, le front bas et des petits yeux méchants.

– Tout va bien, dit Werner. Tout va bien.

– Je suis pas débile ! éructe encore Nono qui est maintenant cramoisi.

– Dehors, les gars, fait soudain le barman.

– Viens, Nono, on s'en va, répond Werner en se levant à la hâte.

Il veut prendre son beau-frère par le bras, mais ce dernier se dégage brutalement, renversant dans le mouvement la bouteille et les flûtes qui se brisent.

– Va falloir payer la casse ! lance le barman.

– Pas de problème, monsieur, assure Werner.

Il s'apprête à sortir son portefeuille, quand Nono se rue sur l'Antillaise, essayant de lui toucher les seins. En reculant, la fille tombe à la renverse, dévoilant des cuisses grasses et des dessous noirs. Elle se met à hurler et le barman se précipite sur Nono.

– Ça va ! fait Werner en s'interposant. Il n'est pas méchant !

Le poing du barman le cueille sous le menton, mais le coup est un peu mou, Werner part en arrière et trébuche sans perdre l'équilibre. Il a le réflexe de se protéger le visage et le foie de ses immenses avant-bras tandis qu'on le frappe. Il entend Nono crier, les filles glapir, et il crie « Mais arrêtez, bordel ! Ça suffit ! » quand un coup l'atteint à la tempe. Il tombe à quatre pattes, complètement sonné. Au bout d'une poignée de secondes, il parvient à se relever. Il se sent vidé et nauséeux. Entre temps, le barman s'est armé d'une batte de base-ball. Oh, putain, non ! se dit Werner. Il a horreur de la bagarre, mais sa taille lui a toujours valu des tas d'ennuis avec les Parsifal de rencontre, ces types bourrés de testostérone qui trouvent viril de défier un géant quand ils en croisent un. Dans un geste pacifiant emprunté à son père, il lève ses mains nues.

– Tout va bien. Tout va bien. Je vais rembourser les dégâts.

– T'as intérêt, mon pote, grince le barman en faisant rebondir l'extrémité de la batte dans sa paume ouverte.

Qui de la fiction ou de la réalité singe l'autre ? Werner a l'impression de vivre une page d'Albert Simonin. Pas forcément la meilleure. C'est alors qu'il se rend compte que Nono n'est plus dans son champ de vision.

– Où est mon copain ?

– Barré, répond le barman.

Affolé, Werner se rue hors de l'établissement après avoir abandonné le contenu de son portefeuille sur le bar. Ignorant les tarifs des prostituées, il s'était largement pourvu en liquidités avant l'expédition : le barman teigneux a entre les mains de quoi acheter un service à champagne en cristal de baccarat...

Nono perdu seul dans Pigalle ! La catastrophe absolue. S'il ne le retrouve pas, Werner sera discrédité à jamais aux yeux de sa belle-famille. Sans parler de la réaction de Florence. Ne pas s'affoler. Réfléchir. Nono ne doit pas être allé très loin. Avec sa veste orange et son bonnet vert, il est tout de même assez repérable.

Werner commence par remonter la rue de Douai jusqu'à la place Blanche. Là, il prend le boulevard de Clichy en direction de Pigalle, puis il redescend alors l'avenue Frochot et la rue Henri-Monnier pour remonter par la rue Notre-Dame-de-Lorette et la rue Pigalle. Plusieurs fois, des taches oranges lui font battre le cœur et presser le pas. Mais ce n'est pas le blouson qu'il cherche. Il se risque à questionner deux ou trois passants dont les mines ne lui paraissent pas trop patibulaires. Personne ne peut le renseigner.

La mort dans l'âme, Werner se rend au commissariat de la place des Abbesses pour signaler la disparition de son beau-frère. L'endroit dégage la même odeur de nicotine que le bar où il s'est fourvoyé. Plus de forts remugles de sueur, de pieds sales et d'eau de Javel. Une dizaine de personnes attendent d'être reçues, assises sur d'inconfortables banquettes de bois ; des touristes victimes de pickpockets, pour la plupart.

– J'ai perdu mon beau-frère, annonce Werner au planton, non sans emphase.

– Toutes mes condoléances, lui est-il répondu.

– Je veux dire qu'il a disparu. Nous étions ensemble, dans un bar, il y a eu une bagarre, et…

Le planton le coupe :

– Vous allez raconter tout ça à l'inspecteur. Attendez votre tour.

– C'est que mon beau-frère n'est pas tout à fait normal…

– Les beaux-frères ne sont jamais tout à fait normaux.

– Je veux dire : il est… bizarre… attardé.

– Pas de problème. Vous expliquerez ça à l'inspecteur.

Werner ne tirera du planton ni aide, ni compassion. Il se résigne à attendre. L'inspecteur qui le reçoit une heure plus tard lui déplaît immédiatement : il a un visage vulgaire, d'immenses auréoles de transpiration sous les aisselles, et il mâchouille un cigare éteint.

– Voilà, recommence Werner. J'ai... égaré mon beau-frère dans le quartier.

– Vous voulez dire que vous étiez ensemble et que vous vous êtes perdus ?

– C'est exactement ça.

– Et vous venez me déranger pour ça ? Il n'est pas capable de rentrer tout seul, votre beau-frère ?

– Non.

– Comment, non ?

– Mon beau-frère est un peu... diminué.

– Je vois, dit l'inspecteur.

Il prend son temps pour défaire l'emballage en cellophane d'une boîte de cigares bon marché et s'en colle un entre les lèvres sans l'allumer.

– Une question : si votre beau-frère est attardé, comme vous dites, pourquoi l'emmener à Pigalle ?

– Je voulais que... qu'il... enfin je m'étais dit que peut-être...

– Vous vouliez qu'il tire un coup, c'est ça ?

– C'est ça.

– Hmmm, fait pensivement l'inspecteur. Vous êtes quoi ?

– Ingénieur informaticien.

– Comme nationalité, vous êtes quoi ?

– Allemand.

– Vous parlez très bien le français.

– Je vis en France depuis dix-huit ans. Je suis marié à une française.

– La sœur du demeuré ?

– Voilà.

– Hmmm… Elle est au courant pour… ?

– Non. C'est une idée à moi.

– Une idée à la con, laissez-moi vous le dire ! Vous croyez qu'on n'a pas assez de boulot avec tous les gonzes qui viennent se faire vider les burnes et le portefeuille dans le quartier, sans avoir en plus à se coltiner les débiles ?

– Je reconnais. J'ai eu tort.

– Ça va, fait l'inspecteur. On va vous le retrouver, votre beauf… À quoi il ressemble ?

Werner entreprend de décrire la silhouette et l'habillement de Nono. L'inspecteur relève la tête :

– Votre bonhomme ? Il serait pas dans la cage des fois ?

Werner ignore le jargon des flics. L'inspecteur lui explique ce qu'on appelle la cage, dans un commissariat, et l'y conduit. Là, au milieu des ivrognes qu'on a mis à cuver, des putes qui ont racolé trop ouvertement et de quelques voyous pâles qui sont peut-être des assassins, Nono renifle doucement, les yeux toujours rivés sur ses baskets. L'inspecteur coupe court aux effusions de Werner : il est près de deux heures et huit personnes attendent encore d'être reçues.

– Je suis désolé, Nono. Vraiment désolé, dit Werner, pressant son beau-frère contre sa poitrine.

Toutes les odeurs de la cage lui sautent au nez. Il s'écarte aussi discrètement que possible en se demandant comment il va justifier cette puanteur, une fois de retour.

– Je veux rentrer à la maison, gronde Nono.

– Oui, oui, ne t'en fais pas, on y va.

– Tu n'as pas compris, Werner. Je veux rentrer chez moi. À Bourgoin-Jallieu.

– Écoute, Nono…

Saisi d'une rage enfantine, Nono se met à trépigner, à crier et à postillonner au milieu de la rue Houdon. Manquerait plus qu'on se fasse arrêter pour tapage nocturne, pense Werner. Après avoir vainement tenté de raisonner son beau-frère, il menace de lui en coller une s'il ne se calme pas tout de suite. La semonce fait son effet. Nono murmure un « Je te déteste ! » avant de s'enfermer dans un silence boudeur. Werner le traîne jusqu'à l'endroit où il croit avoir garé sa voiture. Il est tard, les touristes ont déserté le quartier. Il ne reste plus un seul autocar le long du terre-plein central. Et rien qui ressemble à la Peugeot des Burch.

– Merde ! fait Werner qui repart à grandes enjambées en direction de la place Clichy, supposant qu'il a mal pris ses repères en arrivant.

Derrière lui Nono renifle et geint en traînant la patte. Mal aux pieds.

– Courage ! On y est presque !

Place Clichy, ils doivent se rendre à l'évidence : la Peugeot a disparu. Volée ! Dans ce quartier, ça n'a rien de surprenant. Werner, qui n'est même pas certain d'avoir fermé sa voiture à clé, ne sait pas comment il va justifier cet enchaînement de catastrophes auprès de Florence et de ses beaux-parents. Il observe Nono à la dérobée : le regard éteint, les épaules voûtées, les pieds en dedans. Une longue chandelle de morve pend de son nez à sa barbe. Monter un bateau avec un complice de cet acabit, mieux vaut ne pas y penser. En soupirant, Werner reprend le chemin du commissariat.

– Où on va encore ? s'insurge Nono, sortant de sa léthargie.

– Chez les flics. Déclarer le vol de ma voiture.

– On a volé ta voiture ?

– Oui, Nono.

– Oooooh ! hulule l'idiot.

Les bagnoles, ça le touche de près.

– Viens !

Accablé par le tragique de l'événement, Nono paraît cloué sur place. Tel un bourricot importuné par les taons, il secoue la tête en poussant sa plainte :

– Ooooh !

Des types qui se livrent à de sombres trafics dans l'ombre d'une porte cochère les observent.

– Viens Nono, faut pas rester là !

À trois heures du matin, le commissariat de la place des Abbesses offre exactement le même spectacle qu'une heure plus tôt. Ils doivent attendre longuement leur tour. Nono s'endort sur la rude banquette. Le planton reconnaît Werner ; il n'y a pas besoin d'être très physionomiste pour ça.

– C'est pas votre jour, on dirait. Vous avez perdu qui, cette fois-ci ?

– Ma voiture, soupire Werner.

– Vous êtes sûr ?

– Évidemment, je suis sûr ! Je l'avais garée le long du terre-plein, sur l'avenue de Clichy, elle n'y est plus !

– Le long du terre-plein ? Vraiment ?

Le planton sourit d'un petit air futé. Werner et son inénarrable beau-frère constituent la distraction de sa longue vigile et il a bien l'intention d'en profiter.

– Vous ne vous intéressez pas aux panneaux de signalisation, monsieur ?

– Quels panneaux ?

– L'endroit où vous avez laissé votre véhicule est un emplacement de stationnement réservé aux autocars de dix heures du matin à minuit. Les voitures individuelles sont verbalisées. Au deuxième passage, c'est la fourrière.

– La fourrière ?

– C'est là qu'on les emmène. Porte de la Chapelle en ce qui vous concerne.

– Bon Dieu !

– Ça ne fait jamais plaisir, je reconnais.

– Qu'est-ce qu'il faut faire pour récupérer sa voiture ?

– Présenter la carte grise, l'attestation d'assurance, vos papiers d'identité et avoir de quoi acquitter l'amende en liquide ou par chèque. Comptez dans les six cents cinquante francs.

Werner a laissé tout son argent entre les mains du barman de la rue de Douai et il n'a pas pris de chéquier, par précaution. Le planton précise :

– N'espérez pas y aller maintenant. Les gars ouvrent vers sept heures et demi, le matin.

Soutenant un Nono qui dort debout, Werner, lui-même à bout de forces, se met en quête d'un taxi pour constater, une fois encore, que plus on en a besoin, moins on en trouve. Il en hèle deux ou trois le long du boulevard de Clichy : ils ne font même pas mine de ralentir. Le couple absurde qu'il forme avec Nono n'est pas pour les rassurer. Werner traîne son fardeau jusqu'au Wepler devant lequel stationnent quelques voitures. À l'énoncé de Nanteuil-le-Bois, les chauffeurs rechignent unanimement. On peut facilement croire que Nono est soûl, ils n'ont pas envie de le voir gerber sur leurs coussins. Werner finit par amadouer un grand noir qui pilote la même Peugeot que la sienne, ce qui offrira un éventuel sujet de conversation. Le chauffeur dévale l'avenue de Saint-Ouen déserte à plus de cent kilomètres à l'heure, mais Werner n'ose pas protester. À cette vitesse, se dit-il avec fatalisme, je serai bientôt dans mon lit. Ou dans mon cercueil.

– Il est bourré votre copain ? s'enquiert le chauffeur en grillant un feu.

Werner voit luire ses dents comme une double rangée de perles dans le rétroviseur noyé d'ombre. C'est magique.

– Épuisé. On a passé une soirée un peu éprouvante.

– Je vois, glousse l'autre.

Sur le périphérique il pousse la Peugeot à cent quatre-vingt-dix au compteur. Werner ne savait même pas que sa voiture pouvait rouler à une allure pareille. Mais à partir de la porte de Bagnolet, ça cafouille. Le type s'obstinant à rouler comme s'ils avaient les légions de l'Enfer à leurs trousses, ils manquent les deux ronds-points où il aurait fallu tourner à gauche. Werner a une connaissance précise de deux ou trois itinéraires, mais aucun sens de l'orientation. Ils ne tardent pas à être complètement perdus. Le chauffeur se met à jurer que bordel, c'est chaque fois la même chose dans ces putains de banlieues. Nono ronfle bouche ouverte, dégageant une odeur assez nauséabonde. Seul le compteur tourne sereinement, observe Werner. La Peugeot finit par se ranger le long d'un trottoir.

– Ce n'est pas là, constate sottement Werner.

– M'en fous. C'est ici que vous descendez.

– Vous n'avez pas le droit, monsieur !

– Possible. Mais c'est quand même ici que vous allez descendre. J'ai pas l'intention de passer le reste de la nuit à tourner en rond, moi. C'est trois cents vingt-six francs.

– Je n'ai pas d'argent, annonce Werner après un temps.

Cette fois, le Noir se tourne lentement vers lui. Ses dents étincellent toujours dans la pénombre, mais l'effet est plus effrayant que magique.

– Nom de Dieu !

– J'ai de l'argent à la maison, reprend Werner précipitamment. Si vous m'y emmenez, je pourrai vous payer.

Serrant la main sur la bombe de gaz lacrymogène qu'il emporte toujours avec lui, le chauffeur se livre à un rapide examen : le costume, la montre, les chaussures. Le grand type a l'air solvable. L'autre en revanche… Savoir ce qu'ils faisaient ensemble ces deux-là. Des tantes, peut-être ?

– Ok, finit-il par déclarer en remettant le moteur en marche. Mais je te préviens, si jamais tu essaies de m'enfler…

Il laisse la menace en suspens pour lui donner plus de poids. Il n'est pourtant pas certain de sortir vainqueur d'un pugilat avec ce géant.

Toutes les fenêtres de la maison sont illuminées. Houlà ! se dit Werner.

– Vous ne bougez pas de cette voiture ! lui intime l'autre.

– C'est idiot ! Comment voulez-vous que j'aille vous chercher votre argent ?

Le chauffeur se met alors à klaxonner.

– Arrêtez ! Vous êtes fou ! Vous allez réveiller tout le quartier !

Ce qui est le cas. Mais la méthode a du bon : le père de Florence sort en courant de la maison. Il est tout habillé. C'est de mauvais augure.

– Werner ! Que s'est-il passé ? Nous étions fous d'inquiétude !

Avisant Nono toujours endormi il demande d'une voix blanche :

– Mon Dieu ! Il est arrivé quelque chose au petit ?

– Allez d'abord chercher trois cent quatre-vingt-six francs pour ce monsieur, répondit Werner. Qu'on en finisse !

– Quatre cent trente, rectifie le chauffeur. On a pas mal tourné depuis tout à l'heure.

Werner improvise une histoire de panne de voiture et de dépanneur malhonnête cousue de fil blanc. Rassurés sur le sort de leur fils, les parents de Nono font semblant d'y croire.

Werner sait que la véritable explication aura lieu avec Florence, dans l'intimité de la chambre à coucher. Prenant les devants, il fait piteusement à sa femme le récit de leur nuit de cauchemar. Elle le couve d'un regard accablé :

– Finalement, c'est peut-être une bonne chose qu'on n'ait pas eu un fils !

*

Nathalie et Thomas se sont beaucoup divertis de l'annonce d'une naissance chez les Burch après que le couple a clamé pendant des années : « Des chiards, nous, jamais ! » Nathalie y voit une heureuse, quoique tardive, reddition aux lois imprescriptibles de la nature.

– Il faut voir Werner, répète-t-elle. Il est gâteux devant sa fille !

Plutôt lobotomisé, pense Thomas, qui soupçonne Florence d'avoir joué une partie assez trouble dans cette conception in extremis.

Un des aspects positifs de cette naissance est que les fameux souvenirs de voyage ont été relégués au sommet des étagères où on les voit moins. Restent, évidemment, les poteries de Florence, toutes plus hideuses les unes que les autres aux yeux de Thomas. La jeune maman a trouvé une boutique pour les écouler, et ça se vend ! Thomas rêve secrètement que les gens les achètent uniquement pour se les jeter à la tête lors des scènes de ménage.

Quant à la peinture, les Burch s'en désintéressent. Ils ont mieux à faire, désormais, que de courir les marchés d'art et d'artisanat le week-end. Comme tous les parents sénescents, ils sont obsédés par l'hygiène, les microbes, la nécessité discutable de bols d'air pris à intervalles réguliers sous les frondaisons du bois, quel que soit le temps. Résultat, Marianne a sans cesse les voies respiratoires encombrées et le système digestif perturbé. Cet unique enfant occupe les Burch à temps complet.

Plus d'une fois, Florence vient quêter des conseils auprès de Nathalie dont elle admire la décontraction et le savoir-faire. Elle s'est aussi rapprochée de Carole et de Magali. Avec ses anciennes amies, en revanche, les liens se sont distendus. Blanche trouve que les Burch sont devenus totalement imbuvables depuis qu'ils sont parents : ils ne parlent plus que de Marianne, un sujet si mince qu'on en a vite fait le tour. Elle-même, après avoir congédié Geneviève, vit une nouvelle histoire d'amour. Avec un homme. Un élève de son fameux séminaire, de dix ans plus jeune qu'elle, qui lui voue une admiration canine, fait la cuisine, la vaisselle, et descend chaque soir la poubelle sans rechigner.

Myriam et Zoé estiment que Florence et Werner sont moins pittoresques qu'avant. Elles sont, de plus, accaparées par leurs carrières respectives et par leurs enfants qui entrent dans l'adolescence : Justin a grandi d'un jour à l'autre, c'est maintenant un grand garçon blême et un cancre dont les seules passions sont le cannabis et la masturbation.

Esther promet d'être aussi jolie que sa mère : consciente de sa beauté, elle rêve d'être mannequin, comédienne ou chanteuse. Riche et célèbre dans tous les cas de figure. Elle attend sereinement le producteur qui la remarquera. Elle passe la majeure partie de son temps au téléphone, le reste à se maquiller et à admirer le résultat sous l'œil envieux de Berthe dont l'obsession est de savoir si ses seins, qui commencent à peine à pointer, seront, au final, plus volumineux que ceux de sa sœur.

Thomas, qui a été très épris de Florence, on s'en souvient, observe avec un intérêt clinique la manière dont la maternité la transforme : il ne s'agit pas des quelques kilos qu'elle a pu prendre – et qui lui vont au demeurant fort bien –, mais de l'expression de satiété qui a envahi son visage, une plénitude, une rondeur nouvelles qui imprègnent ses moindres gestes. De la vive jeune femme qui l'a longtemps obsédé, il ne reste plus rien. Mère, Florence rentre dans le rang, elle se fond dans la masse, elle ressemble à ses sœurs. Ce qu'elle a perdu en piquant, elle le gagne en dignité. La métamorphose induit des changements dans sa façon de s'habiller et jusque dans sa manière de conduire sa voiture ! Tout en elle revendique : « J'appartiens à la caste des mères de famille, tâchez d'en être conscients ! »

– Chez Nathalie, explique Thomas à Francis, je n'ai pas noté le même changement. Même après deux grossesses. Elle est la même que douze ans auparavant.

– La même ? Tu es sûr ?

– Plus décidée, je dirais.

– Carrément coriace, oui !

– Disons que la maternité l'a aidée à s'affirmer sans arrondir ses angles pour autant…

– La formule est plaisante.

– La différence, tu vois, c'est que Nathalie a fait ses enfants naturellement, dans le mouvement, je dirais presque sans y penser…

– Un conseil : garde cette réflexion pour toi !

– Pour Florence, au contraire, l'enjeu était colossal. Elle a tout misé en une seule fois, sur un seul gamin. Un coup de dés décisif ! Ça ne laisse de place ni à l'humour, ni à la légèreté.

– Tu es décidément un grand connaisseur de l'âme féminine, ironise Francis.

Est-il bien raisonnable, à mon âge, de s'entretenir ainsi avec un ami mort ? s'interroge parfois Thomas.

✷

Il est bientôt question de vacances, chez les Lavaud. Thomas, qui n'a pas vraiment la tête à ça, donne un blanc-seing à Nathalie. Après avoir compulsé d'épais magazines spécialisés et consulté toutes leurs relations sur la question, elle finit par louer, pour une quinzaine, une maison « les pieds dans l'eau », dans les environs de Pornic. Port-Gravelle est par excellence une « plage familiale », assure le propriétaire au téléphone. Thomas prend un malin plaisir à le taquiner en lui demandant depuis quand l'océan module la taille de ses rouleaux ou la force de ses courants en fonction du public ? S'il existe, ailleurs, des plages destinées aux adolescents, d'autres aux personnes du troisième âge ?

On passera d'abord une semaine chez les Vincelles qui les invitent dans la propriété familiale, à la Chapelle-le-Muid. Thomas est moyennement emballé par cette perspective, mais quand il apprend que la maison comporte dix-huit chambres, un parc de trois hectares, et qu'il y a une piscine, il change d'avis.

Un mois avant le départ, sa vieille Renault lui devient insupportable. Au hasard d'un déplacement chez un client, il entre dans une concession Ford où un habile vendeur le convainc d'acheter le dernier modèle, le plus gros. Nathalie ne s'intéresse pas aux voitures. La taille, la couleur et le crédit mis à part, elle ne voit aucune différence entre la Ford et la Renault. Le caprice de Thomas lui est aussi étranger que sa passion pour le jazz des années soixante.

Thomas passe une annonce dans *Le Particulier*.

Au bout d'une semaine, une ou deux personnes appellent pour prendre rendez-vous. Des jeunes qui, après avoir fait le tour du pâté de maison, le front plissé par la concentration et les mâchoires serrées, déclarent que la voiture est trop « molle ».

– Elle n'est plus toute jeune.

– C'est ce que je dis, m'sieur. Elle est molle.

Vient ensuite un retraité qui critique l'état des pneumatiques, celui de la carrosserie et refuse de s'installer au volant. Une perte de temps en somme. Thomas enrage. Mais Nathalie demeure intraitable : il a voulu changer de voiture alors que ce n'était pas nécessaire, qu'il assume.

Enfin un soir, à minuit et demi, appelle un certain monsieur Bercoden :

– Vous vendez toujours une Renault 9 ?

Pas à cette heure-ci, manque de répondre Thomas que la sonnerie du téléphone a tiré d'un premier sommeil.

Mais les acheteurs n'étant pas légion, il dit simplement « oui ». Rendez-vous est pris pour le lendemain, à proximité des bureaux de Thomas. Monsieur Bercoden arrive avec vingt minutes de retard. C'est un type de son âge, râblé, costaud, en jean et blouson de cuir. Le genre à qui on ne la fait pas, pense Thomas avec une pointe de dépit.

– Mais elle est bleue ! s'exclame-t-il d'un air outré en découvrant la Renault.

– C'était indiqué dans l'annonce.

– Oui, mais je ne voyais pas ce bleu-là…

Thomas soupire :

– Je vous la repeins tout de suite ou vous l'essayez avant ?

Monsieur Bercoden lui jette un regard atone : il ne doit pas avoir beaucoup d'humour. Ou ils n'ont pas le même. Il fait lentement le tour de l'automobile, ouvre le coffre, le capot, se penche sur le moteur en laissant échapper des grognements dubitatifs. Puis il demande à conduire : Thomas lui tend les clés.

– Elle est assez bruyante, non ?

Monsieur Bercoden commence à le gonfler. S'il aime le silence, qu'il s'achète une allemande ou une américaine ! Son essai achevé, l'acheteur potentiel se refait préciser le kilométrage et le prix qu'il note soigneusement dans un minuscule carnet. Après quoi il prend congé, assurant qu'il rappellera. Dix jours s'écoulent. Personne ne se manifeste. Thomas devient nerveux.

– Si au moins tu avais vendu la Renault avant d'acheter la Ford, déplore Nathalie. Mais non ! Il te la fallait tout de suite, ça ne pouvait pas attendre une minute !

Ils s'engueulent assez vivement. Thomas commence à croire que la Renault est invendable quand le téléphone sonne un peu avant minuit.

– Bercoden à l'appareil.

– Qui ça ?

– Je suis venu essayer votre voiture, l'autre jour. Vous êtes toujours vendeur ?

– Toujours.

– Alors je vous l'achète.

Il ne cherche pas à discuter le prix. Il souhaite simplement que Thomas amène la voiture à son domicile, dans le treizième arrondissement. Thomas assure qu'il irait jusqu'à Saint-Jacques-de-Compostelle si c'était nécessaire.

Monsieur Bercoden habite une petite maison qui ressemble un peu à celle des Lavaud. Au coup de sonnette de Thomas on met longtemps à répondre. La porte s'ouvre finalement sur une femme échevelée qui tient dans les bras un bébé solide et rubicond.

– Je viens pour la voiture, dit Thomas.

– Ah oui… la voiture… soupire la femme d'un air excédé. Tant pis ! Entrez !

Thomas pénètre dans un vaste living où règne un désordre hallucinant : il faut faire attention où l'on pose le pied de peur d'écraser une assiette sale, de renverser un verre à demi plein ou de glisser sur une couche usagée. Sans plus se soucier de son visiteur, la femme s'installe dans un fauteuil et sort de son chemisier un sein volumineux dont elle fourre l'extrémité violine dans la bouche du nourrisson qui se met à téter avidement.

– Bel appétit, lance Thomas après un temps. Il a quel âge ?

– Neuf mois.

Le ton de la réponse, franchement hostile, n'incite pas à poursuivre la conversation. La question de l'allaitement est pourtant intéressante : compte-t-elle nourrir son fils jusqu'à deux ans ? Jusqu'à l'adolescence ? Le silence de la grande pièce n'est troublé que par les bruits de succion du bébé qui ne sont pas sans rappeler ceux qui se produisent, parfois, au cours du coït. Ça commence à devenir gênant.

– Où est monsieur Bercoden ? s'enquiert Thomas.

– Il arrive, répond la femme, laconiquement.

De fait, la porte s'ouvre quelques minutes plus tard sur Bercoden, très élégant dans un costume anthracite qui doit être sa tenue de travail. Il s'excuse pour son retard et demande à sa compagne si elle a vu la voiture.

– Rien à foutre de la voiture !

– C'est quand même pour toi que je l'achète ! lance-t-il, pincé. C'est pour aller à la campagne, précise-t-il à l'intention de Thomas. Vous avez les papiers ?

Thomas les a. Monsieur Bercoden l'invite à passer dans le coin salle à manger, ils y seront mieux installés. Mais la table est couverte de miettes de chips et de serviettes sales. Un carton de jus de fruit éventré a formé une mare poisseuse. Bercoden gueule qu'il en a marre de sa crasse, de son bordel, et de son poil dans la main ! Sa femme réplique sur le même ton que c'est lui qui a insisté pour inviter ces connards hier soir, qu'elle n'est pas sa bonne, et qu'elle a besoin de son énergie pour nourrir le bébé. Cette dernière réflexion met Bercoden hors de lui :

– Je ne vois pas ce qu'il y a de si épuisant à fourrer un téton dans la bouche d'un gamin ! Merde ! Si on avait des nichons, on y arriverait aussi ! Et on ne ferait pas tant d'histoires ! Vous ne croyez pas ? ajoute-t-il en prenant Thomas à témoin.

– Certainement, répond Thomas en fixant la pointe de ses chaussures.

Il adorerait être ailleurs, mais s'il lui reste la moindre chance de vendre sa voiture, il ne veut pas la laisser passer. Le bébé se met à hurler et madame Bercoden quitte la maison en claquant la porte. Son mari part en grommelant dans la cuisine chercher de quoi nettoyer la table. Les papiers collent un peu au pin verni, mais c'est mieux. Thomas signe le certificat de vente et le tend à Bercoden. Retour de la femme et du bébé.

– La voiture, c'est la Renault qui est garée en face du chantier ? demande-t-elle.

– C'est bien elle, répond Thomas.

– Mais elle est bleue !

– Oui…

Elle se tourne vers son mari :

– Tu ne m'avais pas dit qu'elle était bleue !

– Si.

– Non ! Je suis désolée, tu n'as jamais dit bleu !

– Mais putain, tu me fais chier ! explose Bercoden. On a besoin d'une voiture, oui ou merde ?

– C'est toi qui as décidé d'acheter cette bagnole pourrie ! Moi, je voulais une petite Fiat ! Blanche !

Là-dessus, elle verse quelques larmes et se précipite à l'étage avec le bébé qui s'est remis à hurler. On entend à nouveau claquer une porte. Thomas est tétanisé. Bercoden se tourne lentement vers lui :

– Je vous avais dit que bleu, ça passerait pas...

– Je suis désolé, dit Thomas.

Il l'est, sincèrement. Il se lève et rassemble ses papiers.

– Vous avez des enfants, monsieur Lavaud ?

– Deux.

– Ma femme est comme ça depuis la naissance du petit... Comment vous expliquez ça, vous ?

– Je ne sais pas. C'est peut-être hormonal, risque Thomas, pressé de quitter l'enfer des Bercoden.

– Oui...

Au moment où il va atteindre la porte, Bercoden le rappelle.

– Attendez !

Il agite son carnet de chèques et entreprend d'en remplir un.

– Vous êtes sûr ? s'inquiète Thomas.

– Évidemment. C'est une bonne bagnole.

– Oui... Mais bleue...

L'autre le fixe. Il se met à rire tristement, puis se lève.

– Venez. Je vous paye un verre !

Bercoden l'entraîne, à deux rues de chez lui, dans un ancien « bois-charbon » que son patron, ex-batteur d'un groupe de rock marginal, tente de reconvertir en lieu branché. En hommage au bougnat d'antan, la couleur noire est dominante et l'éclairage chiche, ce qui confère au lieu une tonalité funèbre. Ils sont les seuls clients. Au fond de la salle, Thomas aperçoit une scène, des projos, des amplis.

– Concert tous les vendredis soir, explique Bercoden. Des groupes, des chanteurs à texte, des rappeurs. Très éclectique. Souvent pas mal.

Il commande une bouteille de rioja et remplit leurs deux verres. Le vin est aussi sombre que le décor.

– À votre santé !

– À la vôtre.

– Je ne sais pas comment vous expliquez ça, enchaîne Bercoden après avoir vidé son verre. On rencontre une femme, on tombe amoureux, on vit ensemble, tout se passe bien. Un jour, elle a envie d'un enfant. Je dis : normal. Je me débine pas comme certains. Moi, les gosses, j'adore ça. En plus, je viens d'une grande famille. Huit frères et sœurs, vous imaginez ! Bon. Grossesse, machin et tout, pas de problème. Le bébé naît. Et à partir de là, tout se déglingue !

Le vin, râpeux, ne ressemble en rien aux crus raffinés auxquels Thomas s'intéresse. Mais il est d'une honnêteté réconfortante et doit bien titrer quinze ou seize degrés. Bercoden en est déjà à son troisième verre.

– Je sais pas comment vous expliquer ça... Sylviane... Sylviane, c'est ma femme. Elle se replie complètement sur elle-même et sur le bébé. Moi, je suis *out*, exclu, hors circuit. Tout juste bon à ramener la paie. Comme le connard avec sa massue, vous voyez ?

– Quel connard ?

– L'homme de Cro-Magnon. Il chassait le mammouth pendant que bobonne entretenait le feu dans la caverne et s'occupait des chiards. Ça n'a pas vraiment changé, si on y réfléchit...

– Tout de même, ose Thomas en se remémorant sa période d'homme au foyer.

– Et depuis la naissance du petit, plus question de sexe entre nous ! reprend Bercoden. Bon. Qu'elles en aient pas envie, tout de suite après, ça peut se comprendre. C'est un drôle de truc, penser que le bébé passe par là où... Enfin, vous voyez ce que je veux dire. De vous à moi, c'est plutôt mal foutu d'ailleurs. Dans ce domaine, la supériorité du kangourou est incontestable !

– La supériorité du kangourou ? bredouille Thomas, légèrement dépassé.

– Oui ! Le petit kangourou attend pas d'être énorme pour sortir. Au contraire. Il profite qu'il est encore tout petit, un fœtus on pourrait dire. Il descend de l'utérus, tranquille. Il sort par le vagin, elle le sent même pas, et il remonte dans la poche où se trouvent les tétines. Tout ça en s'accrochant aux poils de sa maman. C'est pas géant, ça ?

– Si, si...

– Un an que je l'ai pas touchée, ma femme. Un an ! grommelle Bercoden. Il y a des moments, je vous jure... Je me dis que je vais péter un câble !

Qu'est-ce qu'il ne faut pas faire pour vendre une voiture, songe Thomas, résigné à subir les confidences conjugales de son acheteur. Il se ressert un autre verre de rioja.

– Vous comprenez, vous, pourquoi elles sont si différentes de nous ?

– Qui ça ?

– Les femmes ! dit Bercoden en le fixant d'un regard navré. Elles voient pas comme nous, elles pensent pas pareil que nous, elles s'intéressent pas aux même choses que nous ! Comment vous voulez que ça marche ?

– Cahin-caha.

– Oui... peut-être qu'il faut se contenter de ça. Peut-être qu'on attend trop d'elles finalement...

– Elles, c'est pareil. Elles attendent toujours beaucoup trop de nous !

– Très juste.

Bercoden suggère de grignoter quelques tapas, la spécialité de la maison, et commande une seconde bouteille de vin pour les accompagner.

– Est-ce que vous avez des homosexuels dans votre entourage ? demande Thomas un peu plus tard, quand le rioja a noyé ses dernières inhibitions. Je veux dire des couples homosexuels.

– J'en ai.

– Est-ce qu'ils sont plus heureux que vous ?

– Ils font la fête tous les soirs. Mais je ne dirais pas qu'ils sont plus heureux.

– Vous voyez !

– Non. Qu'est-ce que je devrais voir ?

– Le problème, ce ne sont pas les femmes, c'est le couple !

Bercoden médite cette réflexion. Le vin lui donne une belle teinte brique.

– Qu'est-ce que vous suggérez ? Le ménage à trois ? La polygamie ? La communauté, comme ces connards de hippies ?

– Rien de tout ça. Je n'ai pas de solution. Je crois, fondamentalement, qu'il n'y n'en a pas.

– Vous n'êtes pas très encourageant.

– Je vous rappelle que j'étais venu vous vendre une voiture, pas vous donner des conseils matrimoniaux.

Bercoden glousse. Il est fin soûl. Thomas estime qu'à une heure du matin, il est temps de rentrer. Il se lève. Il a tendance à gîter.

– Merci pour le vin, dit-il à Bercoden. Et pour les tapas.

– Pas de quoi. Je suis content de votre voiture. C'est une affaire !

Thomas s'efforce de traverser dignement le bistrot. En serrant les fesses, il arrive à marcher à peu près droit. Incapable de bouger de sa chaise, Bercoden lui adresse un signe d'adieu.

J'ai rarement vu un homme avoir l'air aussi seul, dit Thomas à Francis en s'engageant sur le trottoir, qui se met aussitôt à onduler sous ses pieds.

✷

Ford ou pas, les Lavaud sont prisonniers des embouteillages, comme les milliers de gens qui ont choisi le même jour et la même heure pour partir en vacances. Leurs voisins d'infortune sont Allemands, Hollandais, Belges, Anglais ou Danois.

– L'Europe des bouchons ! plaisante Thomas.

Trois heures plus tard et cinq kilomètres plus loin, son sens de l'humour a du plomb dans l'aile et la température de la voiture avoisine le point d'ébullition. Constance, qui s'est gavée de gâteaux et de jus d'orange depuis le départ, se plaint d'avoir mal au ventre, ce qui n'est pas surprenant. Thomas reproche à Nathalie de l'avoir laissée s'empiffrer.

– Parce que c'est ma faute ? Tu ne pouvais pas lui dire toi ?

– Moi, je conduis ! répond-t-il noblement.

– À zéro à l'heure, ne me dis pas que ça t'empêche de t'impliquer dans l'éducation de ta fille.

Constance met un terme à la dispute en vomissant sans préavis sur les coussins neufs de la Ford. Moralité, conclut Thomas, quand un enfant dit qu'il a mal au ventre, on ne sait jamais par quel orifice ça va sortir. Laura ânonne depuis une heure : « Quand c'est qu'on arrive ? » sous forme de mélopée, Thomas en vient à caresser de sérieux projets d'infanticide.

Maigre consolation, ça ne se passe pas mieux chez leurs voisins européens. On entend des bruits de gifle et des hurlements.

– Ça doit être les Anglais, affirme Thomas. Ces gens-là pratiquent encore les châtiments corporels !

Nathalie le taxe de racisme.

Enfin une station-service. On fait la queue pour accéder aux pompes. Thomas prend conscience pour la première fois de l'aspect scabreux de l'opération : enfourner l'embout dans l'ouverture béante du réservoir, le secouer pour récupérer les dernières gouttes… Tandis que Nathalie est partie à l'assaut des toilettes avec les enfants, Thomas remarque une fille splendide au volant d'un cabriolet immatriculé en Belgique. Dans son esprit surchauffé se forme aussitôt un plan d'évasion, une tentative d'une folle audace. Aborder la jeune Belge, lui dire :

– Mademoiselle ! Sauvez-moi, je vous en prie !

Elle, surprise :

– Mais… De quoi, monsieur ?

– De la famille, du mariage, des vacances, de la routine, de l'ennui…

Elle hésite un court instant, lui sourit :

– Montez !

Cheveux au vent, ils foncent vers le Sud. Nathalie et les filles se débrouilleront bien toutes seules pour arriver à la Chapelle-le-Muid. Ou pour rentrer à Nanteuil-le-Bois.

Petites routes, petit hôtel, l'olive de l'apéritif croquée à deux, bouche à bouche sous le regard attendri de la serveuse, le foie gras poêlé au verjus, le vin local, un peu perlant, mais pour une fois on s'en fout. Puis l'escalier gravi en riant, ses bras autour de son cou à peine la porte refermée, sa langue dans sa bouche, sa robe de lin qui se détache de ses épaules comme tombe la feuille à l'automne, le lit saccagé par la violence de leur désir. Encore et encore.

Un coup de klaxon arrache Thomas à son pauvre scénario. La file a avancé à son insu. Il voit un type monter en souplesse dans le cabriolet de la jeune Belge : beau, musclé, déjà bronzé. Le contraire d'un père de famille.

✷

La Chapelle-le-Muid s'abrite dans un vallon verdoyant. Une église et de grosses maisons de pierres grises autour d'une place en dévers et en demi-lune. Plutôt joli. Il fait une chaleur écrasante. Chassant les mouches d'une main lasse, la boulangère leur indique le chemin à suivre pour gagner la propriété des Vincelles. Elle dit aussi qu'il pourrait bien y avoir de l'orage, dans la soirée.

Les Lavaud se trompent encore trois ou quatre fois de chemin. Ils se disputent âprement, chacun rejetant la faute sur l'autre, ce qui a pour seul résultat de faire pleurer les filles. Thomas se crispe un peu plus en entendant les ronces griffer la carrosserie de sa Ford neuve et les cailloux cogner le châssis. Ils arrivent enfin, par hasard, au terme de leur voyage.

Rodolphe avait parlé d'une maison de famille, c'est presque un château : une façade symétrique de part et d'autre d'un ample perron, deux belles tourelles aux angles, des clochetons, de hautes cheminées de brique curieusement chantournées.

– Mon arrière-grand-père l'a achetée pour une bouchée de pain, se justifie Rodolphe.

Il souffre de ses origines bourgeoises et s'applique à minimiser le patrimoine familial, assez incompatible avec l'image de metteur en scène engagé et d'homme de gauche qu'il cultive.

– Ici, chacun vit à sa guise, explique Magali. L'unique règle à respecter, c'est l'horaire des repas. Treize heures pour le déjeuner, vingt heures pour le dîner. C'est tôt, mais vis-à-vis de Marthe…

– Marthe ?

– La nounou de Rodolphe. Une femme exceptionnelle ! Elle vient toujours nous donner un coup de main l'été. Ça lui fait tellement plaisir ! Impossible de dire non sans la vexer. Son seul défaut, c'est qu'elle est à cheval sur les horaires. Elle n'est plus toute jeune, vous comprenez…

Coup de main est un euphémisme : à soixante-quinze ans, Marthe trime à plein temps comme cuisinière et femme de ménage. C'est une forte paysanne à chignon qui soupire énormément et que ses varices font souffrir. Elle voue à Rodolphe une adoration sans limites dont il abuse. Affalé au bord de la piscine – un épais manuscrit sur les genoux en guise d'alibi –, il ne voit rien de choquant à se faire servir par Marthe. Elle, qui mourra manifestement à la tâche, se fait du souci pour lui qui travaille tant :

– Jamais une minute de repos, mon Rodolphe, toujours le nez dans ses écritures !

Marthe est secondée par sa petite-nièce, Vanessa, une adolescente maigrichonne et soumise qu'elle rudoie. Les après-midis de canicule, la pauvre gamine cire mollement l'énorme escalier de chêne, en regardant les enfants s'ébattre dans la piscine.

– Pourquoi tu ne lui dis pas d'apporter son maillot de bain ? suggère Nathalie que la situation met mal à l'aise. Elle crève d'envie de se baigner.

– Marthe ne serait pas d'accord, réplique Magali. Elle est de l'ancienne école. On ne se mélange pas entre maîtres et domestiques…

Rodolphe, lui, n'a pas de préjugés de classe. Se rendant le surlendemain matin dans la pièce du premier étage qui fait office de lingerie, Nathalie l'y surprendra une main dans le corsage de Vanessa, l'autre dans sa culotte, haletant et cramoisi. Choquée, Nathalie sera d'abord tentée de se ruer dans la pièce en traitant Rodolphe de vieux cochon. Mais après tout, Vanessa est peut-être consentante. Elle n'a pas pu voir son visage. Et un scandale n'apporterait rien de bon. En a-t-elle même le droit ? Que penseraient ses fils de leur père ? Dans le doute, Nathalie préfère se retirer sur la pointe des pieds et attendre un moment favorable pour informer Magali de l'inconduite de son mari.

Le premier soir, au dîner, Nathalie et Thomas découvrent qu'ils ne sont pas les seuls invités des Vincelles. Ils font la connaissance d'un homme aux cheveux poivre et sel, à la voix profonde, et au sourire charmeur. Une barbe de trois jours et un élégant costume en lin clair lui confèrent l'allure d'un aventurier de cinéma. Il est difficile de lui donner un âge : quarante, quarante-cinq, estime Nathalie. Mais en l'observant plus attentivement, elle remarque que ses dents sont usées, ses mains ridées constellées de taches hépatiques. Plutôt cinquante-cinq, soixante. Il doit être lifté. À ses côtés, une femme nettement plus jeune, blonde, diaphane, nerveuse. Ses grands yeux bleus, très clairs, lui donnent l'air candide. Elle fume pratiquement sans discontinuer.

Rodolphe fait les présentations :

– Jean-Charles, un ami de toujours, et Bénédicte, sa compagne. Deux superbes comédiens.

– Deux superbes comédiens auxquels tu n'offres jamais les rôles qu'ils méritent !

– Admirez la mauvaise foi de cette créature, par ailleurs si belle et si tendre, marivaude Rodolphe en flattant d'une main distraite la croupe de l'intéressée. Je lui ai proposé Marianne dans *Les caprices*, elle m'a ri au nez !

– Je venais de signer avec Sénécourt pour deux saisons.

– Eh oui, messieurs-dames. Elle m'a préféré ce vieux renard de Sénécourt ! Vous vous rendez compte ? feint de s'indigner Rodolphe.

Le ton est donné. Pendant tout le dîner se déroule une joute aimable, à la limite du flirt, entre Bénédicte et Rodolphe. Ni Magali ni Jean-Charles ne paraissent agacés par un jeu dont ils doivent être coutumiers. Thomas a vaguement entendu parler des auteurs et des metteurs en scène qu'on cite à tort et à travers, pas assez cependant pour se mêler à la conversation. Quant à Nathalie, son ignorance absolue du monde du théâtre la confine au rôle d'observatrice. Elle est pourtant certaine d'avoir déjà vu Jean-Charles. Mais où ? La mémoire lui revient au milieu du repas : c'est lui qui incarne le PDG dans cette pub idiote pour la nouvelle Citroën. Et dans celle du papier toilette molletonné, il porte un panama et de grandes moustaches. Elle est à deux doigts de le féliciter mais un obscur instinct lui souffle que le comédien ne serait pas enchanté qu'on lui rappelle en public des prestations aussi peu glorieuses.

Constance se chargera de mettre les pieds dans le plat, deux jours plus tard. Se plantant devant Jean-Charles, elle lui enverra, en toute innocence, un « C'est toi le monsieur rigolo du papier-cul, à la télé ! »

En entrée, Marthe sert une quiche au jambon. Suivie d'un rôti de porc accompagné de carottes et de pommes de terre rissolées. Il y a un gâteau au chocolat pour le dessert.

– C'est tous les jours comme ça, déplore Magali à l'oreille de Nathalie. Midi et soir. Un mois ici, c'est six kilos à perdre à la rentrée. Minimum ! Mais impossible de faire la moindre réflexion. Rodolphe ne l'admettrait pas et Marthe ne le supporterait pas…

Jean-Charles est le seul à faire vraiment honneur à cette cuisine trop riche. Bénédicte ne mange pas, elle fume. Les autres manquent d'appétit en raison de la chaleur oppressante. En venant débarrasser, Marthe prédit en bougonnant l'arrivée de l'orage. Nathalie et Magali montent coucher les enfants. Un immense espace qui fait à la fois office de dortoir et salle de jeux leur a été aménagé au deuxième étage. Il y a là des jouets, des livres, et surtout des malles remplies de costumes et d'accessoires pour se déguiser. Pour Constance et Laura, c'est le paradis. Tomtom, Benjy et Lolo, qui ont passé la journée dans le parc et dans la piscine, s'endorment instantanément.

– Tu comprends pourquoi j'apprécie de venir ici en vacances? dit Magali tandis que les deux femmes rejoignent les autres, installés sur la terrasse avec des cigares et des alcools forts, dans le vacarme des insectes nocturnes – cigales pour les uns, grillons pour les autres, personne ne sait où situer la ligne de partage si tant est qu'il y en ait une.

Magali roule deux joints qu'elle fait passer à la ronde. On est bien.

À l'issue de cette soirée, Nathalie en arrive à la conclusion que Jean-Charles est très creux, quand bien même il produit un son ample et magnifique. Une vraie cloche. Il lâche à intervalles réguliers des mots d'esprit éculés dont il rit sans complexes. Nathalie le surprend à plusieurs reprises en train d'observer son reflet dans l'argenterie de famille, impeccablement astiquée par la petite Vanessa. Et ce que voit Jean-Charles dans le miroir déformant de sa cuillère, gravée du monogramme des Vincelles, semble le remplir d'aise.

Bénédicte est plus fine. À tous points de vue. Sa petite tête d'oiseau perchée sur un long cou est sans arrêt en mouvement, et ses mains ne peuvent pas rester inoccupées plus d'une seconde. D'où la cigarette. Dans son regard clair, Nathalie croit déceler une incommensurable angoisse. Angoisse de vieillir, de ne pas être à la hauteur de ses rôles, de ne pas plaire à Rodolphe et aux autres dont sa carrière dépend. Nathalie se demande évidemment s'ils ont couché ensemble, mais croit pouvoir répondre par la négative. Dans le cas contraire, Rodolphe ne se donnerait pas autant de mal pour paraître spirituel.

L'orage annoncé éclate vers trois heures du matin avec une violence inouïe. Le fracas de la foudre réveille Nathalie : les éclairs se succèdent et s'enchaînent, la chambre est aussi lumineuse qu'en plein jour. Thomas, imperturbable, ronfle, assommé par la vieille prune locale que Rodolphe a tenu à faire goûter à ses hôtes.

Nathalie passe un peignoir et se hâte vers le deuxième étage pour voir si tout se passe bien du côté des enfants. Dans la cage d'escalier, les vitraux de couleur aux verres biseautés démultiplient les éclairs à l'infini. On se croirait dans *L'Exorciste*. Quelque part, on entend battre une fenêtre. Il y a un bruit de verre brisé. Nathalie presse le pas. Dans la salle de jeux-dortoir, sourds aux roulements du tonnerre et au martèlement de l'averse sur les toits, les enfants dorment dans des poses alanguies. Sauf Laura. Assise, les bras serrés contre la poitrine, elle a les yeux grands ouverts, immenses, emplis d'une terreur ancestrale, d'une terreur indicible qui est à deux doigts de gagner Nathalie. Je n'aurais pas dû tirer sur ce joint après dîner, pense-t-elle en se reprenant.

Le dessin capricieux des éclairs se reflète par intermittence dans les pupilles dilatées de Laura. Sa mère la serre tendrement contre elle en lui murmurant des mots apaisants. L'enfant est tétanisée. Nathalie décide de la prendre dans son lit pour le reste de la nuit. Dans le couloir, elle voit approcher un fantôme vaporeux : Bénédicte.

– Ça va ? demande la comédienne.

– Oui, oui, ça va…

– Oh, elle a eu peur de l'orage, dit-elle en caressant la joue de Laura du bout des doigts.

– Voilà.

– Ma fille aussi est facilement impressionnable, ajoute-t-elle après un temps.

– Tu as une fille ?

– Salomé. Elle a sept ans. Elle est en vacances chez son père.

– Ah.

On entend maintenant mugir le vent et craquer la charpente de l'immense demeure. Bénédicte frissonne. Des replis de son déshabillé, elle tire un paquet de cigarettes, s'en met une à la bouche et l'allume.

– Je ne vais pas dormir de la nuit avec cet orage !

– Il s'éloigne, assure Nathalie. Il s'éloigne…

Bénédicte lui sourit et disparaît sans faire aucun bruit, crachant la fumée.

Un jour gris, venteux et chiffonné suit l'orage. Impossible de profiter de la piscine, encore moins de jouer dans le parc où la foudre a frappé un hêtre. Confinés à l'intérieur, les garçons sont maussades. Magali propose de monter une pièce de théâtre puisqu'on ne manque ni d'espace, ni de costumes. L'idée plaît aux enfants. Bénédicte propose d'assurer la régie du spectacle. On prie les non-participants de ne pas déranger. Rodolphe part travailler dans son bureau, Nathalie et Thomas choisissent d'explorer la région en voiture. Pour la forme, ils proposent à Jean-Charles de les accompagner, espérant qu'il aura le tact de dire non, pour une fois qu'ils sont sans enfants. Il s'empresse d'accepter.

À peine installé dans la Ford, il se met à parler. De lui. De son enfance dans un milieu bourgeois nancéen très fermé, des cours de théâtre qu'il prenait en secret contre la volonté de son père, de ses conquêtes, des filles splendides, des héritières auxquelles il a néanmoins préféré sa carrière. Indifférent au charme des paysages traversés, Jean-Charles, dont la belle voix emplit l'habitacle, évoque son arrivée à Paris, jeune provincial ignorant des usages, ses premières panouilles, ses premiers vrais rôles. Il s'estime pénalisé par sa vague ressemblance avec un autre acteur, un opportuniste sans réel talent qui multiplie les rôles parce que, passez-moi l'expression, il lèche les culs qu'il faut. Pour ne pas dire les bites. Lui-même n'a jamais fait de compromis. Jamais ! Son secret ? Il a su garder intact le feu sacré des débuts, l'amour de la scène et des textes difficiles appréciés d'un public averti – traduisez : clairsemé. Excédée par ce bavardage incessant, Nathalie hésite à lui demander où, exactement, entre Paul Claudel et Bernard Koltès, il situe la pub pour le papier toilette. Mais par égard pour ses hôtes et pour Bénédicte, dont l'apparition fumante et nocturne l'a émue, elle s'abstient.

Ils s'arrêtent pour visiter une de ces églises à la beauté simple qui font la réputation du pays. Comme si on avait appuyé sur le bouton « play », Jean-Charles se lance dans une dissertation sur l'architecture romane.

– Il faut avouer qu'il en connaît un rayon, murmure Thomas à l'oreille de sa femme avant de s'apercevoir que l'acteur s'est contenté de réciter le texte d'un vieux guide touristique qui traînait dans le vide-poches de la voiture.

On déjeune d'huîtres et de vin blanc dans une guinguette au bord d'une rivière.

– C'est pour moi, clame le comédien en raflant l'addition.

Il disparaît à l'intérieur du petit restaurant pour réapparaître quelques instants plus tard, l'air penaud :

– Ces péquenauds arriérés ne prennent pas les cartes de crédit et je n'ai pas un sou sur moi…

Nathalie ne saura jamais s'il a menti, ou pas.

Au retour, une Laura déguisée en fée et rouge d'excitation les informe que le « pestacle » va bientôt commencer. Magali et Bénédicte ont bien travaillé : des draperies suspendues aux poutres délimitent un espace scénique et des coulisses. Elles ont récupéré d'antiques projecteurs au fond d'une malle : l'un donne un éclairage d'ambiance, l'autre fait office de poursuite. Les enfants ont très librement adapté l'histoire de *Peter Pan*. Laura joue la fée Clochette. Constance, Wendy, Tomtom le capitaine Crochet, et ses deux frères les Enfants Perdus ou les pirates, au gré des besoins. Pour l'indispensable accompagnement musical, on a sorti un vieil électrophone d'un placard. Avec un 33 tours de Prokofiev qui gratte gentiment. Le costume du crocodile, conçu par Bénédicte et cousu à la hâte par Vanessa, suscite les applaudissements du public.

À la suite de cette représentation, Constance et Laura déclarent d'une seule voix qu'elles seront actrices quand elles seront grandes. Magali, quant à elle, en tirera l'idée d'un cours de théâtre destiné aux enfants. Elle s'y consacrera dès son retour à Nanteuil-le-bois. Un an plus tard, elle aura une vingtaine d'élèves et se prendra au sérieux presque autant que son mari.

Rodolphe a suivi d'un œil sévère ces aventures inédites de *Peter Pan*. À la fin du pestacle, il loue le dynamisme des comédiens, mais déplore la toute-puissance de l'impérialisme américain qui incite les enfants à puiser leur inspiration chez Walt Disney plutôt que dans le patrimoine national, et fustige avec bonhomie les carences de la mise en scène. Les trois garçons sont un peu marris de la réaction de leur père, qui profite de l'occasion pour évoquer les grandes lignes de sa prochaine création : *Hernani*. En guise de décor, une usine désaffectée dans une région économiquement sinistrée. Impliquée dans la figuration, la population locale retrouvera espoir et dignité à travers le texte subversif de Hugo que Rodolphe entend dépoussiérer. Rien que ça. Pour la musique, il pense à des chants byzantins interprétés par des moines serbes qu'un DJ black mixera chaque soir en direct.

– Et côté distribution, tu verrais qui ? demande Jean-Charles.

– Il est huit heures ! Passons à table ! répond Rodolphe.

✷

Les Lavaud reprennent la route. Au moment du départ, Bénédicte – au grand dam de Thomas qui a peur pour sa voiture –, offre des friandises aux filles et embrasse longuement Nathalie pour laquelle elle s'est prise d'une amitié flamboyante.

– Je t'appelle dès que je suis rentrée à Paris et on déjeune ensemble. Promis ?

– Promis.

Piquée au bord du chemin, Bénédicte leur adresse de grands signes d'adieu avec la main qui ne tient pas de cigarette. Jean-Charles agite comiquement un canotier trouvé dans une des malles à déguisements.

✷

À dix kilomètres de Port-Gravelle, les Lavaud renouent avec les embouteillages et les carrosseries étincelantes sous un soleil implacable. Une attente interminable, puis le passage sur une seule voie, assuré par des gendarmes stressés. C'est un accident. Une voiture détruite. À ce point-là, on se demande comment c'est possible. Des valises éclatées, leur contenu répandu sur la chaussée, et des médecins-pompiers concentrés, penchés sur une forme indistincte enveloppée d'aluminium brillant, comme un poisson en papillote. Boucherie estivale d'urgence. Thomas a le cœur au bord des lèvres, imaginant une amputation expresse ou quelque autre abomination médicale. Une vie ruinée, quoiqu'il en soit. Constance et Laura veulent s'arrêter pour voir. Elles boudent parce que leurs parents refusent de céder.

Nathalie, mal à l'aise, s'est murée dans le silence. Non à cause de l'accident, comme le suppose Thomas, mais parce qu'elle a mauvaise conscience. Après avoir longuement pesé le pour et le contre, elle a renoncé à parler à Magali de la scène qu'elle a surprise dans la lingerie. Il lui a semblé que c'était trahir les lois de l'hospitalité. Et elle s'est persuadée qu'il serait mieux que son amie découvre la vérité elle-même. S'il y a une vérité… Plus le temps passe, plus la scène entraperçue paraît irréelle à Nathalie.

– Ça va ? Tu as l'air ailleurs.

– Ça va, répond-t-elle en chassant de son esprit le souvenir du visage congestionné de Rodolphe pressé contre les cheveux pâles de Vanessa.

✷

Port-Gravelle n'a de port que le nom. L'agglomération est constituée, pour l'essentiel, d'une rue en front de mer, bordée de villas modestes. Quelques petits immeubles. Au centre, une mairie, une supérette, une boulangerie, un bazar et un bar-tabac. Fin de Port-Gravelle.

– On a dû passer devant la maison sans la voir, dit Thomas en effectuant un périlleux demi-tour.

Ils se renseignent. C'est trois rues derrière.

– C'est ça qu'ils appellent avoir les pieds dans l'eau ? rouspète Thomas.

– À marée haute, peut-être, hasarde Nathalie, plus optimiste.

Il n'a pas le temps d'apprécier ce trait d'humour : ils sont devant leur location. Quelles que soient les habitudes régionales en la matière, « villa » n'est pas le terme qui convient. Un parallélépipède rectangle au crépi beigeasse coiffé d'un prisme de tuiles roussâtres. La pauvreté architecturale la plus stricte, avec des persiennes vertes et un carré de pelouse mitée que l'annonce ose qualifier de jardin.

L'intérieur est au diapason de l'extérieur : quatre pièces étriquées tapissées d'un papier peint où figurent des voiliers, des nuages et des goélands.

– Tout ce qu'on ne peut pas voir depuis la terrasse, en somme, persifle Thomas.

Le propriétaire ne l'entend pas, il est sourd. Il leur indique l'emplacement du baromètre, si utile au bord de la mer, et leur fait admirer comme un comble de raffinement l'énorme téléviseur camouflé dans un faux bahut breton. Thomas menace de rentrer sur le champ à Nanteuil-le-Bois, sous peine de dépression nerveuse aggravée.

Au-dessus de leur lit, trop mou, un Christ de maillechort ; on a glissé un rameau de buis béni entre la croix et ses omoplates.

– Ça doit vachement le gratter, observe Constance non sans à-propos.

Dans sa chambre, veille une Vierge à l'enfant en terre cuite, sur le socle de laquelle on peut lire : « souvenir de Peniscola ». Thomas croit bon d'en rire.

Avec ses petits carreaux ornés de motifs de fruits et de légumes en ronde-bosse, la cuisine ne dépare pas l'ensemble. Service en verre trempé d'un jaune bilieux. Quatre assiettes creuses, quatre plates, et six assiettes à dessert dûment inscrites à l'inventaire du proprio. Toute casse sera déduite du montant de la caution. Couverts en quantité réduite également, et en fer blanc.

– Les mêmes qu'à la cantine, fait remarquer Constance avec ravissement.

Ils dînent dans une crêperie de Pornic, servis par une grosse fille d'une nonchalance appuyée sur laquelle Thomas se retient de se passer les nerfs.

Une fois les enfants couchés, il laisse exploser sa colère :

– On ne va tout de même pas rester quinze jours ici !

– Tu as une autre solution ?

Il n'en a pas. Ils baisent pour se consoler. Rien d'inoubliable. Ce n'est pas uniquement la présence du Christ au-dessus de leurs têtes qui les perturbe, leurs accouplements perdent régulièrement en fréquence comme en intensité. Quelqu'un s'est-il déjà avisé qu'éros implique érosion ? songe Thomas. Comment lutter contre cette usure ? Prendre une maîtresse ? D'abord, il ne connaît aucune femme susceptible d'assumer ce rôle, et puis sa mésaventure avec Julie l'a un peu vacciné. Le mal est nettement plus profond, nettement plus insidieux, il le sait. Mais là non plus, il ne voit pas de solution.

En regardant ses filles patauger dans la mer et s'amuser dans le sable, Thomas se fait une raison. Elles, au moins, seront contentes de leurs vacances. Le propriétaire de leur maison n'a pas menti sur un point : la plage est familiale. Elle est même couverte de familles. Matrones dont les maillots contiennent à peine les débordements cellulitiques flanquées de jules velus et ventrus qui lisent *L'Équipe*, les pieds sur la glacière où fraîchissent leurs Kro. Des enfants partout. Et des chiens.

Pour échapper à ce cauchemar, Thomas propose de se charger des courses et de la cuisine. Là où une heure lui est nécessaire à Nanteuil-le-Bois, il en faut le double à Port-Gravelle : la supérette est bondée, les caissières facilement débordées, et les produits moins frais qu'à Paris.

✷

Le drame survient trois jours plus tard, annoncé par un télégramme sibyllin de Nicole : « Jean-Louis a perdu la tête suite à voyage pédagogique – Au moment où traitement efficace – Ai besoin ton aide et ton avis – Arrive demain – Vous embrasse. »

L'avant-dernière phrase glace Thomas. À part un raz-de-marée ou le passage du Tour de France, il ne voit pas ce qui pourrait se produire de pire à Port-Gravelle que l'arrivée de sa belle-sœur. Avec ou sans Jean-Louis ? Le télégramme n'est pas très clair là-dessus.

– Qu'est-ce qu'elle veut dire par : « Il a perdu la tête » ?

– Je ne sais pas. Il a dû faire une connerie.

– Voyons, quel genre de connerie peut faire un prof de physique-chimie ? J'y suis ! Il a fait péter le labo du collège !

– Jean-Louis est prof de lycée, et Nicole parle de voyage pédagogique…

– Alors là, franchement, je ne vois pas.

– Moi non plus.

– À moins qu'il ait tripoté une de ses élèves ?

– Thomas, je t'en prie !

– Quoi ? La chair est faible. Même dans l'Éducation nationale.

Nathalie s'est attachée à décrypter la partie positive du message à savoir « traitement efficace ». Cela signifie-t-il que Nicole attend enfin l'enfant qu'elle espère depuis tant d'années ? Mais alors, qu'est-ce qui cloche avec Jean-Louis ?

– Une pouffe ! crache Nicole. Une abominable pouffe d'une vulgarité sans nom ! Une teigne, une vipère ! Une salope ! Une divorcée !

Sitôt descendue du train en gare de Nantes, où Thomas est allé la chercher, Nicole dénigre sa rivale, la prof d'anglais du lycée où enseigne Jean-Louis. « Une espèce de remplaçante… même pas titulaire en plus… » trouve sa place dans la litanie des termes injurieux. Au milieu du torrent d'insultes déversé par sa belle-sœur surnagent quelques éléments objectifs qui permettent à Thomas de reconstituer l'histoire.

Cette professeur d'anglais dynamique a mis sur pied un voyage d'une semaine à Cardiff avec les élèves de première A1 et A2. Deux autres enseignants étaient nécessaires pour encadrer les jeunes. Jean-Louis s'est porté volontaire, comme il le fait toujours, à la fois par conscience professionnelle et parce qu'il n'a pas d'enfants dont la garde pourrait poser problème. La préparation du voyage a nécessité de nombreuses réunions.

– Maintenant, je sais en quoi ils consistaient, leurs foutus préparatifs ! éructe Nicole.

Elle fait peine à voir, échevelée, l'œil perpétuellement humide et le teint brouillé. Jean-Louis ne l'a appelée qu'une seule fois de Cardiff : il prétendait que les cabines téléphoniques étaient rares et son emploi du temps chargé. Elle l'a cru. Au retour, elle a eu un choc : il avait rasé sa barbe et lui a annoncé son intention d'arrêter la pipe.

– Il n'y a vraiment pas de quoi rire, Thomas ! menace Nicole.

– Je ne ris pas.

– Bien sûr que si ! Tu as toujours mauvais esprit !

Jean-Louis a également profité de son séjour gallois pour renouveler sa garde-robe. Terminé les chemises trappeur. Il porte maintenant des jeans et un blouson de cuir sur des polos Lacoste, prétextant que les vêtements ne coûtent rien en Angleterre. Ses relevés de carte bancaire vont bientôt démontrer le contraire à sa femme.

– Jean-Louis est comme un pantin entre les mains de cette garce, se lamente Nicole. Elle lui dirait de se jeter du Tower Bridge, qu'il lui obéirait !

Nicole refuse d'admettre que son mari est tout simplement amoureux. Au retour de ce voyage plus érotique que pédagogique, Jean-Louis se met à développer une activité syndicale frénétique : il est tous les soirs en commission, préparant une vaste offensive sur la question des retraites. Nicole ne se méfie pas, jusqu'au jour où elle rencontre au marché une collègue cégétiste de son mari à laquelle elle demande si elle n'est pas trop fatiguée.

– Pourquoi je devrais être fatiguée ?

– Avec ces histoires de retraite et toutes leurs réunions qui se terminent à des deux, trois heures du matin.

L'autre la regarde avec commisération et préfère lui cracher le morceau : tout le lycée est au courant de ce qui se passe entre Jean-Louis et la prof d'anglais remplaçante.

– Ça, c'est moche, commente Thomas.

– Arrête-toi tout de suite ! glapit alors Nicole.

– Qu'est-ce qu'il y a ? Tu ne te sens pas bien ?

– Si. J'ai juste besoin de faire pipi.

– Ici ?

– C'est depuis que je suis enceinte. Je pisse toutes les demi-heures.

Charmant, songe Thomas tandis que Nicole se soulage longuement, accroupie au bord de la nationale surchargée, entre les deux portières ouvertes de la Ford.

Le nœud du drame est là, dans cette grossesse tant attendue qui survient au moment précis où Jean-Louis s'embarque dans une aventure avec une autre femme.

– Ton mari et sa prof d'anglais, ce n'est peut-être pas très sérieux ? dit charitablement Thomas. Une passade…

Nicole le fixe :

– J'ai mis Jean-Louis devant ses responsabilités. Je lui ai dit : « C'est elle ou moi. » Il m'a répondu : « C'est elle ! » Et il est parti…

Là-dessus, Nicole fond en larmes.

Thomas constate rapidement que sa belle-sœur pleure aussi souvent qu'elle pisse. Les deux sœurs passent des heures à discuter de la situation en buvant du thé, ceci expliquant partiellement ce qui précède.

Nicole ne veut garder l'enfant que si Jean-Louis revient. Avec tout le tact dont elle est capable, Nathalie s'efforce de lui démontrer que le bébé représente un véritable miracle, alors que Jean-Louis n'est franchement pas irremplaçable.

Accaparé par ses filles et par les tâches ménagères, Thomas suit les débats de loin. Il estime, quant à lui, que la défection de Jean-Louis est une chance pour Nicole. Loin de ce crétin barbu qui ne l'est plus, et grâce à l'enfant, elle va peut-être enfin parvenir à s'épanouir. La quarantaine passée, il serait temps.

Nicole se range progressivement aux vues de Nathalie, ce qui fait que Thomas doit la supporter pendant toute la durée des vacances. Non qu'elle soit désagréable ou exigeante, mais sa présence l'horripile et il commence à redouter qu'elle soit tentée de venir passer chez eux les six prochains mois de sa grossesse.

*

Au retour, Thomas reçoit un coup de fil de Jean-Louis à l'agence : peuvent-ils se voir ? Animé d'une curiosité assez perverse, Thomas invite aussitôt son beau-frère à déjeuner.

Sans sa barbe et dans ses nouveaux vêtements, portés trop près du corps, il le reconnaît à peine. D'autant que Jean-Louis a perdu du poids et de cette assurance tranquille, propre au fumeur de pipe, qui a été la sienne. Thomas croit même discerner dans son œil une lueur d'angoisse ou un doute existentiel, difficile à dire, mais ça n'était pas là avant.

– Je sais ce que tu penses, mais j'ai des excuses, déclare Jean-Louis d'entrée.

Thomas demeure impassible. Surtout ne pas lui donner l'impression qu'il le juge, qu'il a choisi son camp. La neutralité d'un psy, le pinard en plus : il a commandé un côte-du-rhône assez trapu que l'autre boit comme du petit lait.

– Ça t'est peut-être arrivé ? Je veux dire, craquer pour une autre femme… Non ?

Sourire séraphique de Thomas.

– Non, bien sûr, tu ne me diras rien. Mais je suis certain que ça t'est arrivé. Ça nous arrive à tous un jour ou l'autre. Aimer une seule femme, la même femme toute sa vie, putain, c'est impossible !

Aux tables voisines, plusieurs personnes tournent la tête dans leur direction.

– Baisse d'un ton, suggère Thomas. T'es pas en réunion syndicale.

– Ça va peut-être t'étonner, reprend Jean-Louis en chuchotant, mais quand je l'ai vue, je n'ai vu que ses chevilles. Nicole n'a pas de très jolies jambes. Nathalie est mieux.

– Merci, j'avais remarqué.

– Ensuite, je me suis intéressé au reste. Elle a aussi un cul splendide, je peux te le dire. Et des yeux !

Et la queue, alouette… Jean-Louis n'a tout de même pas sollicité ce déjeuner uniquement pour lui vanter les charmes de sa maîtresse ? Thomas commande néanmoins une seconde bouteille de vin.

– Au lit, ça n'a rien à voir.

– Ah bon ?

– Je ne sais pas, comment est Nathalie à ce niveau-là ? Je veux dire, je ne sais pas si les sœurs font ça de la même façon… Qu'est-ce que tu en penses ?

– Je n'ai pas d'opinion.

– En tout cas, avec Capucine, ça n'a rien à voir.

– Elle s'appelle Capucine ?

– Oui. C'est joli, non ?

– C'est frais.

– Capucine m'a… Comment dire ? Révélé à moi-même. Avec Nicole, j'étais assez coincé.

– Au lit tu veux dire ?

– Oui. Non. Dans la vie en général. J'étais ringard…

– Tu exagères.

– Si, si j'en suis conscient. Aujourd'hui j'ai évolué.

– Alors où est le problème ?

– Nicole me manque. C'est pour ça que j'ai voulu qu'on se voie. Pour que tu lui dises.

– Tu veux que je dise à Nicole qu'elle te manque ?

– Voilà. Elle t'écoutera. Elle a toujours eu beaucoup d'estime pour toi.

– Et tu penses qu'elle va revenir ? Ou te reprendre ? Après ce qui s'est passé ?

– Mais non !

– Je ne comprends pas.

– J'aimerais simplement qu'elle arrête de me faire la gueule ! Qu'on puisse se voir de temps en temps… Je sais pas moi, boire un verre ensemble, discuter. Pourquoi pas aller au cinéma. J'aimerais qu'on reste bons amis. Capucine est tout à fait d'accord. Elle a des idées très larges sur le couple.

Thomas dévisage attentivement son beau-frère : ce type est sidérant d'ingénuité. Francis aurait apprécié le ridicule de la scène, et plus encore ce qui va suivre.

– Tu es au courant que Nicole attend un enfant ? dit doucement Thomas.

– Oui… Juste au moment où je rencontre Capucine, c'est pas de pot !

– La chance n'a rien à voir là-dedans. C'est un enfant de toi, Jean-Louis. Tu es son père. Nicole attend peut-être autre chose de toi qu'une séance de cinéma ou un verre au bistrot.

Jean-Louis le fixe à travers ses lunettes aux verres épais et Thomas remarque au passage qu'il a changé de monture. Il se met à pleurer.

Oh non, pas ça.

Très vite les pleurs se muent en sanglots. Les épaules de son beau-frère sont secouées par la houle de son chagrin, tout le restaurant les regarde. Je ne pourrai plus revenir manger ici avant un an ou deux, songe Thomas, cherchant vainement dans ses poches un mouchoir à tendre à Jean-Louis. S'emparant brusquement de sa serviette, ce dernier s'y mouche. Bruyamment. Thomas augmente d'un an le délai de prescription. Il règle rapidement l'addition, laisse un pourboire à la hauteur de son embarras et se hâte de quitter l'établissement avec un Jean-Louis reniflant.

– Moi, de toute façon, je voulais pas vraiment d'un enfant, avoue son beau-frère en se dirigeant vers la bouche du métro. Mes élèves me suffisent. Mais pour Nicole c'était vital. Alors je me suis laissé faire… Et c'était pas la joie, je te prie de le croire ! Tous ces examens que j'ai dû subir. Les questions des médecins. Et je te passe les branlettes dans des tubes à essai avec l'infirmière qui vient te demander toutes les trois minutes si ça y est, l'air de se foutre de ta gueule. À toi, je peux le dire, j'ai bu la coupe de l'humiliation jusqu'à la lie !

Jean-Louis laisse planer un silence éloquent et confraternel.

– Si j'étais resté avec Nicole, j'aurais été heureux de la voir heureuse avec son bébé. Maintenant, ce gosse, c'est juste un problème de plus…

✷

Nathalie a vainement attendu un appel de Bénédicte après les vacances. L'automne est déjà largement avancé quand elle se décide à prendre des places pour une pièce de Pirandello dans laquelle la performance de la comédienne a été unanimement saluée par la critique. Thomas appelle à la dernière minute pour annoncer qu'il ne pourra pas la rejoindre à temps, un problème avec un client. Nathalie en est secrètement ravie : en présence de son mari, elle aurait été moins à l'aise, moins libre de parler avec Bénédicte.

La pièce est un enchantement. Pourquoi n'allons-nous pas plus souvent au théâtre ? s'interroge Nathalie, oubliant qu'en général elle s'y ennuie au point d'y piquer du nez. Elle demande à une ouvreuse le chemin les loges. Elle est aussi émue qu'à un premier rendez-vous.

Elle trouve Bénédicte en compagnie d'un jeune couple très branché, fringues de cuir coûteuses et lunettes tendance. L'actrice ne la reconnaît pas. Puis, quand Nathalie lui rappelle leurs vacances communes chez les Vincelles, elle prend un air chagrin : Rodolphe a été odieux avec elle. Odieux. Elle préfère ne plus en parler. Les deux branchés compatissent. Et que devient Jean-Charles ? tente Nathalie pour meubler le silence. Bénédicte échange un regard amusé avec ses amis ; ils répondent par des sourires entendus.

– Tu n'es pas au courant ?

– N-non, bredouille Nathalie consciente d'avoir commis un impair.

Mais lequel ?

– Chausson le prend dans sa prochaine création. À Bobigny.

– Formidable ! se réjouit Nathalie qui n'a jamais entendu parler de Chausson et très peu de Bobigny. Je suis vraiment contente pour lui. Il le mérite.

– C'est très juste, opine le branché mâle. Il le mérite.

Elle apprend vite, Nathalie. Pas assez, tout de même, pour être conviée à dîner avec les autres.

On se quitte sur le boulevard que balaient des rafales de pluie.

– On s'appelle ! promet Bénédicte en hélant un taxi. Sans faute !

Nathalie la regarde monter dans la voiture avec ses amis. Elle les entend rire tandis que le taxi démarre en soulevant des gerbes d'eau.

Quand elle arrive à la maison, elle est maussade et trempée. Thomas surgit de la cuisine, un sandwich pâté cornichons à la main. La bouche pleine, il vient aux nouvelles :

– C'était comment ta soirée ?

– Très réussi. Bénédicte était sublime ! C'est dommage que tu n'aies pas pu venir.

– Ces cons de la Générale d'Assurances nous ont fait chier jusqu'à vingt-deux heures pour des histoires de poils de cul !

– J'ai toujours l'impression d'être dans *Pirandello*. Ces répliques ciselées…

– Excuse-moi. Mais ces types m'ont vraiment gonflé !

Il ajoute, après un temps :

– Je ne pensais pas que tu rentrerais si tôt. Vous n'êtes pas allées prendre un verre, après ?

– Bénédicte était épuisée. Elle se donne beaucoup sur scène, tu sais. Mais on doit s'appeler pour déjeuner, la semaine prochaine.

✷

Au cours du même automne, Nicole se reprend en main avec une détermination inédite. Elle demande le divorce et obtiendra, au final, une pension convenable pour son enfant à naître, en échange d'un droit de visite parcimonieux pour le géniteur.

Elle accouche au printemps d'un garçon de trois kilos trois cent cinquante-cinq grammes, qu'elle prénomme Augustin, Raoul, André.

Un an plus tard, elle a retrouvé l'amour en la personne d'un professeur de mathématiques que Thomas trouve tragiquement semblable à Jean-Louis, le gabarit mis à part.

– Du moment qu'elle est heureuse, quelle importance, dit Nathalie.

– Tu as raison. Quelle importance.

✷

Thomas n'aime pas l'image que lui renvoie le miroir : sa calvitie gagne du terrain et les cheveux qui résistent ont pris une teinte indéfinie : un blond sale, ou un blond. Il a désormais dans le regard cette expression de dignité offensée qu'on trouve aux alcooliques – même ceux dits « mondains » – qui persistent à nier leur faiblesse. Il a des poches sous les yeux et son menton affaissé lui donne un air veule et furtif. Son ventre commence à déborder par-dessus la ceinture du caleçon comme les roses au-dessus de son portail, autrefois, à Nanteuil-le-Bois. Un avachi, voilà ce qu'il est devenu. Au lieu de se gausser des tenues de cycliste de Werner et du jogging quotidien des Dexincourt, il aurait mieux fait de picoler moins et de se mettre au sport, lui aussi. Maintenant, il est trop tard. Les dégâts sont irréparables.

Quelle femme pourrait encore vouloir de moi ? regrette-t-il, porté par le flot pressé des voyageurs dans les couloirs de la station Opéra. Ses bureaux sont tout près. Trois pièces hautes de plafond dans un immeuble au charme désuet. Le propriétaire menace d'augmenter sensiblement le loyer. Il faudra probablement s'exiler en banlieue, et il n'est pas certain que les clients suivront. L'affaire – dans laquelle il a désormais le statut d'associé –, va petitement. Chaque jour, les meutes agressives des jeunes loups de la com' grignotent de nouvelles parts de marché.

– On essaie de sauver les meubles, soupire Jean-François Séchin. Le meilleur est derrière nous…

Il devient sentencieux, il radote, Séchin. Thomas le trouve même carrément sénile.

Ils commencent à faire une belle paire de vieux cons. Mais au moment du divorce, Jean-François l'a empêché de sombrer, et Thomas n'est pas un ingrat.

*

C'était à la fin du mois d'août. Huit ans plus tôt. Les filles étaient en colonie de vacances dans les Alpes du Sud. Laura leur adressait des cartes postales jaculatoires, émaillées de fautes d'orthographe : « *Ici, il fait beau. On a manger des frite et du poulais et on s'amuse baucoup. Hier, on a attraper des taitars. Gros bisoux.* »

À Nanteuil-le-Bois, il faisait très chaud. Le grondement d'un orage lointain se mêlait à la rumeur diffuse de l'autoroute. Nathalie et Thomas étaient installés sur leur minuscule terrasse, face au jardin obscur. Thomas avait préparé une carafe de mojito, escomptant vaguement que le breuvage aurait sur sa femme un effet aphrodisiaque. Ils n'avaient pas baisé depuis le début de l'été. Et même bien plus. Nathalie était obnubilée par ses problèmes professionnels : son entreprise était en pleine croissance, ses responsabilités allaient de pair. Il n'était pas question de vacances. Elle avait été contrainte de mettre les filles en colo et elle culpabilisait.

Confiant dans l'ambiance de la soirée et les vertus de son cocktail, Thomas avait commencé à caresser du bout des doigts le bras de Nathalie quand elle avait dit d'un ton posé :

– Thomas, j'aimerais que nous mettions un terme à notre mariage.

Sa main était restée figée sur le bras nu de sa femme, telle une vilaine araignée. Il avait senti un grand froid l'envahir et bredouillé un :

– Pardon ?

– Il est temps d'ouvrir les yeux, avait repris Nathalie en évitant les siens. Nous avons beaucoup évolué l'un et l'autre depuis notre mariage. Mais pas dans le même sens…

– Je suis très fier de ta réussite, avait-il lancé.

– Je n'en dirais pas autant de la tienne. Tu entretiens toujours les mêmes chimères, mais dans le fond, tu te contentes de ce que tu as. Je crois que ton problème, c'est que tu es fondamentalement dépourvu d'ambition.

– Ah bon ? Et pour toi, c'est un problème ?

– Ça ne l'a pas été pendant des années. Maintenant, ça l'est devenu.

– Effectivement. Tu as changé.

Elle avait poursuivi après un silence chargé de maléfices :

– Tu as joué un rôle primordial dans ma vie, Thomas. Constance et Laura sont là pour en témoigner. Mais dans mon avenir, franchement, je ne vois plus où te situer…

– À t'entendre, on a l'impression que tu parles de ton plan de carrière.

– Mon plan de carrière est parfaitement limpide. C'est notre mariage qui ne l'est plus. Je suis désolée de te faire de la peine, mais on ne peut pas continuer comme ça. Il était temps de mettre les choses à plat.

Thomas s'était servi un plein verre de mojito et l'avait bu d'un trait en s'exhortant au calme.

– Je ne pense pas que tu puisses décider de façon unilatérale et abrupte que tout est fini entre nous, sous prétexte que nous ne sommes plus les mêmes qu'il y a quinze ans !

– Qu'est-ce que tu proposes ? Qu'on prolonge indéfiniment une relation cafouilleuse ?

– Cafouilleuse ?

– C'est l'adjectif le plus doux qui me vienne à l'esprit.

– Bon Dieu ! Si c'est vraiment ça que tu penses, pourquoi tu ne m'as jamais rien dit ?

– Je te le dis maintenant.

– Alors que tu as déjà pris ta décision !

– J'aimerais que les choses se passent bien avec les enfants. Sans larmes, sans drame, sans vacheries.

– Traduction : paie la pension et ferme ta gueule !

– Ce n'est pas du tout ce que je voulais dire. Constance est assez grande pour choisir entre nous deux. Je respecterai son choix, quel qu'il soit. On peut aussi envisager un système de garde alternée.

– Tu as vraiment pensé à tout !

– Il fallait bien.

Après avoir bu les dernières gouttes de mojito, Thomas avait enfin osé demander :

– Est-ce que je dois comprendre que tu as… quelqu'un ?

Le « oui » de Nathalie lui était parvenu, très atténué. Il avait eu l'impression de recevoir un grand coup dans le buffet : souffle coupé, abdominaux douloureux.

– C'est qui ?

– Un type de France Télécom.

Le « type de France Télécom » que Thomas, *in petto*, avait immédiatement surnommé « Télécon », ne grimpait pas aux poteaux téléphoniques pour réparer les lignes. Il était très haut dans la hiérarchie. Vraiment très haut.

– Et... Ça dure depuis longtemps ?

– Deux mois.

– Ah oui, quand même.

– J'allais t'en parler. Je... j'attendais le moment favorable.

– Merci de ta délicatesse.

En quelques secondes s'était dressé entre eux un mur de verre, à travers lequel Thomas observait Nathalie comme s'il la découvrait. Ses traits avaient-ils toujours exprimé cette même volonté tendue ? Sa femme lui parut plus belle que jamais. Sans doute parce qu'elle était amoureuse. D'un autre.

Conjugué à l'émotion, le mojito qu'il avait bu trop vite l'assomma par surprise.

Il balbutia un bref bonsoir et partit s'allonger. Pour dormir d'une traite jusqu'au matin, en dépit du fracas de l'orage qui éclata peu après.

De cette soirée de rupture, il conserva l'habitude d'user de l'alcool comme somnifère, avec une préférence pour le whisky bien tourbé. Et les conséquences que l'on sait sur son embonpoint et sur le crabe qui affûtait peut-être ses pinces quelque part dans les replis de ses viscères, allez savoir avec ces bêtes-là.

Nathalie organisa leur séparation avec le sérieux et la méthode qu'elle mettait en toutes choses. Thomas la regardait faire, dépassé, abasourdi, cherchant vainement dans les quinze années de leur vie commune les signes avant-coureurs qu'il n'avait pas su déceler, se reprochant telle réaction, telle attitude, à quoi Nathalie disait que non, ça n'avait rien à voir, c'était un ensemble.

– Si je comprends bien, tu me rejettes en bloc ?

– Je ne rejette rien du tout. Je passe à autre chose. Je tourne la page « Thomas » pour entamer un nouveau chapitre.

Avec Télécon ! complétait-t-il en son for intérieur.

Briefées de main de maître par Nathalie qui avait potassé son Dolto, les filles avaient plutôt bien pris la nouvelle.

– S'il n'y a plus d'amour entre vous, avait déclaré Constance, il vaut mieux vous séparer.

– Je t'aimerai toujours, mon papa ! avait dit Laura pour sa part.

Ce n'était guère plus original, mais Thomas avait dû tourner la tête pour cacher ses larmes.

Au cours de cette période très chargée émotionnellement, il s'était mis à pleurer à la moindre contrariété. Y compris au boulot. Le client qui l'avait vu éclater en sanglots pour une réflexion anodine en était resté tellement estomaqué que Séchin en avait profité pour lui fourguer un cahier de huit pages en quadri au lieu des quatre en bichromie prévues à l'origine. Après quoi, il avait tout de même conseillé à Thomas de prendre des antidépresseurs : pleurer en réunion n'était pas une stratégie porteuse, à long terme.

Nathalie aurait voulu qu'il rencontre Télécon, histoire de lui prouver que les filles seraient en sécurité auprès de leur beau-père. Thomas n'y tenait pas. Elle s'arrangea tout de même pour que son amant vienne la chercher un soir à la maison, sans prévenir Thomas qui se retrouva nez à nez avec son rival. Le prenant pour un démarcheur d'huisseries en PVC à domicile – il ne passait pas une semaine sans qu'il s'en présentât un ou deux –, il l'accueillit d'un : « Merci ! Nous n'avons besoin de rien ! » avant de lui claquer la porte au nez. Un peu déstabilisé, Télécon cria à travers la porte :

– Je suis Régis Lefrasnois… Euh… de France Télécom !

Il se prénommait Régis, en plus.

Thomas ouvrit à nouveau la porte, centimètre par centimètre, tandis que l'autre souriait bêtement sur le perron. Nathalie fit les présentations d'un ton faussement enjoué. Aussi agacés l'un que l'autre par le ridicule de la situation, les deux hommes se firent face dans un silence crispé tandis qu'elle allait chercher les filles. Laura refusa de descendre dire bonsoir au monsieur, ce qui provoqua, à l'étage, un petit drame dont les échos leur parvinrent.

– J'espère que nous saurons nous comporter en gentlemen, finit par dire Régis.

– Pas de problème en ce qui me concerne, répondit Thomas.

Télécon se racla la gorge avant de poursuivre :

– J'ai deux enfants d'un premier mariage.

– Moi, je viens d'apprendre que c'était mon premier mariage…

– Une fille de dix-sept ans et un garçon de quinze, enchaîna l'autre.

– Et avec Nathalie ? Vous comptez en avoir combien ?

– Hein ? Ah ! Oh… Je… Il n'en a pas été question… Je…

Son embarras était réconfortant. Nathalie arriva à point nommé pour y mettre fin, accompagnée d'une Constance renfrognée dont Régis déclara – avec une étonnante mauvaise foi, puisque tout le monde s'accordait à dire qu'elle était le portrait craché de Thomas –, qu'elle ressemblait trait pour trait à sa maman.

– Qu'est-ce que tu as pensé de lui ? demanda plus tard Nathalie à Thomas.

– De qui ?

– Très drôle.

– Que peut-on bien penser de l'homme qui vous remplace dans le cœur de la femme qu'on aime, sinon beaucoup de mal, répondit Thomas.

– Tu es vraiment très vieux jeu, dit Nathalie.

Les amis ne furent pas d'un grand secours à Thomas. À commencer par les Burch, contraints de quitter Nanteuil-le-Bois parce que l'entreprise de Werner délocalisait. Ils se désolèrent d'apprendre que les Lavaud allaient divorcer :

– À nos yeux vous formiez le couple idéal !

– Eh bien voilà encore un mythe qui s'effondre, coassa Thomas.

Florence ajouta :

– Si on peut vous aider en quoi que ce soit, n'hésitez pas…

Mais la seule fois où Thomas la sollicita pour surveiller Laura une heure ou deux, elle se défila, sous prétexte que la rhinopharyngite de Marianne réclamait toute son attention et qu'elle était « dans les cartons du déménagement ».

Au moment où Nathalie avait dynamité leur couple, ils voyaient à peine Carole. Elle partait de bonne heure et rentrait tard, souvent raccompagnée par un homme qui conduisait une énorme Mercedes. Un vieux producteur, évidemment, avait supputé Magali, à sa manière péremptoire, sans qu'on sût si la profession la faisait saliver ou, au contraire gerber.

Dès l'annonce de la séparation, les Vincelles affirmèrent aux Lavaud qu'ils leur conservaient leur amitié, à l'un comme à l'autre ; il n'était évidemment pas question de prendre parti. C'était une noble déclaration de principe et elle le resta.

Magali et Rodolphe ne firent jamais signe à Thomas, qui apprit un jour par Constance que Nathalie était sans arrêt fourrée chez eux. Il pensa d'abord que les Vincelles lui préféraient son ex-femme, ce qu'il pouvait admettre, se jugeant lui-même assez infréquentable. En découvrant l'affiche du prochain spectacle de Rodolphe, il comprit la raison de leur engouement subit pour Nathalie : France Télécom figurait au nombre des sponsors de la pièce.

*

Passé la première onde de choc, Thomas décida de considérer positivement la situation. Il était encore jeune, pas trop mal de sa personne et nanti de revenus convenables. Un être humain sur deux étant une femme, il avait, statistiquement, toutes ses chances de rencontrer à nouveau l'amour. Eh bien, non. Comme il s'en aperçut très vite, les chose étaient nettement plus compliquées qu'il y paraissait : les femmes mariées avaient l'intention de le rester, celles qui l'avaient été n'étaient pas prêtes de recommencer, et les autres étaient soit trop jeunes soit trop âgées. Quant à draguer dans les bars, dans les boîtes ou même dans la rue, c'est un sport qu'il faut avoir pratiqué jeune et assidûment pour obtenir le moindre résultat, ce qui n'était pas son cas.

Un dimanche après-midi d'hiver où il se promenait seul du côté de la Bastille, Thomas aperçut Blanche : elle paraissait aussi solitaire, aussi triste, aussi désœuvrée que lui. En une fraction de seconde, il s'imagina avec elle dans un café bondé, avouant qu'il était désormais séparé de sa femme. Elle-même racontant, entre deux gorgées de muscadet, que son poète l'avait plaquée du jour au lendemain pour une gamine aux seins plus fermes. Blanche lui prenait alors la main et l'entraînait dans une longue promenade qui s'achevait dans son minuscule studio tendu de tissus indiens où elle allumait un bâton d'encens et mettait de l'eau à chauffer pour le thé avant de coller ses lèvres aux siennes…

Terrifié à l'idée que Blanche pourrait se retourner et le reconnaître, Thomas s'accroupit précipitamment derrière une voiture.

*

Thomas, on le comprendra, n'a jamais autant parlé avec Francis que depuis la séparation. C'est ainsi qu'il lui annonce un jour s'être inscrit à un club de rencontres.

– Là, tu touches le fond ! s'exclame Francis.

– C'est ce que je me suis dit aussi… Mais bon…

– Tu imagines les nanas qui doivent traîner dans ce genre d'endroits ? Des aigries, des frustrées, des résidus, des cinglées, du troisième choix ! Les laissées-pour-compte de la révolution sexuelle ! Une solderie ! De l'article défectueux comme s'il en pleuvait !

– Tu exagères…

– Dans le but de te préparer à une déconvenue annoncée !

Les événements, comme souvent, donnent raison à Francis. Après quelques « apéritifs-rencontre », le club organise un dîner dans les caves d'un château prétendument dix-huitième, à une cinquantaine de kilomètres de Paris. Menu imposé, bordeaux médiocre et gaieté de rigueur. On se croirait à un mariage. Thomas a été stratégiquement placé par l'organisatrice entre une esthéticienne blette au parfum envahissant et une employée de mairie dont le rire en cascade lui porte vite sur les nerfs. En face de lui, une femme discrète, plutôt agréable à regarder jusqu'à l'instant où commence le repas proprement dit : elle ne mange pas, elle s'empiffre ! Pour amortir le prix scandaleusement élevé du dîner, sans doute…

Thomas ne se sent aucune affinité avec les hommes présents qui déclinent une typologie complète, du rigolo de service, ancien rugbyman fort en gueule, au freluquet déjà miné par l'andropause que sa vieille maman doit avoir inscrit elle-même au club avant de rendre son dernier soupir. Une immense lassitude et une pointe de curiosité morbide poussent Thomas à ne pas s'éclipser au milieu du repas comme sa raison l'y pousse. Le vin allume les trognes et fait grimper le niveau sonore. On peut se demander si tout cela ne va pas se terminer par une gigantesque partouze. La main de l'esthéticienne a d'ailleurs une fâcheuse tendance à se poser de plus en plus fréquemment sur sa cuisse droite. En annonçant que le bal est ouvert, l'animatrice de la soirée fournit à Thomas le prétexte idéal pour échapper à cette harpie sénescente. Il invite l'employée de mairie qui, cessant aussitôt de rire, entreprend de se trémousser sans grâce, avec le sérieux qui convient. Thomas a déjà observé le phénomène dans les soirées où il se rendait avec Nathalie : toutes les femmes sont persuadées de danser admirablement. Il serait sacrilège et dangereux de leur faire observer que ce n'est pas toujours le cas.

À l'issue du premier slow, Thomas prétexte une forte envie de pisser pour délaisser sa cavalière. Un peu plus loin, il voit l'animatrice tenter de convaincre les cinq ou six personnes encore assises à table de se joindre aux danseurs. Elle prend même le type fluet par la main et l'entraîne sur la piste où il reste piqué, agitant vaguement les épaules avec un air malheureux.

– Tu avais raison, murmure Thomas à l'adresse de Francis, c'est pathétique !

En regagnant le parking, il aperçoit un couple qui s'embrasse à pleine bouche. Il y en a donc pour qui ça marche ? En s'approchant, il constate son erreur : ce sont des employés du château. Des jeunes. Il en éprouve néanmoins un certain agacement. Lui n'a plus personne à embrasser.

Thomas assiste à une ou deux autres soirées, autant par acquit de conscience que pour amortir sa cotisation. C'est ainsi qu'il tombe un soir sur madame Ramanakhoto. Fidèle à ce qu'elle était douze ans plus tôt, quand elle leur a vendu la maison. Quel âge peut-elle avoir ? Quarante-cinq, cinquante ? Thomas ne s'était pas posé la question : pour lui, elle était agent immobilier avant d'être femme. Il la trouve plutôt jolie, en fin de compte : très brune, les traits fins, un nez busqué qui lui donne du caractère et de grand yeux humides et tendres, comme ceux des vaches.

– J'ai oublié votre nom, mais je me souviens très bien de la maison, dit-elle. Un petit bureau à gauche de l'entrée, un living un peu biscornu… La cuisine ouvrait sur un tout petit jardin…

– C'est exactement ça. Et je m'appelle Thomas Lavaud.

– Vous l'habitez toujours, cette maison ?

– Nous l'avons vendue lors du divorce.

– Avec une confortable plus-value, j'imagine ?

Croisant le regard Thomas elle ajoute :

– Réflexe professionnel, excusez-moi. Votre divorce ? C'est récent ?

– Deux ans maintenant.

– Vous aviez un enfant, je crois ? Une petite fille ?

– Nous en avons eu une seconde…

– Ah…

Madame Ramanakhoto fouille dans son sac pour en sortir un paquet de cigarettes et un briquet en or. Ses innombrables bracelets produisent à chacun de ses mouvements un son mouillé qui évoque le ressac.

– Vous vous souvenez de notre accident ? demande Thomas.

– Pas du tout. Quel accident ?

– Sur l'esplanade. Vous aviez grillé la priorité à un plombier.

– Non, je ne vois pas…

– Je me souviens même de son nom : Brichottin ! Et le type qui avait surgi du sous-sol à moitié à poil pendant que nous visitions la maison ? L'ancien proprio. Vous vous rappelez ?

– Ah oui, celui-là !

Les voyant rire, l'animatrice s'approche, bêtifiant à outrance :

– Je vois qu'on a fait connaissance. C'est bien. Tout à l'heure nous allons danser. Je veux vous voir tous les deux sur la piste !

– Je crois que je ne vais pas tarder à lui coller une beigne, dit Thomas tandis qu'elle s'éloigne.

– Si on allait boire un verre ailleurs ? propose madame Ramanakhoto.

Si elle parle de prendre sa voiture, pense Thomas, je lui demande de me laisser le volant. Mais, madame Ramanakhoto se contente de l'entraîner deux rues plus loin, au bar d'un hôtel chic où les accueillent des fauteuils évasés.

– Racontez-moi tout, dit-elle sobrement en allumant une nouvelle cigarette.

– Tout ?

– Comment le jeune père de famille sémillant que j'ai rencontré un jour en compagnie de sa charmante épouse en est arrivé, douze ans plus tard, à hanter les clubs de rencontre et à picoler avec un agent immobilier au bord de la ménopause…

Thomas raconte. Il se confie à cette femme comme il ne s'est jamais confié à personne. Pas même à Francis.

– Mon plus grand regret, dit-il à la fin de sa confession, c'est de n'avoir pas vu grandir mes filles.

– Comment ça ? Vous avez tout de même passé quinze ans avec l'aînée…

– Ce que je veux dire c'est que je n'ai su ni les regarder, ni les écouter…

– Vous êtes trop sévère avec vous-même. Je suis certaine que vous avez été un merveilleux papa !

– Comment vous dire ? J'ai eu souvent l'impression d'être en transit dans ma propre vie, vous voyez ?

– Pas du tout.

– Le problème, c'est que j'avais toujours envie d'être ailleurs. Par exemple, je les emmenais faire du vélo au bois et je rêvais d'être au bureau. Je leur préparais à dîner et je me remémorais mes repas d'affaires d'autrefois. Je n'ai pas su profiter de l'instant et de ce qu'il avait à offrir. Du coup, j'ai l'impression que Constance est passée directement des Barbies aux rave-parties !

– Mon Dieu ! Elle fréquente les rave-parties ?

– Je n'en sais rien. J'espère que non. C'était pour le plaisir de la rime. Quant à Laura… Depuis un an, je ne la reconnais plus. C'est l'âge, bien entendu. Mais pas seulement. Je sens l'influence de son beau-père.

– Une influence néfaste ?

– Excellente, au contraire. Ce type s'y prend beaucoup mieux que moi avec les enfants !

Ils restent silencieux.

– Je suis passé à côté de tant de choses, soupire Thomas qui commence à être sérieusement ivre.

– Vous n'avez rien à vous reprocher ! On ne peut pas être sur tous les fronts.

– Mais je n'ai été sur aucun front, c'est bien ça le problème. À côté de tout, tout le temps.

Il continue sur sa lancée :

– Tenez ! La chute du mur !

– Un mur est tombé ? Dans la maison que je vous ai vendue ?

– Je vous parle du mur de Berlin.

– Ah ! Celui-là.

– J'étais noyé dans mes problèmes de boulot, dans mes problèmes de couple, je m'y suis à peine intéressé !

– Franchement, monsieur Lavaud, ça aurait changé quoi si vous l'aviez fait ?

– Rien, je vous l'accorde. Mais quand même. On ne se préoccupe que de nos petites histoires, et tout près de chez nous s'est déroulé un événement qui va peut-être changer la face du monde ! Sans parler de cette guerre qui commence, dans les Balkans…

– Dans l'immobilier aussi, on a eu chaud aux fesses ! le coupe madame Ramanakhoto, frémissant de tous ses bracelets. Je ne vous dis pas la dégringolade des prix, l'année dernière !

Ils sont les derniers clients du bar. Madame Ramanakhoto insiste pour partager l'addition. Sur le trottoir, alors que Thomas se demande s'il convient de l'embrasser, elle lui tend sa carte de visite :

– Si jamais vous rachetez un appartement, pensez à moi !

Il la regarde s'éloigner dans la nuit : son pas n'est pas plus assuré que le sien.

À la mémoire de mon ami Étienne Fernagut.

Merci à Sylvie Nordheim pour son indéfectible soutien,
à Paul Berthier pour sa lecture bienveillante,
à Héloïse d'Ormesson pour sa fidélité éditoriale,
et à Roxane Defer pour son travail précis et précieux.

Conception graphique et réalisation
Anne-Marie Bourgeois/m87design
assistée de Cinthia Lupoli

Achevé d'imprimer
sur Roto-Page
par l'Imprimerie Floch
à Mayenne,
en février 2022.

Dépôt légal
avril 2022.
Numéro d'imprimeur
99935

Édition n° 1

Imprimé en France